잠의 열매를 매단 나무는 뿌리로 꿈을 꾼다

잠의 열매를 매단 나무는 뿌리로 꿈을 꾼다

| 박상륭 소설집 |

문학동네

'小說하기의 옳음다움' 에 부쳐

김진수(문학평론가)

박상륭 선생의 이름과 그의 작품을 처음으로 접했던 때를 나는 아주 분명하게 기억한다. 그것은 강원도 거친 산의 나무들이 오색으로 차려입었던 제 의복과 휘장들을 던져버리고 다가올 매서운 바람과 눈보라의 또 한 계절을 맨몸으로 마주할 채비를 서두르던 1988년의 아주 늦은 가을이었다. 그 한 해 전 여름에 나는 아내를 홀로 남겨둔 채 입대하여 강원도 북방의 어느 산악 지대에서 사병으로 군역을 치르고 있던 중이었다. 그리고, 상병 계급장을 달고 있던 그 늦가을의 어느 날 나는 지아비를 면회 온 아내로부터 『죽음의 한 연구』라는, 소설로서는 참으로 기묘하고도 도전적인 제목을 달고 있는 낯선 한 권의 책을 선물받았다.

그 책의 표지에 박혀 있던 박상륭이라는 작가의 이름도, 물론, 그때 처음 접해본 것이었다. 그러나 내 삶은 그 이름으로 인하여 달라질 운명을 타고났던 것 같다. 선생과의 이 낯선 첫 대면 이후 박상륭이라는 이름은 더이상 그저 뛰어난 한 작가의 이름으로만 내게 남아 있을 수는 없었기 때문이다. 그 이름은 곧장 무지와 나태와 교만으로 직조된 내 미몽의 정신을 채찍질하여 일깨우고 또 담금질을 거듭하는 크나큰 스승의 자리를 차지하게 되었던 것이다.

선생을 뵌 지가 꽤나 오래 전인 것 같다. 그러니 선생의 허, 허, 허, 웃으시는 그 굵고도 쩌렁쩌렁한 톤의 너털웃음 소리를 들은 지도, 서리 내린 늦가을 새벽의 들녘같이 흰 머리카락에도 불구하고 여전히 잘 익은 홍시의 엷은 붉음을 잃지 않고 있는 동안(童顔)의 맑은 얼굴로 상대의 속내 깊이까지 꿰뚫어보는 듯한 그 서늘하고도 빛나는 눈동자를 대한 지도 어언 한 해 반이 되어가는 것이다. 선생의 뒤늦은 회갑연—선생이 1940년 출생이니 이 회갑연은 아마도 2000년에 있었어야 했을 것이다—축하를 겸하여, 문학과지성사에서 나온 『박상륭 깊이 읽기』의 출간—책을 뒤져보니, 발행일자가 2001년 2월로 되어 있다—을 축하하는 자리였으니 벌써 그렇게 된 것이겠다. 거의 30년에 가까운 캐나다 이민 생활을 정리하고 선생이 영구 귀국한 이후의 시간을 포함하여, 이 지난 한 해 반의 세월 동안 선생을 뵙지 못한 데에는, 달리 변명이라고밖에 할 수 없을 내 나름의 이유와, 또한 선생의 개인적인 형편으로부터 발생한 이유가 있을 성싶다. 내 나름의 이유라는 것은, 간략하게 말하자면, 평소 선생의 인품과 작품 세계에 대한 내 지극한 경외심 때문이라고 해야겠다. 어떤 이들에게는 이런 이유가 자칫 변명으로 들릴 수도 있겠다 싶은 생각도 들지만, 그것이 더도 덜도 아닌 사실인 바에야 나로서는 또 변명이라고 생각할 수도 없는 터이긴 하다. 선생을 뵐 때마다 가슴 저리도록 깊이 느껴져오는 그 자애로움과 인자한 성품 역시 내게는 매번 선생에 대한 범접하기 어려운 외경심만 더 쌓아놓았던 것이 아닌가 싶다. 선생의 개인적인 형편이라는 것은, 저 축하연이 지나고 불과 얼마 되지 않은 지난여름 이후 선생은 다시 캐나다를 다녀오기 위해 잠시 이곳을 떠나 있다는 사실 때문이다. 그러나 이 '잠시'가 이미 1년의 세월을 셈하고 있는 터이긴 하다.

선생은 그 어떤 작가보다도 모국어를 능숙하게 부리는 작가이다. 이 말은 선생의 장대한 사유체계가 언어라는 수단과의 치열한 대결을 통하여 그것을 저 사유체계에 부합되도록 완벽하게 제어하고 있다는 것을 뜻한다. 그 어떤 뛰어난 사유체계라도 결국 그것이 언어를 통해서, 또는 언어를 통과해서 이루어져야 한다는 것은 두말을 필요로 하지 않는다. 언어라는 기호를 상실한 그 어떤 내용도 의미를 드러낼 수가 없기 때문이다. 선생은 이러한 점을 너무나 분명히 자각하고 있다. 이 책에 실린 「混紡된 상상력의 한 형태 1」이라는 작품에 다음과 같은 구절이 등장하고 있음은 주목할 만하다. "구근(球根)은 어두운 흙을 벗어나 햇빛 아래 드러내지면 말라 죽잖느냐? 그리고 말(言語)도 또한, 껍질(記號)을 잃고 내용(意味)만 남기게 되면, '묵(默)' 가운데로 스러져, 그 의미를 알 수 없게 되잖느냐?" 이러한 점을 강조하는 것은 선생의 작품세계를 이해하기 위해 무엇보다도 중요한 것으로 보인다. 왜냐하면 이 점을 이해하지 못하면 선생의 그 난해한 용어법과 문체는 다만 거추장스런 일종의 장식에 불과한 것으로 보일지도 모르기 때문이다. 물론 의미라는 것은 기호를 넘어서 있을 것이다. 그렇기 때문에 언어를 통해서 진실에 접근하는 그 정도만큼 우리는 또한 진실을 왜곡한다는 말은 옳다. 언어를 통해서 진실이, 진리가 얼마나 왜곡될 수 있는지를 누구나 이미 알고 있는 터이다. 뛰어난 선사들이 불립문자며 교외별전을 설하는 이유가 거기에 있을 것이다. 그러나 또한 역설적이게도, 진리는 언어 바깥에 있다는 사실 역시 '불립문자' 라는 기호의 알리바이를 통해서만 지시될 수 있는 것이다. 달을 가리키는 손가락을 쳐다보는 것이 나 같은 어리석은 자의 상도이지만, 그러나 엄격한 의미에서 말하자면 저 달 역시 손가락을 떠나서 따로 존재하는 것은 아니다. 만약 그런 것이 있다면, 진실이나 진리는 손가락을 통해서도 또 그것이 가리키는 달을 통해서도 전해질 수 없는 그 어떤 것일지도 모른다. 그렇다면 그것은 차라리 손가락과 달의 관계망 속에 있을 뿐이라고 해야 한다.

나는 선생이 지니고 있는 언어에 대한 애증이 그의 인간에 대한 애증과 맞먹는다고 생각하는 편이다. 선생이 그토록 언어 바깥의, 인세 바깥의, 문화 바깥의 '마음의 우주'를 이야기한다 하더라도, 선생은 여전히 언어 안에서 언어 바깥을, 인세 안에서 인세 바깥을 이야기한다는 점이 중요하다. 선생에게 있어서 언어는, 육신을 입은 인간 삶의 문화는, 그러므로 저주이자 축복이며 재앙이자 은총이 된다. 선생이 그렇게 많은 죽음과 초월을 말하면서도 그 죽음과 초월이 대부분의 선사들이 그렇듯이 언어와 삶을 넘어서는 외재적 초월로 향하지 않고 언어 안에서, 인간 삶 안에서의 내재적 초월을, 즉 사랑을 지향한다는 것이 그 점을 증명한다. 왜냐하면 사랑은 주체와 타자를 삶 속에서 긍정한다는 점에서 삶에 대해 내재적이기 때문이다. 그러나 그것은 또한 주체를 자기 바깥으로 나가게 한다는 데에서 동시에 초월적이다. 이렇듯 내재성과 초월성은 사랑 속에서 공존한다. 다시 말해 사랑은 내재적 초월이라는 모순어법으로 존재한다고 할 수 있다. 선생의 용어법과 문체가 우리에게 낯설고 당혹스럽게 다가오는 것은 그 속에 이 같은 내재성과 초월성을 함께 담아내고 있음을 뜻하는 것으로 내게는 이해된다. 선생은 내재성과 초월성을 이분법적으로 대립시키지 않는다. 선생이 말하는 사랑은 내재성과 초월성이라는 양가적인 모순의 공존을 수락하는 초인간학적 인간학으로 자리하는 셈이다. 그런 의미에서 선생의 '뫼비우스'와 '유로보로스'의 비유적 우주관은 진리의 양가성을 그 자체로 수용하는, 그리하여 타자의 출현을 향해 열려 있는 주체의 자리를 확보한다. 「두 집 사이 — 제4의 늙은 兒孩 얘기」라는 작품에 등장하는 "자아의 타자에로의 전치(vice versa)"라거나 「두 집 사이 — 제6의 늙은 兒孩 얘기」에 등장하는 "아함 바후 시암(나로 하여금 여럿이 되게 하라)"이라는 구절이 바로 이러한 사랑을 주문하는 것이 아니고 달리 무엇이겠는가?

'자아의 타자로의 전치'나 '나로 하여금 여럿이 되게 하기'는 분명 한 주체에게 극심한 고통과 죽음을 초래할 터이다. 그러나 이 고통과 죽음은 동시에 저 주체를 세상 한가운데에 위치시키는 은총이자 축복이 될 수도 있다. 왜냐하면 선생이 말하는 사랑은 타자를 향해 주체를 개방하는 것, 말하자면 자족적인 폐쇄회로 속에 갇힌 언어와 주체의 해체이자 해방으로 작용할 것이기 때문이다. 또한 선생에게 있어서 저 사랑은 "小說하기의 앓음다움!"과 구조적으로 등가 관계에 있을 뿐만 아니라 또한 소설하기의 앓음다움은 저 사랑의 구체적인 실천의 한 형태인 것으로 내게는 이해된다. 다시 말해서 사랑이야말로 주체가 자기 바깥으로 나가야 하는 고통인 동시에 이 고통스런 삶 속에서 자신의 고독을 넘어설 수 있는 유일한 통로인 것과 마찬가지로, 선생의 '소설하기' 역시 이 사랑의 구체적인 한 발현이라는 것이다. 선생에게 있어서 소설 쓰기는 분명 고통인 동시에 은총, 저주이자 축복, 지난함이자 지복함이 될 것이다. 선생의 '소설하기'가 '앓음다움'인 까닭도 그것이 곧 저 고통스럽지만 아름다울 수밖에 없는 사랑의 실천이라는 점 때문이리라.

저 '잠시'가 1년의 세월을 셈하게 된 데에는 선생의 육신에 무단으로 거처를 마련한 병마란 놈이 한몫을 거들고 있다는 사실을, 그리하여 그곳에서 식이요법과 더불어 휴식을 취하고 있다는 사실을 나는 올 봄에 있었던 사모님과의 통화를 통해 대략 짐작하게 되었다. 그러나 또한 우리 문학의 깊이와 넓이를 위해서는 더없이 소중한 이 책이 출간되기 전에 선생이 다시 귀국한다는 반갑기 그지없는 소식도 출판사를 통해 전해 듣게 되었다. 그러니, 선생에 대한 한없이 무거운 경외심에도 불구하고 내 발걸음은 더없이 가벼운 무게로 곧장 선생 댁을 향해 내달려 또 그 너털웃음을 청하지 않을 도리가 없게 된 셈이다!

잠의 열매를 매단 나무는 뿌리로 꿈을 꾼다

두 집 사이

제4의 늙은 兒孩 얘기

미친년 오줌누듯, 비가 후두둑이다 그치고, 그쳤다 후두둑이는 이 저녁에도 늙은네는, 전날들과 대개 비슷한 시각에, 유행 지난 지 뒤십 년도 더 되는데다, 세탁도 해본 일이 없는 그 비옷(레인코트)에 그런 모자도 걸치고 쓴 뒤, 몽둥이라고나 일러야 할, 굵고도 묵직한 지팽이를 짚고, 자기를 지탱해주는 그것 탓에도 몸이 더 무거워, 비트적비트적거리며, 약수터도, 놀이터도, 벤치도, 정자도, 소나무 숲도, 산수유도, 목련(나무)도, 진달래 덤불도, 바윗덩이도, 이것도 저것도, 가로등도 흐리덕스구레하게 몇, 어디 다른 데 있는 것이라면, 눈에 잘 보이지 않는 것까지도, (예를 들면, 굵은 솔방울이 많은 소나무 밑에, 어떤 손말명이가 감춰놓은 옥문 같은 것도 말인데,) 다 갖춰 있는 근린공원(또한, 어느 날씨 좋은 봄날, 양지에서 졸다, 하필 자기의 신발 속으로 밀고 들어가버린, '제1의 늙은 兒孩' 네 공원과 같거나, 비슷한 것이겠는다)으로 갔다.

띄엄띄엄 가로등이 켜져 있다 해도, 무겁고 어두운 습기에 그 빛이 흠뻑 젖어, 젖은 날개의 나비모양, 날렵하게 날지를 못하고, 등 주변에서 둔하게 너풀거려보다 무기력하게 떨어지곤 해, 공원은 여전히 어두웠다.

이런 시각엔, 비록 견딜 수 없이 눅눅하다 하더라도, 방구석에 오그리고 누워, 밖에서 자기 방의 문고리에 손을 대고 안의 동정을 살피는, 저승사자의 귀에다 기침이나 콩콩거려주었어야 할 늙은네가, 거기선들 무슨 환영을 받겠는가. 마는, 불알에 한을 쌓은 몽달귀 꼴로, 공원이 무슨 사창가나 된다는 듯이 어슬렁거린다는 짓도 해괴하기는 하다.

하기는 그렇게 하기로써 늙은네는, 저녁 어스름이 끼기 시작했다 하면, 그 억만의 땅거미들이 자기의 전신에 들러붙어 시달리게 (번뇌)해온, 그 벌뢰(번뇌+벌레)로부터 도망치기를 꾀해온 것이기는 하다. 시간이 시간이라 그런지 모르지만, 늙은네가 모습을 드러내면 공원은 아무것, 하나도, 떠나지 않고 있음에도 모두 떠나버린 듯, 짙은 운무에 덮인 산수도(山水圖) 꼴로 변해져, 원근도 높낮이도 없이, 기분 나쁘게 적막하기만 한데, 그래서 늙은네는, 문들 모두 닫히고 불도 꺼진 고샅에 서 있는 느낌에 당한다.

가난한 늙은네는, 양로원에서도 환영하지 않는다며, 게다가 이건 시간이 그런 시간이 아니냐고, 스스로 위로하며 늙은네는, 공원의 그런 홀대를 당연한 걸로 받아들인다. 그러나 정작에 있어, 이건 시간이 그런 시간이어서, 공원의 식구들간에는 그중 흥청거릴 시간인데, 그럴 것이, 도심에 있는 공원의 나무와 덤불, 바위 등은, 거칠은 정원사와 석공들에 의해, 그 날갯죽지며 다리몽생이가 모두 꺾이고 부러뜨려져, 밤 한때로 날개를 펴 어디로 마을을 갔다, 새벽 이슬 맞으며 돌아오곤 하던 짓도 더 할 수가 없어, '공원' 이라는 새장, 또는 동물원 속에 갇힌 채로, 자기네끼리라도 오붓하게 사는 법을 익히는 시간이 이 시간이던 것이다.

하필 그럴 때, 빈혈 탓에 그림자도 못 챙긴 피 빠는 귀신꼬락서니로, 특히 저 늙다리 불청객이 비실비실 공원엘 들어섰다 하면, 이제껏 입을 모으고 귀를 모아, 서로간 도란도란, 푸루쭉쭉, 무슨 말들을 주고받았던(허으, 인내 풍기는 독한 종내기들이, 만약 저들의 말을 알아들을 귀를 가지고 있었다 하면, 대번에 저것들을 몰캉시리 내쫓아버린 뒤, 양철 조각이나 시멘트로 만든 나무를 세우고, 그런 덤불도 만들려 하잖았겠느냐. '아름다움' 이 만약 사람의 편견의 소치라면, 어찌 自然만이 아름다움을 알 까는 씨암탉이겠느냐. 능금나무며 목련, 산수유며 진달래 덤불 등, 모두 쫓아낸 자리에다 '사람' 이 새로 에덴을 지었거늘, 詩人들은, 게걸스런 할애비 시인들이, 그 알을 다 톡톡 깨먹은, 괄약근이 느슨해져버린, 헌 自然의 똥구녁을 핥으려 하기보다 일어설지어다, 손바닥에 침 뱉아 힘 돋운 뒤, 이제 새로운 아름다움을 직조하여, 아직 입지 못한 저 文明 위에다 입힐지어다. 빙충맞은 神 하나가, 도시 변두리로 쫓겨나간 능금나무 가지에 뙤뚱하게 앉아, "아, 아담아, 이 사람아!" 저녁 가마귀 목소리로 애잔히 부르며 낙루하고 있구나) 공원의 사촌들이, 바다 밑 모랫벌에 죽림(竹林)으로 돋아 있던 뱀장어들이, 상어의 그림자가 얼씬거리기만 해도, 순식간에 모래 속에다 몸을 쑤셔박아버리듯이, 얼굴들을 감춰버린다.

공원은, 제미 똥구녁 찢을, 살아 걷는 요궐(尿橛)의 냄새가 싫어, 코를 막고, 눈까지 감아버린 것이다. 인(人)내 — 그건 물론 이 늙은네만 풍기는 것은 아니되, 늙은네께는 그것이 유독 더 심했던 것이다. 늙은네가 평생 먹어온 마늘과, 흘려온 땀, 그리고 분뇨를 합쳐놓은 것보다도 더 독하게스리, 늙은네는 허무(虛無)와 무상(無常)의 냄새를 풍겨내고 있던 것이다.

유상(有常), 유위법(有爲法)밖에 모르는 저들께 그것은, 참아낼 수도, 이해할 수도 없는 것이었음은 짐작되고도 남는다. 인식하며 산다는 한 유정, 사람을 빼놓은 모든 유정은, 필멸이 그들의 운명임에도, '살기' 라는 한 가지 법(法)밖에 몰라 그렇다.

까닭에, 특히 이 한 요궐이 차지하고 든 공원은, 으스무레하고, 고적하고, 울침하고, 밤의 비린내까지 나고, 귀신을 일으켜세우고, (공원이 켠) 창 불빛 하나 없고 그렇다. 흔하게, 또는 흔치 않게, 그러니 때론, 가로등 빛이 닿지 않는 으슥한 데서는, '뭘 하나 더 가진 것과, 덜 가진 것' 을 인식하기의 까닭으로, 새끼 밸 철이 아닌데도 상내 낸 짐승들끼리 만나, 과잉과 부족의 균형 잡기에 용쓰느라, 소금 냄새를 풍겨내는 일이 없는 것은 아니어서, 관음증 걸린 늙은네의 눈을 붉도록 밝아지게 하기도 하고, 일반적으론 인(人)내는 '허무' 보다 '소금' 기를 더 많이 함유하고 있다는 것을 밝혀주기도 한다.

얼마 전까지만 해도 늙은네는, 그런 여수를, (한쪽에서는 주기만 하지만, 그래도) 물물교환 같은 것으로 이해해 왔으나, 근자엔 생각이 바뀌어, 이거, 남생이가 솔개 잡아

먹은 날개로 뒤집어 날아가는 소리라고 할지 모르겠으나, '문장(文章) 쓰기', 특히 어떤 글머리(話頭)에 대한 글꼬리(話尾) 바르게 맞춰 맺기, 라고 하고 있는다.

그리고도, 별이 있는 밤이면 말이지만, 별들이 인간의 소금 냄새, 술집의 떠들썩함, 애 우는 소리, 유행가 따위를 탐하며(광막하고도 고적한 우주에 대하여, 인간은 축제가 아니냐!), 몇 모금 쑴먹쑴먹, 취하도록 쑴먹이고 나면, 그런 엇비슷한 시각에, 서둘러 떼어놓은 발걸음 소리가 공원 시작되는 데서 일고, 이어, 웅숭그리고 있어 여름에도 추워 보이고, 어둠 속에서도 파리해 보이는, 치마 입은 그림자 하나를, 흐린 가로등이 흐리게 비춰내린다.

그리고는 잽싸게, 그 그림자를, 불그스레한 혀를 내둘러 싹싹 핥아먹는다. 처음 얼마 동안 그 그림자는, 가로등 밑에 넋을 잃고 서 있거나, 벤치에 구겨져 얹혀 있는 저 늙다리를, 무슨 귀신쯤으로나 알아, 도망치다시피 휙 지나가곤 했었으나, 늙어 등이 휘고, 숨을 헐헐하며, 몇 걸음 떼어놓지도 못하고 서곤 하는 늙다리쯤, 이제는 두려워해야 할 주제 꼴도 못 된다고 여겨 그랬든지 어쨌든지, 아니면 그런 늙은탱이도 호젓한 밤길에는 오히려 위안이 된다고 마음을 놓았든지 어쨌든지, 나중엔, 늙은네 옆을 지날 때도 걸음의 속도를 더하거나 하지는 안했다.

피할 수 없을 때만, 눈길을 돌리려고, 허리를 좀 굽히고, 말은 없이 지나갔다. 그리고 공원 길 끝나는 데 잇대어진, 아파트먼트 건물에 트인 구멍 속으로 들어갔다. 그러고 나면, 만약 으슥한 곳에서 행해지는 '소금의 여수' 같은, 눈을 팔 것이 없는다면, 늙은네도 자기의 처소로 돌아갈 생각을 한다.

언제부터였는지, 그것은 늙은네 자신도 모르지만, 그 그림자가 빠져나가버리고 나면, 공원이 어째선지, 구멍 내고 나비 날아가버린 고치처럼만 여겨져, 늙은네는 허퉁함을 느끼곤 했다. 하여 늙은네는, 자기는 다름아닌, 그 빈 고치 속에 잘못 든, 무슨 흉물스런 벌레나 같다고, 자신을 보았다. 빈 고치 속에 든 것은, 들어갔는데 나가져 있다. 한기가 시작된다. 따끈하게 데운 막걸리를 생각한다. 그 속에 폭 싸이고 싶은 것이다.

헌데 이 저녁, 늙은네의 가슴은 자꾸 울럭여싸서, 여느 저녁들과 같지가 못했다. 참지 못하고 늙은네는, 건구역질에다 잔기침을 해대며, 가래를 뱉아내고, 몇 걸음 떼어놓지도 못해 서고, 뱉아내고 서고, 뱉아내고, 삶의 요궐이 늙음이라고 생각도 하고, 벌뢰란 놈이 횟배를 앓거나 알을 슬리고 있는 것이라고 투덜대기도 하고, 어쨌든 벤치에 가 앉고 나서 뒈지더라도 뒈지고 볼 일이라고, 뒈져라 싸게 걸어, 가, 무명골 따위야 무너날라믄 무너나라고, 털썩 주저앉고, 쐑쐑거리고, 된기침하고, 쐑쐑거리고, 캑캑거리다 뭉터기 피가래를 뱉아냈다.

그리고 나서야 숨통이 좀 트이는지 늙은네는, 뭐라고 목쉰 소리로 투덜댔는데, 개숫물 통에다 빼던져놓은 틀니를 챙겨 끼지를 안해, 이 세상에서 제일 귀 밝다는 바위까지도 알아들을 수가 없어, 입 다물이고 말았다. ('잔디며 양의 털이 자라는 소리' 까지 듣는 귀는, 혀를 石化하는 것을, 발설치 마라. 아으 三世의 비밀을 까발씨지 마라. 그러잖는다면 그대는, 바위로 변할지니라.) 후두둑이고 지나는 비탓에, 엉덩이가 젖었든 어쨌든, 늙은네는 이제 깜박 졸게 될 것이다.

사실 늙은네의 흉중엔, 어제 저녁 갑자기 꾸미게 된 '음모', 또는 '흉계' 라고도 해야 할, 칙살맞은 벌레가 하나 차지해, 시각을 다퉈 자라오고 있던 것이다. 얘기되어진 바의, 그 '문장 쓰기' 의 화미에다 종지부를 찍으려는 것이, 그 음모의 전모인 것이다. 이 당장엔, 그것이 얼마나 씨먹잖은, 버렁떨어진 소리든 어쩌든, 보다 알아듣기 쉬운 말로 번안을 하기로 하자면, 그럴 때마다 늙은네는 분명히, 자아의 타아에로의 전치(vice versa)를 체험했었을 것이었는데, 관음증의 까닭으로 깨우치게 된, 어떤 '열림/닫힘'

과의 관계에서, '들어가다' 에다 종말 선언을 하려는 것이 그것이다.

'들어가다' 는 그런데, '나가다' 와 뫼비우스 띠(Möbius strip)나 유로보로스(Uroboros)와 같다는 데에, 늙은네의 화미 맺기의 실패가 있어온 것이다. 늙은네가 '들어가다' 에 종지부를 찍었다 하는 그 순간, 그것은 어느 틈에 뒤집혀 '나가다' 로 바뀌는데, 저 변덕스런 말꼬리를 어떻게 붙들어, 마구간에 가둬넣을지, 아무리 해도 늙은네는, 그 방법을 알 수가 없고만 있는 것이다.

이런 투의 같잖은 투쟁은, 사려 깊은 이들에게는, 늙은네가, 이제는 용두질도 할 수 없으리만큼 비참한 지경에 처해, 개구리라도 잡아다 놓고, 불두덩에 왜 털이 없는지를 따져보기 같은 짓을 하고 있거나('개구리와 공주의 입맞춤' 은 암시하는 바가 크다. '개구리' 는, 어떤 '두 元素' 간의, 또는 '두 다른 존재' 간의, 또는 '두 세상간의 중간적/과도적 존재라고 이르는즉, 불두덩에 아직 거웃이 돋지 안했거나, 반대로는, 세월을 못 견디고 뭉글어져 민둥민둥해져 있는 자들은, 하나같이 개구리들일레람. 전자는, 두 존재, 즉슨 아이와 성인 간의 그것이며, 후자는, 두 세상, 즉슨 이승과 저승 간의 그것들이라는 점이 다르긴 할 테다), 또 아니면, 자폐증, 그것도 거꾸로 되었거나 뒤범벅이 된 자폐증 같은 것에 시달리고 있는 것이나 아닌가, 하고 고개를 갸웃거림에 분명하다.

어쩌면 그렇다. 늘 그러는 건 아니지만(咄, 小說匠이란 이렇게, 사사건건, 남의 일에 간섭하는 돼먹잖은 취미를 가졌구나. 雜!), 늙은네의 (어떤 하루) 일과 중에, 지하철 타기가 있는데, 아무 데로도 머리 둘를 데도 없이, 어떤 하나의 목적만으로 늙은네는, 가까운 지하철역으로 가, 요궐 냄새를 풍기며 서 있는다.

계단 오르내리기가 무슨 장수비결이라도 된다는 그런 호화판 풍류로 그러는 것은 절대로 아니고, 이제는 집념이 되어버린, 예의 저 '화미를 화두'로 삼은 명상법으로 그러는 것인데, 땅 아래로 파고 올라 놓여진 사닥다리는, 오르기뿐만 아니라 내리기도 전신이 무거워, 피했으면 싶을 뿐이기는 하다. 피골이 상접해 있는 몸에, 이제도 무슨 무게가 그리 많이 남았다고, 다리가 휘느라 우두둑거리겠는가. 마는, 시간과 삶의 무게만큼 무거운 것이 또 있겠는가?

때에는, 센바람에 밀리고 끌려, 전동차가 날려와선 멈추고, 옆구리들이 열리고, 갑자기 부산해지고, 그러고 나면, 늙은 눈이 한꺼번에 밝아지는 듯한 환한 내부가 들여다보이고, 늙은네는 그러면 어떤 종류의 기분 좋은 흥분으로 몸을 한번 부르르 떨고, 그 환한 열림 속으로 들어가고, 어떤 종류의 성취감 같은 것으로, 이제는 '들어가다'를 '들어갔다'로 문미를 고친 뒤, 종지부를 찍어도 좋은 것이 아닌가 생각하고, 쉬어도 좋다고 믿고, 하초에로도 내리는, 더운 막걸리가 주는 것 같은, 호끈한 열기도 느낀다.

더운 막걸리 속에 푹 가라앉기처럼, 좋은 느낌은 그것이다. 심호흡을 한번 하고, 늙은네는 앉을 자리를 찾는다. 아무리 만원일 때라도, 어떻게 하면 자리를 얻을 수 있는지, 그것쯤은 문리를 통해놓고도 있다. 전철 속에서 읽혀지는 신문은, 휴대용 두문동(杜門洞) 같은 것임도 모르지 않지만, 앉아 있는 이마다 보따리 싸 두문동 갔다거나, 짐짓 잠자는 체하고 있으면, 손가락 써서 두문동 소식 한 가지를 가리키거나, 잠의 한 귀퉁이를 찌르면, 만사여의형통이다.

늙은네가 앉고, 궁둥이가 뜨뜻해서 좋다고 하고, 건너다도 보고, 둘러도 보고, 하다 늙은네는, 뭔지 깜짝 놀라고, 몹시 얼굴을 찌푸린다. 자기의 화두가 된 화미가, 어느 녘에 탈바꿈을 해버린 것을 보아버린 것이다. 대가리부터 망했어야 쓰겠을 저누무 유로보로스는, 어느덧 제 꼬리를 다 삼키고 뒤집혀 있던 것이다.

늙은네 자기는, 그 환한 열림 속으로 들어간다고 들어갔는데, 언젠지 그 '속으로 나와져' 있던 것이다. 구멍 속에도 구멍이 뚫리는 수가 있던 것이다. 목적지를 못 가진 늙은네는 거기 소속이 못 되었던 것이다. 몇 정거장을 더 지났든, 다음 정거장에서 늙은네는, 다른 열림 속으로 들어갔다가는, 체머리를 설레설레 흔들며 귀갓길에 오른다.

여차 여차……, 라면 대신 막걸리를 국이나 죽처럼 데워 후루 후루루 둬 주발 마시고(그것이 근래의 그의 식사였던 것), 이부자리 위에 털썩 누우면, 밖엘 다녀온 피로와, 더운 술이 일으키는 빠른 취기가, 늙은 삭신을 한소곰 잠에다 쩌들인다. 늙은네는, 더 깨일 수 없을 때까지나 잘 수 있기를 바라지만, 피골이 상접한 육신에는 또한 피골이 상접한 잠, 잠까지도 가난하고 헤설프고 끼꺽거린다.

오래잖아 늙은네는 다시 잠의 밖으로 들어나져 있고, 충혈된 눈으로 천장을 올려다보며, 아프다고 (느끼는 게 아니라) 생각한다. 그러며 늙은네는 시간을 느끼기 시작한다. 하루, 한나절 별 헤아리기로, 그늘 쪽으로 밀려가고 있는 쇠잔한 목숨을 두고, 시간은 육시러게도 많아 사해(沙海)이다. 수음이라도 되면, 눈을 휘까뒤집고 귀신을 토할 때까지라도 해보겠는데, 그것도 되잖는, 그래도 어떻게든 참아야 하는, 하릴없는 시간은, 그냥 뙤약볕이다.

그 속에서 아무것도 작위되지 않는 시간은, 허기는, 태곳적에 가랑비가 한번 내린 뒤, 가뭄만 계속되어지고 있는 사막 같은 것이기는 하다. 그 몸이 너무 불어나, 아무 데로도 한치의 움직임도 이뤄낼 수 없어, 입만 벌려놓고, 먹이가 찾아들기를 기다려 잠자는 구렁이, 아자가라(Ajagara), 그 잠 속에론 무량겁의 시간만 쌓이고, 흐름은 하나도 없는 듯하다.

그 입 속으로, 제 크기만한 움직임을 일궈가는, 늙은 약대 한 마리를, 늙은네는 본다. 흐름은 없는 듯한 꾓(Ajagara, 것+곳, 공간과 시간)을, 살 입은 목숨이라는 흐르기(動)의 운명 탓에, 흐르기는 고단할 게다. 어디서 왔는지도 모르니, 어디로 가는지도 그 자신은 모르며, 운명에 복종할 뿐이다. 모든 방향이 남쪽이고, 모든 방향이 북쪽이다. 지남철을 지니지 못했으면, 종교라도 한 가지, 입에다 노잣돈 삼아 물었더면, 열나흘 끝없는 길, 좀 덜 팍팍했을 일인가.

닿을 데가 없는 유정께는, 현재 처해 있는 그곳이 갈 데의 끝이었는 게다. 약대는 종내 무릎을 꿇으며 주저앉는가 했더니, 옆으로 비그르 무너지고 만다. 그러자, 이제껏 그것의 등이며 다리를 휘이게 해왔던 시간이 일어나, 그것의 가죽을 트게 하고, 창자에다 이빨을 박아넣어, 홍시 빨듯, 수분을, 생명을 빨아버린다.

그리고 시간은 다시 눕는다. 촉루(髑髏)만 남는다. 그 촉루를 더듬는 늙은네 눈에 눈물이 고이고, 몸에서는 바위기름 냄새 같은 것이 난다. 이제 촉루는 무의미하기만 하다. 그것이, 한때 살았었다고 디뎌온 발자국까지도, 그 해골 속에서 시간이 다 핥아 지워버리고 없어, 이제는 그것 속에 아무것도 담긴 게 없다. 그것은 분명히, 어디엔가 소속이 되고 싶어, 모든 곳이 다 동쪽인, 동쪽으로 아으, 달마여, 떠났는데도, 방향도 없는 거기 그냥 들어나져 있다. 무소속이다.

이 대목에서 늙은네는 몹시 흐득여 울다가, 자기의 상념이, 넘지 말았어야 될 선을 넘어버린 것이나 아니었는가, 반성해본다. 그리고 늙은네는, '시간/사막/하릴없는 목숨' 따위들이 범벅이 되어 만들어낸, 그것은 수사학적 춘사라고나 일러야 할, 대단히 바람직하지 않은, 수사학적 비약이 있었던 것이나 아니었는가, 하고 되짚어도 본다.

동물(動物)과 관계된 어떤 종류의 상념은, 정물(靜物)에의 그것과 달리, 동(動)이 사상(捨象)될 때(바람직한 국면에선, 어느 쪽인가 하면, 動이 體를 벗고, 날개를 차려입어, 어디로 날아올라가버리는 것이겠지만, 늙은네의 경우는, 어디로 가라앉을 수도 없으면서, 중력에 당하고만 있으니, 이런 비상을 기대할 수는 없을 테다), 느닷없이 무의미 속으로 떨어져내리는 것이 탈이다.

정물의 경우, 바위라는, 침묵의 촉루를 하나 예 들어 말해본대도, 그것은, 이 세상의 무엇보다도 예민한 귀를 가진 무정(無情)이라는 데로까지 상념은 발전하기도 한다. (이때의 이 '無情'의 '無'는, '靜'의 뜻을 함축하는 것으로 번안된다.) 늙은네의 '촉루'의 상념은 그러면, 당연하게도 그 모습이 바뀔 터이다.

언젠지 뿌리가 뽑혀, 쓰러져 누워, 무세월의 세월을 견뎌내는 고목(古木), 잎이나 가지, 껍질은 어느 세월인지 썩고 삭고 벗겨져, 경화증 걸린 몸뚱이만 삘그렇게 자빠져 있는데, 거뮈튀튀하다. 시간과 철이, 그것의 결 따라 터지고 갈라진 틈새를 벌리며, 피 빠는 박쥐의 것과 같은 혀를 쑤셔넣어, 수분을 빨고 있다. 처음엔 큰 둥치였을 것이었으나, 나날이 푸슬어지고 있다. 경화증 걸린 그것도 촉루이다.

나무의 죽음은, 아니면 삶은, 끈질기게도 오래 간다. 버려졌어도 수분이 있는 한 살며, 수분이 없어도 그 속에 불도마뱀(사라만더)의 잠이 누워 있는 한, 죽지 않는다/못한다. 늙은네는 잇몸을 갈아대며, 이 불도마뱀을 저주한다.

이 고자빠기의 비극은, 저것에 연유한다고 믿어 그런다. 이 촉루는 어디에 소속되어진 것인가? 땅에서 싹틔워, 땅을 의지해 자라, 그 억센 뿌리로 땅을 움켜쥐어 하늘을 날았던('하나의 촛불꽃이 지구를 대룽대룽 매달고 날아오른다'), 이 나무는, 그 비상에의 의지를 꺾이고, 한번 뿌리뽑혀 눕자, 땅도 품어들이려 하지 않고, 하늘도 들어올려주려 하지 않는다. 중심도 아니고, 변두리도 아닌 데에, 그러니 아무 데도 아닌 데에, 그것은 그냥 무소속으로 들어나져 있다.

그래도 그것은, 불도마뱀의 잠을 아직도 품고 있다. 상념이 이쯤에 이르면, 못 견디고 늙은네는, 벌떡 일어나선, 예의 그 굵은 지팽이에 의지해, 근린공원 산책에 나선다. 그 공원에서도 그는 물론 헤설프다. 오늘 저녁엔 늙은네는, 그리고 하나의 들끓는 흉계를, 안주머니에 넣어갖고 나온 것인데, 구렁이라도 한 마리 잡아넣어놓고 있는 것모양, 여기서 꿈틀 저기서 불쑥 생지랄이다.

말해온 바의 그런 무소속, 우주적 무소속이 싫고 아프고 춥고 고달파서, 혼신으로 어디엔가, 무엇엔가, 한번 삽입되어져버리고 싶은 것이다. 화두가 된 그 화미의 꼬리를 잘라버리고 싶은 것이다. 천수천안(千手千眼)의 천불(千佛) 만신(萬神)이, 매일 들에 나가 익은 곡식을 거둔다고 하거니와, 이 늙은네 하나 이삭 된 것을 줍지 못하는 까닭은 무엇이라는고? '허무'는 알맹이가 없어 그럴 일인가?

젖어, 한기에 떠느라 오그라져 벤치에 얹혀 있던 늙은네의 눈이, 인광이라도 쏘아내듯 번들거리기를 시작했으며, 귀 또한, 대숲 지나는 바람 소리에 자라는 당나귀의 그것처럼 쫑긋이 서 푸들거렸을 뿐만 아니라, 지팽이를 잡은 손에서도 마디들 우두둑이는 소리가 났으니, 힘이 뻗쳐내린 것인데, 거의 매일 저녁 그 시각쯤에 있어왔던, 공원을 가로질러가는, 그 추운 발소리가, 이 저녁에도 가까워지고 있는 것일 것이었다. 이런 시각에 미쳤다구시나, 비가 또 후두둑이기 시작한다.

이튿날, 그 근린공원 주변의 아파트먼트 단지들에는, 눈물이 쏟아지도록 매운 소문이 한 가지 떠돌았는데, 내용은 이러했다. 13단지 13층 13평짜리 방에서 홀로 살아온, 왕년에 뭘 (했다더라?) 했다는, 낮에는 밤귀신 같고, 밤에는 낮귀신 같은 늙은탱이(蕩兒)가, 근린공원에 잠복해 있다가는, 저 아래쪽 뉘네 식료품상이라든가 뭐라든가(그건 확실치 안해도 문제가 되는 것은 아닌데,) 하는 데서 일하는, 삼십대 처자(독신녀)를 지팽이로 매우 쳐죽이(려고까지야 했겠는가 마는,)고, 진달래 덤불 밑으로 질질 끌어가, 시간(屍姦)을 하다, 복상사(腹上死)를 했다는 것이었다.

세상에 저런 수가! 어른들끼리만 귓속말로 덧붙였기는

그리고, 늙은네의 하초는 그런데 비어져나와 있어, 통하기라도 하고서 그렇게 되었는지, 그게 궁금하기까지 하다고, 끌끌끌, 혀 차고, 이어 이랬다. 세상에 저럴 수가! 사람을 쳐죽일 만큼이나 간절했더면, 통하기라도 했었어얄 텐데, 끌끌끌, 그럴 수가! 그러기 전에 그래도 한번은 달래나 보았었을 것을, 달래나 보았을걸, 달래나 보지!

* 이 졸설은 본디 '갈마나 전생에 대한 인식이 없는 제4의 늙은 兒孩 얘기' 라고 부제를 붙였는데, 여기 보이는 주는 그 부제에 대한 것이다.

본 졸문의 필자는, 다른 졸문책 『七祖語論』에서, '갈마분열' 이라는 문제를 제기한 바 있었거니와, '인연, 전생, 윤회, 갈마' 등의 법을 설하는 종문(宗門)에서는, 저 법과 '인구 증가' 와의 관계를, 납득할 만큼 설명해줄 수 있어야 할 것이다. 그렇지 않는다면, 많은 무명중생이, 허무와 소멸의 무저갱 속으로 떨어져내릴 위험이 있다.

처음의 '하나' 가 둘, 셋으로 늘어나는 것이 인구 증가라면, 이때 우리는, '하나' 만의 전생과 갈마는 짐작해낼 수 있으나, 그 '하나' 외의 다른 목숨들의 그것들에 관해서는, 어떻게 이해해야 할지를 모르겠기 때문이다. 대답 삼아, 그 종문의 깨달았다는 이들은, 『心經』을 읊조려줄 것이 짐작되지 않는 것이 아니다. '……不生不滅 不增不減……' 불이 맹렬히 타고 있는 집에 갇혀, 무명의 까닭으로 우왕좌왕하다 문을 못 찾고, 타서 죽기로 환생(윤회)만을 거듭하고 있다, 는 유정들께, 저것이 과연 대답이 될 수 있을 것인지, (깨우치지 못한 소치로) 그것은 아직도 의문이다.

저것은 대답(話尾)이기보다는, 문제의 제기, 즉 화두(話頭)나 공안(公案)인 듯한데, (그리고 물론, 그 공안 자체가 그 결론인 듯싶기도 하지만,) 저것은 우매한 중생으로서, 오백 생을 바쳐도 깨우치기 어려울, 그렇게나 위대한 모순당착은 아니겠는가? 오백 생을 바쳐서라도 깨우칠 만한 법(法)이겠으나, 그러기 전에 이삭 되어져버리는 유정이 있다면, 그를 두고는 어째얄 것인가? 중생은 이런 까닭으로 어리석다고 이르는 것이겠으나, 저러할진대(不生不滅 不增不減) 무엇 하려 '인연설'이며, '갈마, 환생론'을 펼 일이었던가.

두 집 사이

제5의 늙은 兒孩 얘기

새로 세 든 방에서 늙은네는, 어디다 머리를 둬 다리를 뻗을까 궁리하다, 사흘도 지나지 않아, 방향(方向)을 잃어버렸다. 망망대해나 사막 가운데, 또는 달도 별도 없는 밤의 큰 숲속에서도 아니고, 하필 자기의 소잡한 방에서, 처음엔 한 방위(方位)를 잃고, 그에 따라 남은 세 방위에 대해서도 확신을 갖지 못하게 되어버린 것이다. 이런 츠쫏, 땀도 못 낼 일이 또 있겠는가. 의식하고서든 못 하고서든, 동쪽 되는 데가 언제든 동쪽이고, 서쪽 되는 데도 또한 그렇다고 믿어 지내는 일이란, 삶이, 일상(日常)이라고 이르는 사각진 석반 위에 세운 상륜탑 같은 것이라고 알게 하는데, 그 노반 부분이 흔들리기 시작한다면, 어지러울 테다,

온전치 못할 테다, 땀도 못 낼 테다. 궁여지책으로 늙은네는, 지남철을 하나 구해, 책상 겸용의 개다리상판 한 귀퉁이에 놓고, 남북을 가늠하기에 의해, 동서를 가름해보기도 했으나, 나중엔 차라리 그것이, 늙은네의 방향감각에 더 많은 차질과 혼란을 일으킨다는 것을 알게 되어, 잡동사니들을 처넣은 상자갑 속에다 던져넣어버리고 말았다. 그 상자갑은, 추억이라는 판도라의 상자이거나, 수전노의 돈궤(그 동안 얼마나 많은 화폐 개혁이 있었을 겐가), 또는 아르빠공의 마음의 풍경을 담고 있었을 것이었는다. 철 따라 해 뜨는 곳이나 지는 곳이 조금씩 바뀌기는 했으나, 그러는 동안 이사도 몇 차례 했다 해도, 스물둬 살 이후부터 평생을 살아온 도시의 동쪽은 늘 동쪽에만 있어온 것이지, 이사를 했다 해서 북두칠성까지도 (자루 도는 것말고) 자리를 옮기는 것은 아니었던 것(동쪽으로 이사를 했으니 동방이 없어져버린다면, 하늘 소맷자락 속에는 여분의 방위가 億數로 많을 테다), 그래서 이제는 거의 고정관념이 되다시피 한 방위들이, 지남철에 의하면, 예를 들면, 이제껏 동방이었던 것이 차라리 북쪽에 가까운 방향이라고 일러주고 하니, 믿을 수 없는 것도 그것이던 것이었던다. 이런 늙의 지남철에 의지해 항해를 하는 수부가 있다면, 그는, 해 뜨는 것 보러 부상(扶桑)을 향했는데, 지는 해 함께 함지

(咸池)에 꼴깍 함몰하고 말 테다. 방향감각이라는 것도 그렇게 본다는즉슨, 어떤 특정한 고장을 오래 살다 보면, 일종의 고정관념을 형성하는 모양인데, 그럴 것이, 술이라도 취해 몸부림을 하며 자는 중, 북두성 자루 돌 때 따라 어디만쯤 빙그르 돌았다는 경우, 이 취한 손이, 오줌이 마렵게 되었다거나, 목이 갈해 더듬기 시작했다 하면, 이제 문제가 생기는 법인 것. 분명히 있어야 될 문이나 숭늉그릇이 없어지고, 대신 이해할 수 없는 딴 것들이거나 벽이 가로막아 있는데, 이제 그는 이 평면 벽의 미궁에 빠지게 되는다. 이차원의 세계로 풍 빠져내린 것이다. 그 미궁은 다름 아닌, 방위, 또는 방향에 대한 그의 고정관념 자체였을 것이다. 그러고도 늙은네가 더 못 참을 일은, 이 방에서는, 동서남북이라는 네 방위 중의 하나가, 자기의 눈이, 깜냥껏 시퍼렇게 뜨고 보는 앞에서 실종을 해버리는, 그 불쾌한 경험인데, 늙은네가 자기의 방향감각에 의해서든, 또는 (이제는 집어치워버린) 지남철에 의해서든, 그쪽 구석(角)이 동쪽이며, 저쪽 구석이 서쪽이고, 그러면 이쪽 구석이 마땅히 남쪽이 된다고 하고, 마지막으로 북각(北角)을 정리해내려 하면, 거기 마땅히 있어야 할 그 방위가 민틋하게 깎여 없어져, 보이지도 느껴지지도 않는다는 그것이다. 이 방에서는 언제든, 돌(咄), 방위 하나가 깨끗하게 지워져

없고만 있다. 그러자부터, 이 한 삶의 늙은 탑은, 그 노반되는 데쯤부터서 흔들리기 시작하고 있다.

늙은네가 세 든 방은, ('河口' 라는 말이 있어 하는 말인데) 노구(路口)에 세워진 건물의 삼층에 있다. 길이 둘로 나누어지는 지점에, 또는 두 길이 하나로 합류하는 지점에, 다시 말하면, 길이 만든 삼각주(三角洲)에, 길의 운명이나 횡포에 복종해 세워진 건물이나 가옥은, (대략 말하면) 유독 한 각이 뾰족하게 튀어나온 오각주의 형태를 취해 있게 마련인데, 거기서 갈라진 길 하나는 함지에 이르고, 다른 길은 부상에 이르는지 어쩌는지, 그것은 어째도 문제가 되는 것은 아닐 터이다. 어쨌든 그 일점은, 모두어진다는 의미에선 두 배는 부산하고, 헤어진다는 까닭에 의해서는, 두 배는 외로운 곳임에 분명하다. 이 노구에 세워진 (대략 말해서) 오각꼴 건물은, 그 안의 공간을 구획지어, 벽 두고 문 트며 창을 내는 이들에 의해, 여러 모양을 드러낼 것이로되, 일반적으로는, (밖에서는 불거져나왔으나, 안에서는) 뾰족하고도 깊이 골이 패어져들어 별로 쓸모가 없는, 오각 중에서도 예각진 그 한 구석은, 일단은 잘라내어져버리는 모양이었다. 더욱 분명하게 말하면 거기 어디만쯤에다 벽을 둬 막아, 남은 (훨씬 더 넓은) 공간을 사각으로 취해내고서야, 가구든, 사무용 책상이나 궤, 또는 바둑판 따위, 필요한 것들을 가지런히 정리해 넣을 수 있게 되는데(깎임받은 橫三角錐의 縱三角柱 꼴의 공간도, 그렇다고 해서 완전히 버림받아지는 것은 물론 아니다. 땅에 신발창을 댄 사람들의 왕래가 잦은 데 엉덩이를 댄 것은, 담배나 필름 따위를 파는 가게로도 쓰이고, 위층엔 변소를 차려, 바둑꾼들이나, 복덕방 손님들의 일용할 육신적 배설을 돕거나 하고, 그 위층은, 경우에 따라, 일용할 삶도 빵도 별로 여유가 없는, 예를 들면 이런 홑늙은네에게 세를 내주기도, 아니면 창고로 쓰기도 하는 모양이었다), 이래서 보면, 사람들의 삶의 터전은, 삼각이나 원 따위도 아닌, 사각진 공간에 두는 듯하다. (색다름이나, 어떤 식의 멋을 추구하여 원통형으로 지은 건물이라도, 현실적인 문제로서, 그 안에다 가구 등속을 배치하기에 의해서 보면, 사람들은 다시 또 사각을 내접하는데, 그러면 별수 없이, 별로 쓸모 없는, 길다란 반원 같은 부분들이 제외되곤 하던 것.) 근년 들어, 땅이 둥글 뿐만 아니라, 빙글빙글 도는 것이라고 알게 되었음에도 사람들은, 공처럼 둥근 그 유동체 속에다 사각의 터전을 확립해놓고서야, 그릇에다 뭘 담아놓아도 쏟기지 않을 뿐만 아니라, 자다 깨어보았더니, 벽이나 천장에, 배를 깔고 누워 있더라는 일 같은 것이 생기지 않는다고 믿음에 분명하다. 지체(地體)는 아직도, 코

페르니쿠스여, 네모지며, 안정되어 흔들림이 없는 까닭에, 뉴튼입습지, 은행나무 암수들 멀찌감치 떨어져 있으면서, 눈으로 갖다가시나, 손 그러쥐고 혓바닥 빼내 먹는 따위, 무슨 만유인력론이겠는가, 바다도 엎질러지지 않으며, 섬 동지 세상 조판할 때 깎아, 천장에 박아놓은 별들도, 못(釘) 빼고 떨어져내리지 않는 것이다. 저 네 뿔(角)진 데마다, 동서남북이 지켜 있어, 땅이 궤도를 벗어나 어디로 한없이 굴러가버리거나, 벼룩 한 마리라도 너무 멀리 뛰어, 허허한 공간 속에 실족하거나 하지 않게, 지키고 있는 것이다. 방위들은 그러던 날, 천체 지체 지키는 장수들이라고 신격(神格)을 띠어, 사람들의 상상력 속에서 피맺혔다, 인식 속으로 자리를 옮겨 앉는다. 츠, 쯔츳, 그러나 어떤 인식 속에서는, 그 네 방위 중 하나가 어디로 실종을 해버렸다고 한다면, 땅이 갑자기 한 각을 잃어, 삼각의 모습을 드러내버릴 것은 당연하다. 사각에서의 한 각의 상실은, 이제껏 360°를 지켜왔던 공간이, 180°의 공간으로 축소되어버린 결과여서, 삼각은 각은 셋이라도, 사각의 반밖에 되잖는 것이 문제다. 이각형(二角形)이란 있는 것이 아닐 것이지만, 이 경우엔 사각에 대해 삼각이란 이각으로 축소된다. 삼차원에서의 추락. 땅의 반이, 세모꼴로 떨어져나가버린, 이런 감산법(減算法)은 이해키 곤란하다. 늙은네는,

바로 이런 방에 세 든 것인데, 세도 하긴 사각진 방의 반에 해당하기는 해서, 세를 들긴 든 것이다. 자기의 저축 위에서, 자기의 목숨의 길이를 계산할 때 늙은네들은, 불꽃을 먹이는 초(기름)보다도, 초 똥구녁 밑으로, 훨씬 더 긴 심지를 이어놓는데, 심지를 젖 먹이는 초의 길이만큼만 태우고 말려고 작정했다면, 어떤 늙은네들은, 네모진 방도 서넛쯤 더 펴쓰고도 남을 저축을, 방석 밑에 깔아두고도, 홀쭉해진 창자로 얼어죽었다는 얘기 같은 것도, 심심찮게 들린다. 태우고 있는 초의 길이를 가늠할 수 없는 데에, 문제는 있었을 터이지.

그 세모꼴의 방에서 늙은네는, 사흘도 지나지 않아, 낮에는, 접시물 위의 일엽편주로 맴돌이질하다 끼니를 거르기도 하고, 같은 이유로, 밤에는 잠을 잘 못 이루고 뒤척이기나 했다. 잠을 잘 못 이루는 까닭은, (앞서도 언급한 바가 있지만) 어디다 머리를 둬 어디다 다리를 뻗을지를 알 수가 없어 그런 것인데, (『마하바라타』에 이른) 잠잘 때, 머리는 동방이나 남방(사이 어디에, 扶桑은 있는 게다. 그렇다면, 咸池는 西北方間 어디에 있음일 것)에 둬야 오래 산다는 말에 귀를 묶여서만은 아니라도, 잠을 설칠 현실적인 문제가 한 가지 더 있었던 것이다. (우선, 그 방의 크기가 밝혀져야겠지만, 삶의 심지를, 대략 두 회갑 길이쯤 해놓은 늙은네의, 방의 크기는 알아서 뭣에 쓸 것인가.) 삼각진 방에서, 한 번이라도 잠을 자본 일이 없는 이라면, 잘 짐작할 수 없는 일이 이것일지 모르되, 그런 경험을 해본 이라면, 그런 방은, 잠을 평안하게 지켜주는 것이기보다, 머리를 욱죄거나, 두 발목을 묶어매는, 형틀 비슷한 것이라고 알고 있을 것이다. 이런 경우는, 방을 잠시 잊기로 하고, 먼저 삼각진 침대를 생각해보는 것이, 저 괴로움에 대한 이해에 도움이 될 듯하다. 살펴둘 것은, 세모꼴 침대에 누우려 했을 때, 사람들은 먼저 무엇을 궁리했을까, 하는 것이고, 다음으론, 눕고 난 뒤에는 어떤 현상이 일어났을까, 하는 것이다. 세모꼴 침대에서, 침댓전으로 늘어지거나 굴러 떨어지는 몸의 부분은, 그런 방에서는, 욱죄임이 되거나, 처박힘의 형태로 바뀐다는 것을, 그러고는 살펴얄 것이다. 축음기 따위, 늙은네가 가진 가구랄 것도 못 되는 고물 몇 가지는 잊어버리기로 하고 말하면, 늙은네가 머리를 한 구석에 두는 경우엔, 두 발은 넓은 자리를 차지해 얼마쯤은 자유스럽되, 시간이 지날수록 머리통은 구석 넓이보다 더 커지고, 그러다 보면, 형틀에다 목을 넣어놓고 있는 듯한 답답함이 일어, 그 각진 소잡함을 참아낼 수가 없이 되는데, 그래서 이번엔, 자리를 바꿔 잠을 청하면, 두 발이 구석에 끼어선, 시간의 경과와 함께 불어나는지, 십자매 장 속에 갇힌 독수리모양, 번열을 내고 푸드득이기 시작한다. 때문에, 늙은네가 삼각의 그중 긴 한 변을 취해, 그 변(벽)에 등을 기대 다리를 뻗어보기로 하면, 그때는 또 사변(斜邊)의 벽이, 시야를 많이 차단해, 갑갑하고 불편한데, 하체 쪽은 그쪽대로, 각공(角空)에 끼어, 버르적여쐈다가는, 나중에는 별수 없이, 새우 꼴이나, 잠든 개 꼴을 꾸미고 말게 된다. 가장 기다란 자리에 눕는다고 누운 것이, 서로 이웃해 있는 두 각의 형틀에 욱박혀든 결과가 된 것이다. 그렇게 세 방(方)을 난항하는 중에, 밤이 흐르고, 동틀 녘쯤에야 늙은네는, 제 사타구니 사이에 제 대가리를 끼워넣고 자는 개잠을 설풋 들이는데, 세모꼴의 방 안에서는, 개잠도 둥근 것은 아니다. 받치는 것(발)과, 받침을 받는 것(머리통)이, 허리 접힘에 의해 맞대어진 그것은, 세모진 것인데, 세모난 세상에서는, 세모난 형태만이, 세모꼴의 억류로부터 벗어나는 것인지도 몰랐다. 하긴 그렇다, 시간도 (縱横으로 몇 개의 삼각이 중첩된 것인지, 이런 자리에서 따질 것은 아니로되, 모래시계 속의 시간을 보면) 과거 · 현재 · 미래가 뒤집히는 데서 삼각의 모양을 띠고 있다. 삶도, 나기 · 늙기 · 죽기라는 삼각의 꼴을 취해 있으며, 해도 부상 · 중천 · 함지에 이르는 삼각진 운행을 계속하고 있을 뿐만 아니라, 달도, 초승 · 보름 · 그믐 속에 이우는 달이라는 삼각의 자궁에서, 맺혔다·익었다·쇠하는 성쇠를 되풀이하고 있다. 늙은네가 방위를 하나 잃었을 때부터, 늙은네의 한 세계가 세모꼴져버려, (혜능에 의하면, 마음은 형상이 없거나, 아니면 모든 형상이라고 이르되) 늙은네의 마음 자체가 세모꼴져버린 것이었다. 그리고 어쩌면, 축생도(畜生道)나 '몸의 우주'는 삼각지다. 거기 어떤 '점(點, vija)'의 인식이 시작된다면, 사각이 잃어버리게 된, 그 한 각이 되살아날지도 모르긴 하다.

어떤 저녁으론 늙은네는, 죽은 뒤엔 참 길고도 긴 잠을 자게 될 것이라며, 눕기나 잠자기를 포기하고, 아예 삼각뿔 모양새로 앉아, 라는 말은, 일종의 가부좌랄 것을 꾸며, 아침을 맞기도 했는데, 잡기장(雜記帳)에 끄적거려놓은, 한둘의 도면이나, 단상 같은 것에 의해 보면, 늙은네도 한두엇쯤의 공안(公案)은 알고, 그것에 마음을 묶어맸던 듯하기는 했다. 그런 뒤에도, 한 서너 달쯤 후에, 변소간(은 늙은네도 棋院에 딸린 것을 써야 했던 것)에서 자주 만나 늙은네를 알게 된, 그 아래층 기원의 몇 기사(棋士)들의 심심한 입에 오르내렸던 얘기 몇 마디를 미리 빌려다 쓰기로 하자면, 늙은네는 그렇게, 다시 말하면 죽기도 세모지게, 앉은죽음을 했더라고 했다. 그러니까 그 방에 세 든 어느 때로부터 비롯해 늙은네는, 그 세모진 세상을, 세모진 앉음새로, 세모진 삶을 '흘러간 옛노래'를 들으며, 세모지게 견뎌왔던 것이나 아니었는가, 하는 추측을 가능케 하지만, 그래서 늙은네는 과연, 삼각형, 또는 이각형의 세계를 극복했었는지 어쨌는지는, 최 판관밖에는 모를 일이었다. 듣자니, 그 주검이 담긴 용기(관곽)는, 반사각형, 즉 직사각형꼴이어서, 세모진 주검을 담기에 여간만 어려운 것이 아니었더라고 했다. 장의사에서 온 이들은, 별다른 수를 못 찾고, 기표(記表)가 아니라 기의(記意)에 수정가필을 해야 했던 모양이었다. 저 삼각의 주검을 늘여 펴지 않으면 안 되었고, 그러자 솔은 뼈들이 어긋나느라 우두둑 우두둑 소리를 냈는데, 반사각형의 관곽이란, 모든 주검에 다 쓰일 수 있는 것은 아니라는, 그 저항의 소리도 같더라고 했다. 하지만, 사각형을 이루는 360°의 공간에서, 한 각을 떼어내자, 그 공간이 갑자기 180°로 줄어버린 것을 염두에 둔다면, 반복하지만 1/2로 축소되어버린 것을 개의키로 한다면, 이 경우의 직사각형도, 정사각형의 1/2이라는 점에서는, 그것 또한 다를 바 없는 삼각형인 것, 우두둑 소리는 웬 것인고? 고고(呱呱) 소리였겠지맹, 고고(苦呱) — 대개는 눈치챘겠지마는, 그래도 늙은네는, 삼각형의 울에 갇힌 짐승의 운명을 짐승스럽게만 끝내버린 것만은 아니었다는, 한두 가지의 물증을 남겨놓고는 있었다. 하나는, 늙은네가 아주 젊었을 때, 솔찮은 가격을 지불하고 구입했었을 축음기와 판이며, 하나는, 끄적끄적거리다 남긴 잡기장이 그것이다. 모차르트나 슈베르트 등도 들은 흔적이 없는 것은 아니었으나, 늙은네가 주로 소지하고 있는 축음기판들은, 이제는 '흘러간 옛노래' 라고 이르는 범주의 것들이어서, 더듬어 짐작해볼 것들이 많았다. 떠나지 않으면 안 되는 고향, 외로운 객줏집, 떠돌기, 한숨, 눈물, 헤어지지 않으면 안 되었던 사랑, 순애야, 김중배야, 망향, 박꽃 얹은 지붕, 물레방아, 짠 눈물, 순애야 너 잘살았으면 싶으지, 듣기로는 그런다, 정든 땅 언덕 위의 집은, 이엉 대신 슬레이트를 얹었으며, 아는 이들은 죽었거나, 뿔뿔이 헤어졌노라고, 돌아갈 곳도, 원한을 품을 김중배도 땅 아래 묻혔다고, 한숨, 고향 없는 향수, 망향…… '흘러간 옛노래' 가 담고 있는 사연과 현실은 대체로 저런 것들…… "제 얼굴 제 보아도 더럽고 슬미웨라 / 검버섯 구름 낀 듯, 코춤은 장마 진 듯, 이전에 없던 뼈, 새바위 엉덩이에 울근불근……"

늙은네가 못다 채우고 남긴 잡기장은, 그중의 많은 이들이 무덤 아래나 누웠을, 옛 지우들의 주소며 전화번호 등으로 점철되어 있었으나(그것 들여다보기도, '흘러간 옛노래' 듣기였었을 터이지), 이 방으로 이사하고 난 뒤, 늙은네의 떨리는 손으로 끄적거려져 있는 것들은, 새로운 것들이 아니라, 있어온 것들을, 빌리기도, 번안하기도, 한둬 글자 보태기도 해서, 근래의 자기의 심경을 대신해놓고 있어 보이는 것들이지만, 그것도 고작 몇 구절에 불과했다.

—세상이, 네 방위를 두고 있다고 이르는 것은, 응달쪽에 감춰져 있는 부분까지를 합쳐서라는 것을 알게 된다. '수메루(Sumeru)' 에 대한 '쿠메루(Kumeru)' 에의 연상은, 세상은, 이를테면 피라미드형의, 두 삼각추가, 그 밑변을 맞대고 종립해 있다는 것을 추정케 한다. 까닭에, '위에 있는 것은, 아래에도 있다' 는 명제가 이뤄졌을 터. 밑변을 상접한 두 삼각추에 의해, 네 방위가 명료해졌을 것이었다.

—한 각이 상향한 삼각(△)은, 불의 상징(수메루)이며, 하향한 것(▽)은 물의 상징(쿠메루)이라는 것은 알려진 바대로인 것. '△' 은 링가(男根)며, '▽' 는 요니(女根)라는 것.

—▽ 속에, △가 내접하거나, 겹쳐지는 데서, 나기와 죽기의 갈아듦이 있고, 그것은 그래서 쾌(快)며, 동시에 고(苦)라고 이르는 것일 것, 쾌/고, 쾌고, 퀙오, 퀙!

퀙! —늙은네의 고고(苦呱) 소리는 저러했을 것이었다.

'몸의 우주'에서의 해탈법은, '탄트라'로 이해되어지는데도, 늙은네는 ▽와 △의 야합, 공(空)과 색(色)의 일원화에 관해 쓰고 있지만, 그것인즉슨, 탄트라적 상징, 또는 기호 몇을 나열해놓았거나, 상정해놓았을 뿐으로, 점(點, vija)의 변증법에 의해 이뤄진 것이 아닌 것으로 보아, 늙은네는 '점'에의 인식을 갖고 있었던 것으로는 보이지 않는다. ▽와 △가 만나는 자리에서 일어나는 것은, 다시 또 '점'이며, 이 '점'은 '말(言語)'이랄 것인데, '콱'도 말이 아닌 것은 아니다. 아니라도, 그것은 '점'의 인식에서 드러난 것이었다기보다는, 수사학적(修辭學的) 춘사로 이해되는 것이 탈이다. 그래서 그것은 '잡기(雜記)'였을 뿐인데, 다시 말이고, 또 말이지만, 늙은네는, 자기가 처한 환경이나 자신 속에서, '황방(黃方)'이라는, 중심(中心)을 짚어내지를 못한 것이었다. 늙은네가 그 중심을 찾아내려 하기만 했었더라면, 늙은네는 필시, 횡삼각과 종삼각이 만나는 그 일점에서, (그럼에도 종내는 그것까지도 분쇄해버리기는 해야 하지만,) '자아(自我)'를 발견했었음에 분명하고, 순간과 영원이 갈리는 그 일점에서 또한, 존재와 관계된 소멸과, 동시에 어떤 불멸도 체득했었을지도 모른다. '흘러간 옛노래'가 일러주기는, 늙은네는 어느 때부터였는지, 미래에로 열린 눈을 감아, 보려 하지 않는 듯했는데, 그렇다면 그것이, 그 까닭임에 분명하다. 그런 삶도 그러나, 실패였다고 말할 수 있는 자는, 살고 있는 자들 중에는 없으며, 한번 더 유예되었을지도 모른다고 말할 수 있는 자도 없을 것이다. 어쨌든 삶은, 오디세우스의 것뿐만 아니라, 갑돌이의 것도 사실은 파란만장한 것을. 오디세우스 고향 돌아가다. 쉴지어다. 명복을 비는 바이다.

두 집 사이

제6의 늙은 兒孩 얘기

혼자가 된 뒤부터 늙은네는, 고픈 창자를 위해 뭐든 입에 넣을 걸 만들어야 된다거나(치사하게시리 사람이 짐승의 창자를 갖고 있다니!), 느슨해진 괄약근 탓에 찬 기저귀를 빨아야 된다거나, 그런 식으로, 뭐든 꿈적이지 않으면 안 될 때론, 살고 싶은 의욕이 전혀 없다고 투덜대고, 어떻게든 쉽고도 두렵지 않은, 할멈 누운 이불 속 들추고 드는 것 같은 편안한 죽음을 죽을 수 없을까 바라다가도, 자리에 앉거나 눕게 되면, 어느 녘엔지 쓰르륵여 와, 머리맡에 똬리 치고 있는 죽음을 보고, 흠칫흠칫 놀라고 전율했다. 자기는 대체, 저 죽음으로부터 무슨 장리를 그렇게 많이 내다 탕진해버렸는지, 그것은 모르겠어도, 저 독살스러운 것은 이제, 늙은네의 목숨으로써 갚으라고, 차겁게 강요하고 있다. 어느 때부터였는지 써지기 시작한 삶의 맛은 늙은네께는, 독이나 같은데, 그 독에 길든 창자는, 그 독이 없이는 살지를 못하며, (대개 짐작되기에) 죽음의 맛을, 일단 한번 맛보았다 하면 더 죽을 수도 없을 터이니, 몰약의 맛 같을 듯하되, 그 맛에 길들어보지 못한 창자는, 그 극한 맛을 보았다 하면, 그 당장, 썩어 문드러질 것으로 여겨진다. 이렇게 되면, 두 가지 것이 다 늙은네께는, 독일 뿐이다. '독을 먹어 날개의 아름다움을 장식해낸다' 는 공작 같은 이들에 의하면, 살고 싶지도 죽고 싶지도 않은 이 상태는, 그 마음이 어느 쪽도 집착하지 안해, 말하자면 두 경계를 표표히 건너뛰어, 평정을 얻은 경지라고 이르는 듯하지만, 이 늙은네도 그래서 과연, 차안 건너뛰고 피안 둔덕에 앉아, (그러느라고 하다, 죽지를 좀 다친 갈매기 꼴로, 죽지의 아픔을) 끼욱거리고 있는 중인가? 그것은 그럼에도 의문스러운 데가 많다. 늙은네가 적신 똥 기저귀의 냄새는, 뙤약볕이 내리쪼일 때의, 차안 갯벌 냄새던 것이다. 근래 이 늙은네는, 삶과 죽음을 두고, 어눌증, 또는 오문(誤文) 현상이랄 것에 당하고 있는 중이다. 죽음이 장리 내주었다는 그 삶을 거의 다 탕진해버리고 난 뒤, 별로 몇 끼니 양식도 남겨놓고 있지 못한 처지에 이르러, 늙은네는 갑자기, 자신을 잘 정리해낼 수가 없고만 있다. 늙은네가, 오늘 이때껏 그것만이 실다움이라고, 심지어는 진리라고까지 믿어왔던 삶이, 느닷없이 싫은 얼굴을 드러내 보이는데, 삶은 그래서 양두구육(羊頭狗肉)이었는가? 양두만 보고 좋아라 먹은 것은, 실제로는 개고기였는가? '동틀 무렵의 별, 한 방울의 수포, 한 번 스친 번개, 깜박이는 등불, 하나의 환(幻), 그리고 헤설픈 꿈' ― 삶의 가설화(假設化), 알맹이라고 알았던 그것은 어디로 흘러 빠져버린 것이냐? 虛郞是實, 實郞是虛? 죽음은, 어떻게 그렇게나 많은 어미의 하문을 벗어난 살진 것들을 씹어 삼키고도, 여전히 배가 고파 게글거리며, 구린내 나는, 늙은, 피골이 상접해 한 입가심의 고기도 뜯어낼 수 없는 목숨을 두고도 입맛을 다셔쌌고 있다는고? 허기야 꿈에 먹은 진수성찬이 그렇듯, 죽음이 먹은 음식도 실(實, 프라나)함이 없는 허환(虛幻)뿐이어서 그럴라는가? (그러니까 이 말은, 죽음이 모든 실다운 것을 허환으로 만드는 것이 아니라, 실다움이라고 여겨졌던 삶이 사실은, 僞裝된 허환이었다는 그런 뜻일 게다.) 어떤 이가 있어, 삶이란 결국 모순당착, 또는 오문행(誤文行) 그 자체며, 달리 씌어질 수 있었던 책이 아니라고 알게 되기는, 꼬억(苦憶) 꼬악, 흙탕에 범벅된 두꺼비까지도 얼굴을 찌푸리고 목멘 울음소리를 내게 할 일이다. (신들과 악마들이,

이 한 책을 돌려읽으며, 수정가필을 하려 할 것이다. 이 책의 비극은, 어쩔 수 없이 오문으로 점철될 수밖에 없다는 데 있을 게다. '시간여행' 이라는, 근래 개발된 湖西式 상상력 속에서는, 그럴 능력을 갖추게 된 자가, 그리하여 자기의 과거나 미래에로 시간을 돌려, 미래로부터 여래를 불러, 미래를 해치게 할, 현재 속의 나쁜 힘을 제거하기도, 또 과거의 오문이나 非文이 되는 데를 수정가필하려 덤비기도 하는데, 그럴 수만 있다면, 草稿는 제멋대로 휘갈겨 써도 좋을 듯하다. 아마도 저런 상상력을 뒷받침하는 것도 다름 아닌 '還生論' 일 터이다.)

'나는 생각한다. 그러므로 나는 존재한다' 라는 빙충맞은 소리를 했던(그것이 빙충맞을 소리가 아니면 뭣이겠는가. 인용된(번역된) 대로 따진다면, '생각' 하기나 '존재' 하기에 '앞서' '나' 가 있었으며, '생각하기 때문에 나는 존재한다' 고 고쳐 말한다면, 생략된 주어 때문에, '누가' 생각하기 때문에 내가 존재한다는 것인지 불확실하기 때문이다. 까닭에 주어를 세우기로 하면, 처음 말하던 그 모순당착에 다시 떨어지고 마는 비극이 있다. 언어란 개좆같이 빙충맞은 것이구나, 오줌을 누려고 한 다리를 쳐들기로 하면, 태어날 때 세 다리의 개는 없으니, 의젓해서 신사 같으나 개는 아니며, 다리를 쳐들지 않으면 개 같아도 오줌이다리를 적신다), 어떤 선노의 이 늙은 사미는, 생각이 이만쯤에 이르렀을 때, 이를 간다고 부드득부드득 갈았는데, 이빨이 없는 잇몸들끼리 부딪치는 데서는 얄궂은 소리가 나고, 거품이 일었다. 하여튼지 간에 생각하고 있는 이상 늙은네는 살아 있다. 그리고 살기는 빙충맞게라도 이어진다. 그럼에도 이 무정(無情, 죽음)에 반기를 든, 용감한 유정의 얘기도 한둬 없잖아 있어, 인구에 회자해오고 있기는 하다. 시지프스가 그 하나인데, 그는 죽음에 이르러, 그 길 한번 가면, 산은 높고 물은 깊고, 길은 험난해 못 돌아올 데서 그것 되감아 길 잃지 않고 돌아오기 위하여, 이승에다 무슨 끈을 한 가닥 첨매둔 것이다. 그것인즉슨, 벽(壁)도 못 알아들을 작은 소리로 마누라께 신신당부하여, 자기가 마지막 숨을 거두게 되면, 장례식 같은 것은 치를 생각이라도 하지 말고, 자기의 시체를 갖다, 그중 바쁜 네거리에다 퍼버리라고 한 것이다. 그 까닭으로, 이 꾀 많은 사내는, 하데스의 안쪽을 감아넘기는데, 저런 순 쳐죽일누무 마누라를 쳐죽이고 급히 돌아오겠으니, 그저 잠시만 이승으로 내보내달라고 청원한 것이고, 사정이 그러한지라, 하데스는 그 청을 들어준 것이다. 얼씨구나! ―늙은네의 상념은, 이 대목에서, 어물, 쩡, 어, 물쩡, 머, 머, 머뭇거리고, 빠르게 진전하려 하지 안했다. 하데스가 과연 두 번씩이나 속아넘어가겠는가, 그러며 체머리를 흔들었다. 그런 꾀가 있는 이상, 그래도, 도모해보기도 전에 포기할 일은 아니겠지맹. 늙은네께 문제는 그럼에도, 삶을 들여다보면, 뭐 백년이고 만년이고 우겨가면서까지 시켜야 할, 무슨 절실한 까닭도 의미도 있어 보이지 않는다는 것이다. 늙은네 자기의 그것은, 이제 너무 늙고, 낡고, 해져, 입고 버티려 안간힘을 다 해보았자, 그것 속의 '포'(Pho, Tbtn., 『바르도 퇴돌*Bardo Thödol*』을 英譯한 Evans Wentz에 의하면, 'the consciousness-principle'이라고 되어 있다. '혼'이나 '영'과 비슷하되, '불멸성'과는 좀 거리가 있다는 것이 다른데, 이 늙은네도 이런 의견에 동의하고 있어, 저 方言을 빌려 쓰고 있는 것일 게다)는, 늙은 노새의 하초 꼴로, 칠공 구공 모든 뚫린 데로마다 불거져나가려 하며, 잘 사려들려지지도 않고 있다. 저것이 머리통의 숨골(브라흐마난다)을 통해 빠져나간다면, 법신(法身)을 입을 것이라고 하고, 귓구멍으로 빠져나간다면, 간다르바(구름 위의 藥士)의 몸(은 '소리')을 꾸밀 것이라고 하는데, 똥구녁으로 빠져나간다면 필시, 나라로카라는 흑공 속에 묵사발이 되어, 무량겁을 벗어나기 어려울 테다. 그러나 이 '포'를 거머쥐고 있는, 어떤 집념의 손은, 만수산 드렁칡이다. 질질 새는 그 창자로 늙은네가, 몇 끼니나 더 소화해낼지 어떨지도 모르는 그 자리만큼이나 와서, 안됐게도 위기에 처했는지도 모를 일이다. 두 바르도(이승/저승)의 시간이 뒤집히려는, 그런 자정 녘쯤의 시간에 처해서도 늙은네는 그런데, 시간은 어째서 이렇게 무량겁으로 많아, 보내기가 껄끄러우며, 권태스러울 수가 있느냐고, 시간을 두고도 눈을 흘긴다. 이럴 때 늙은네는 아마도, 시간을 삶과 죽음에서 분리해내 건너다보고 있을지도 모르는데, 홀로 된 뒤 언제부터였는지 늙은네는, 모든 훌륭하다는 읽을거리를 두 벽 가득히 쌓아놓고도 펴보려 하지 않았으며, 음악도 모든 좋다는 것들을 대개 모아놓고도 들으려 하지 안했고, 미술 모둠(책)도 또한 그랬다. 시간 속에서 꽃망울이 트며, 새알이 까이고, 제국이 일어서며 먼동이 트고, 그리고 그 시간이 뒤집힐 때, 그 시간 속에서 꽃이 지고, 어미새가 떨어져내리며, 제국이 스러지고 박모가 끼는데, 늙은네는, 어째선지 자기만의 시간은 흐름을 잃어 정지해 있으며 아무것도 일으켜 세우지도 누이지도 않으면서, 자기로부터 생진을 짜아내고 있다고, 시간에게도 귀가 있었다면 짜증내고 돌아서버리도록, 욕하고 저주해댔다. 밤의 정적과 외로움, 낮의 권태와 까닭 모를 시름 따위를 달래기 위해, 대부분의 늙은네들이, 그런 호화판(책·음악·미술) 시간 속으로 들어가, 시간을 뛰어넘는 여행을 하며, 넋에다 젖을 먹이되, 이 늙은네는 분명히, (언제더라?) 마지막으로 『노자(老子)』를 읽었을 때, 어느 구절('문밖을 나가보지 안해도, 세사를 환히 알 수 있다'는 따위)을 잘못 새긴 게였다. 별로 놀랄 일도 못 되겠지만, 늙은네께는 자작(自作)의 시집이며 에세이 묶음도, 출간된 것이 몇 권 있음에도, 자작은 더욱더 들여다보려 하지 안했다. 그런 것들을 끄적거리던 당시, 글(詩)쓰기란, 상상력이라는 커다란 날개를 펴고, 초열지옥 속으로 날아들어가, 거기서 아프게 산화하고, 그런 뒤 (되살아나,) 몇 조각의 말의 뼈를 물어 되돌아오기, 라고 믿었던, 나름대로 한 마리의 주작(朱雀, 火鳥) 꼴을 꾸몄던 듯했으나, 지금은 어떤 잔인한 어부가, 분명히 죽음일 터이지, 검센 손에 작살을 쥐어, 그 몸의 여기저기를 찌르고 찍어대, 자꾸 뒤집혀지며 수면에로 떠오르려는, 상처 입은 곤(鯤)이 늙은네다 — 늙은네는 그렇게 상념한다. 허기야 (많은 童話들이 발설하는 것이 그것이지만,) 어떤 미지의 방도, 여러 번씩이나 들여다보고 난 뒤에는, 더이상 신비가 못 되는 것이 아니던가. 책도 그렇게 보면, 죽은 말들의 공동묘지나 같아서, 책읽기란 잎들 다 지고 난 철의 숲을 산책하기와 다를 바 없을지도 모른다. 시몬(거 누구냐?)은 그래도 낙엽 밟히는 소리야 들리지 않겠느냐. 음악도, 이 경우는 아마 교향악을 들어 한 말일 것인데, 보청기를 끼지 않고는, 귀가 소리를 잘 식별하지 못하게 된 때부터(과학자들의 음악에 대한 定義가 그렇다고 하잖느냐) '조직화된 소음' 이상의 것은 못 되어서, 귓속에 말벌이라도 쳐든 느낌뿐인지라, 또한 즐길 수가 없을 뿐이었다. 그런즉슨 '흘러간 옛노래' 같은 것이라도 들어보면, 살아버린 과거가, 들척지근한 애수와 함께, 재연 재체험되지 않겠느냐고 권고하려 들 이도 없잖아 있을 터이다. 홰-홰-(손 젓는 소리), 메피스토펠레스가 이슥한 저녁에 들러, 늙은네께 새로운 젊음을, 그것도 공짜로 갖다가 한 벌 더 주겠다고 한다 해도 살아온 것과 똑같은 삶을 되풀이하지 않으면 안 된다고 하면, 홰-홰-(손 젓는 소리), 심지어는 경전(經典)들까지도 사실은, (무엇이) 양수(羊水) 속에 담기기의 불쾌함으로부터, 삶의 수치 따위를 씻거나 이겨내기 위한 방법으로 기록해놓은 것임을, 홰-홰-(손 젓는 소리), '태어나지 마라, 죽기 어렵니라. 죽지 마라, 낳기 어렵니라'. 돋보기를 끼고도 확대경까지 대고 들여다보아야 하는 미술도 그렇다. 어떤 그림이 인쇄되어 있는, 그 한 장 종이(原本이라고 해서, 이 자리에서 슬며시 미끄러져 빠져나갈 수 있는 건 아닐 테다)의 두께보다 더 깊이, 그리고 멀리 여행해 들어갈 수가 없을 때부터, 눈은 표피에서 노상 미끄러져 실족을 해버리던 것. 어, 어찌 되었든, 이 늙은네는, 고상한 의견이라거나 예술 등과 관련하여, 이해력이나 상상력이라는 마법의 두루마기가 너무 낡고 너덜너덜해져, 더 못 입게 되었거나, 아니면 이제는 너무 거추장스럽게 변해져, 입으려 했다가는, 그 자락의 모든 구멍으로 불거져나오거나, 그 자락 속에 침몰하고 말게 되거나, 어떻게 된 것이다. 그렇다고 하여서 늙은네는 행(行)하지 않음의 하기(行)라거나, 행하기의 행하지 않음(無爲) 따위라도 관(觀)하고 있는 것도 아니다. 늙은네는 그러며, 밤이나 낮이나, 앉았거나 누웠거나, 먹거나 누거나, 그저갖다가시나 외로움이라는 벌레가, 자기의 모든 땀구멍 속으로마다 파고들어, 뼈를 갉는 소리를 듣는다. 들으며, 그 아픔이 일으켜내는 상념에 잠기기가 일쑤인데, 이제는 상념이 늙은네의 아픔이 되어 있을 지경이다. 늙은네는 그 앓음앓이의 신음으로 말을 동원하는데, 한때 그가 시인이었다 해도, 그리고 '몽상꾼, 말의 몽상꾼' 이었다 해도, 이제 늙은네는 앓고(상념) 있는 자이며 몽상꾼은 아니다. ('몽상' 과 '상념' 이 얼마나 많이 다른지, 그것을 밝혀내려 하면, 그러려는 자는, 두 길이 나누어지는 자리에 서 있음을 발견하게 될 터이다. 한 길은 미로며, 다른 길은 대로이다. 이 늙은네의 경우, 몽상과 달리 상념은, 간다르바네 미낭화 밭이 아니라, 대부분의 경우 가시쟁이 숲이거나, 거머리가 득시글거리는 수렁이다. 늙은네는, 자기라는 한 권의 책 마지막 장을 간다르바의 언어로 쓰려 하지 않고 있을 뿐이다.) 늙은네의 상념 속에서는, 저 '외로움' 이, '뱀과 독수리를 거느리고 산정 동굴에 사는 차라투스트라' 적인 것은 결코 못 되며, 그것은, 늙은네의 뼈에 구멍을 내어 수질(髓質)을 빠는 벌레였다. 삶의 실다움이라는 그것만 먹는 벌레, 번뇌, 벌뢰. '사실주의와 허무주의는, 한 손의 바닥과 등과 같다' 고 이르거늘, 삶에서 사실성이 희석되어지기 시작하면, 그럴 일일 터였다. 늙은네의 눈은 '허무라는 사실' 주의 쪽으로 빠르게 경사하고 있을 일이었다. 이런 사시안(斜視眼)에는 그러면, 사실과 허무 사이의 경계가 무너지거나, 뒤집히는 것이어서, 이런 종잡을 수 없는 문법체계 위에서 명멸하는 말들은, 별수 없이 오문이나 비문을 이루고 말 테다.

늙은네는, 밤에나 낮에나, 앉아서나 누워서나, 먹거나 누거나, 한시 반 때도 빼꼼하게 비워주는 법 없이 그저갖다가시나 외로움이 자기의 뼈에다 구멍을 내는 소리를 듣는다. 그러던 날 급기야 늙은네는, 앓아눕기에 이르고, 자기의 날 저물기가 그렇게 멀지 않았다고 알았다. 자기 손을 꿈적이지 않으면 물 한 모금 마실 수가 없는 형편이었으니, 아침 다르고 저녁 다르게 늙은네는 허약해져갔으며, 그러자니, 자기가 살아 있다고 믿기워지게 해온, 그 생각하기까지도, 꿈꾸기처럼 변해, 의식과 무의식 사이의 경계도, 사실과 허무 사이의 그것처럼, 허물어지고 있었다. 그 의식/무의식을 그럼에도 붙들고 있는 것은, 한 고주(古呪)였는데, 전에, 틈만 나면 되풀이 되풀이 읽어, 외우다시피 된 『바르도 퇴돌』이 그것이었다. 그것은 '죽은 이의 귀에 들려주는, 험난한 중음(中陰)길의 지침서' 라는 것으로, 생각 있는 자가, 이 책을 한번 손에 들었다 하면, 이 '책의 중음' 을 헤쳐나오기 어려울 것이어서, 늙은네도 예외 없이 거기 빠져들었다가, 이제 빠져나오려고 하는 것인 게다. 그러느라 하는 중 늙은네는, 전에는, 그냥 멀리 두고 바라보기나 했던, 회색 머리칼을 고해의 물살에 감고 있던, 그라이(Graeae) 세 자매들과 같은 객줏집에 들른 바 되었다. 그 세 자매의 이름은, '갈마' '전생' '윤회', 그리고 저 세 자매가 돌려가며 세상을 보는 '하나의 눈' 은 '인연' 이라는 이름이었다. 바로 저 세 자매야말로, '어떤 인연에 의해서 일어난 포말, 그 환(幻)' 에다 살을 입혀, 유정들로 하여금, 무량겁 고해를 못 벗어나게 하는 마녀들이라고 알아 늙은네는, 할 수 있다면, 그네들의, 나쁜 쪽만 보는 그녀러 붉은 눈을 빼앗아, 흙탕에 처넣고 짓밟아 뭉개버렸으면 했었으나, 오늘 그 눈을 빌려 들여다본다는 것이 어떻게 되어서인지, 하나의 희망, 죽기의 희망 같은 것을 보여주고 있다고, 그것을 새로 들여다보기 시작한 것이다. 누구의 눈 속을 들여다본다 말이지. 윤회론에 동의키로 한다면, 어떤 인연에 의해서든, 한번 일어난 유정은, 갈마를 여의지 못하는 한, 죽고 싶어도 죽지를 못하며, 자기 지은 업의 센바람에 불리워, 제기랄, 그곳이 들끓는 고해였든 불타는 집이었든 어쨌든, 돌아오고 돌아오지 않으면 안 된다는 것인데, 그렇다는즉슨, 시지프스여, 그런 따위 작은 꾀란 도모했었어야 할 무슨 까닭도 있었던 것이 아니었잖나. 아으, 그것은 그래서, 그리고 그래도 희망인가? (불자라는 것들이, 피안 둔덕에 앉아, 차안의 흐린 물 위에다 낚싯대를 드리워놓고, 그 센 물 속에 자맥질하며, 쓴물 먹었다 토하고, 숨을 가빠하는, 중생을 낚으려 하다 말고, 썰레썰레 체머리를 흔들고 있구나.) 늙은네의 생각이 여기에 머물렀을 때, 늙은 흐린 눈 속에서 얼마쯤의 생기가 흘러났으며, 손가락이라도 꼼지락거릴 만했으므로, 이백여덟 뼈가 다 무너져라 일어나, 흰죽도 좀 끓여, 간장 섞어 좀 머금기도 했다. 그러나 차라리 먹은 것이 탈이 되었든지, 식곤증이었겠지맹, 늙은네는 못 참고 한 옆으로 비그르 펴져 누워버리고 눈을 까뒤집었다. 때에, 뉘네 칭얼대는 애며, 병든 고양이 따위, 이런저런, 시들고 아프되, 아무 위로도 못 받는 것들을 위무해주려 나갔던 잠이, 그제 돌아왔든지, 치마폭에다 늙은네를 감싸준 모양으로, 오랜만에 늙은네는, 반나절쯤 혼곤히 잤다. 깼다. 황혼이었다. 늙은네께 현실감은 조금도 들지 안했다. 이웃 어디서 우는 애 울음소리가, 이 저녁엔 자기의 뼛속을 갉는다고 눈을 찌푸리며 늙은네는, 죽음이 산파가 되어 태어나는 아이들은, 젠장 누구의 전생을 살로 입어 오는가, 하고, 고질이 된 상념에 잠겼다. 아으, 늙은네 하나가 언젠지 죽어 다시 돌아와 저렇게도 울어쌌고 있는 게구나? 저 애새끼는, 누가 누워 잠자며 꾸는, 무슨 꿈의 어디서 놀다, 이제야 돌아왔는가? 아이들은 어찌하여, 언제든 어른들보다 뒤늦게 집 돌아온다는가? 제 지은 업의 광풍에 당하기 힘들어, 제가 저를 태임 속에 밀어넣었다면, 이누마, 울기는 왜 울어? 울려면서 살려면, 오지 말었어야지 이누마! 먼 데서 가까운 데서 배고픈 새끼 늑대들이 칭얼대는 소리, 찬 서리에 떠는 늙은 나무가 발싸개를 여미는 소리, 진달래 송이를 입에 물고, 취한 길손께 유혹의 눈길을 보내는, 피에 갈증난 야귀의 눈웃음소리, 불던 바람이 잠드는 소리 — 외로움이라는 벌레가 늙은네의 뼈에 구멍을 내는 소리. 방 안은 바깥보다 훨씬 더 두터운 어둠이 쌓여들고 있었어도, 늙은네는 불을 밝히려는 의념도 없이 그냥 누워 있기만 했는데, 상념도 같고 꿈도 같은, 그런 어떤 중음에 들어, 갈팡질팡 헤매고 있는 중이었을 게다. 거기, 차안과 피안의 경계, 질퍽한 흙 위에 앉아, 그라이 세 자매가 눈 하나를 두고 다투며, 밖을 내어다보고 있는데, 때에는 갈마(Karma, Skt.)의 이름을 가진 마녀가 그 눈을 들여다보고 있었던지, 늙은네는 그네의 머리끄덩이를 휘감아 끄셔대기 시작했다. 허기는 '전생' 이나 '윤회' 란, 이년이, 누구의 몽설(夢泄)을 훔쳐 임신했다가, 분만한 괴물들이거늘. 프라브리티(爲, 動)를 입은 것들이, 대체 어떻게 갈마(爲, 動)를 극복할 수 있다는 말인가? 허나 이런 의문은, 이 늙은네만 가져온 것은 아니었던 것, 까닭에, 그것에 대한 오래된 대답이 있어오는 것, 즉슨, 행위는 행위대로 행위하되, 그 행위의 결과를 중화(中和)하는 비결이 설법되어진바, '어떠한 행위도, 달마(는, 불교와 달리, 브라만교에서는 '임무·사명' 의 의미가 강하다)에 좇았을 뿐, 욕망 이전의 것이거나, 해방된 것이면, 업을 형성하지 않는다' 는 것이 그것인 것. ('오백 세의 악업이라도, 한번 선념을 갖기만으로도 중화를 성취한다' 는 것도 그런 것일 게다.) 까닭에, 살욕에 의해서가 아니라, 달마에 의해서, 예를 들면, 자연(自然)이 그 끈을 쥐고 흔들기에 좇아 일어나는 배고픔 탓에 하는, 호랑이의 살생 같은 것은, 업을 짓지 않는다는 데로까지 생각은 진전한다. 그 살생은, 자연의 자기 균형 잡기의 대도(大道)에 이바지한 것으로 이해해야 된다는 것, 그러나 늙은네께 일어난 이차적 인 의문은, (물론 그 핑계는 이미 자연에다 돌려져 있으며, 그래서 畜生道의 울타리, 또는 족쇄, 또는 毒은 '無明' 이라고 이르되 그렇다고 하더라도 따져보고 넘어가야 하는 것은,) 만약 그 살생을, '배고픔' '식욕' '포만욕' 따위로 이름을 바꿔보기로 한다면, 그것도 욕망은 분명한 욕망이 아니겠는가 하는 것이고, 그렇다면 저 호랑이는, 이 욕망으로부터 조금도 자유스럽지 못한 것이 아니었는가 하는 것이다. 저 욕망은 그리고, 가장 육식동물적인 것이어서, 그 욕망을 여의지 못하는 한, 그 짐승은 언제까지고 '무명' 이라는 수피를 벗을 수 없는 것이 아닌가, 하는 문제도 살펴보게 한다. 아으, 그러면 알겠다, 알겠는 것은, '욕망' 이 '운명의 기호(記號)' 를 결정짓는 요소, 그 역동적 능력 자체임을 알겠다. '족쇄' 라고, '독' 이라고 비유되는, 여섯 욕망이 육도(六道)를 화현케 한다고 이른다. '지옥도' 의 독을 '증오' 라고 하며, (몸은 巨象보다도 큰 것이, 입은 개미의 것만한 것을 구비해 있는 짐승을 비유로 들어 그 배고픔과 처지 비참함의) '아고(餓苦)' 가 '아귀도' 의 족쇄, '무명' 은 '축생도' 의 견고한 울타리, '인세' 는 모든 '욕망' 의 총체라는 것, '질투' 는 '아수라도', 그리고 '교만' 은 '수라도(데바스로카)' 의 족쇄라고 일러오는 것은, 주지하는 바대로이다. 얼핏 보이기에, 나열되어진 저 독, 족쇄, 또는 옻나무 울타리 중의 어떤 것들, 하나만 예 들면, '무명' 같은 것은 '욕망'의 이름으로 부르기에는, 어딘가 거시기한 데가 있어 보이는데도, 그러나 그 한 꺼풀씩만 벗기고 본다면, 그 어느 것 하나도 욕망의 처첩이 아닌 것은 없다고 알게 되기는 한다. 예의 '무명'도, 그 진면은, 축생도의 '본능'의 포의(胞衣)에 다름아닌 것, 그 본능은 자기 방어욕까지를 포함한, '식욕'과 '생식욕'의 한덩어리인 것, 그것이 인세의 눈에는 무명으로 보이는 것인데, 그러나 견성(見性)한 자의 눈에는, 육도 자체가 무명이며, 나라로카일 터이다. 아침 연꽃처럼 봉오리를 열었던 우주가, 낮 지내고, 저녁 연처럼 오므라들 때, 신들도 그 속에 함몰해야 된다면, 수라도라고 해서 나라로카를 벗어난 것은 아니라고 하는 것. 프라브리티의 질서체계가 상극으로 이뤄졌을 때, 그 프라브리티는 머물러 살도록 지어진 것은 아니다. 신들도 그래서, 그곳을 벗어나려면, 먼저 인육(人肉)을 빌려야 한다고 이른다면, 삼세육도가 인간도에 모두어졌다 거기서 흩어짐을 보게 된다. 모든 욕망의 한 총체가 인간이라는즉(그래서 인간은 그 하나하나가 작은 우주라고 이르는 것이겠구나), 인간도란 그래서 어기차고, 바람 센 고해이다. 무슨 능력이 그러면, 이 삼세육도를 화현케 하느냐? 그것은 '성욕(性慾)'의 이름일 것이며, 무엇이 그러면 이 삼세육도를 비화현 속에다 가라앉게 하느냐? 그것은 '살욕(殺慾)'의 이름일 게다.

늙은네의 중음 여행(想念)이 이 지점쯤에 이르자, 늙은네의 머리맡을 떠나지 않고 지켜 있던, 죽음의 그 빈 몸의 윤곽이 흐려지고 있었다. 늙은네가 그렇다고 해서, 느닷없이 죽음을 타도했다거나, 삶에서 무슨 희망이나 위로를 얻었다는 뜻은 아닐 게다. 어떤가 하면 늙은네는, 저 두 경계 사이의 골짜구니로 더욱더 깊이 빠져들고 있는 중이었는데, 늙은네가 처한 이 상태는 아마도, 이승 쪽에서는 '미람바르도(꿈 바르도)'라고 이르며, 저승 쪽에서는 '시드파바르도'라고 이르는 꿧일 듯하다. 죽음이 창백해져 뒤돌아서려는 까닭은, 늙은네가 얼마 전, 삶의 실다움에 대해 의문했었던 것과 마찬가지로, 이제는 죽음의 실다움에 대해 의혹을 품기 시작한 때문이다. 그래서 그 어느 쪽도 실다움이 아니라면, 무엇이 실다움인가? 그런 것은 애초부터 있었던 것이 아니었는가? 늙은네는 이 대목에 이르러 울었다. 믿어왔던 두 실다움들이, 저승문 나서려다 돌아선 에우리디케모양, 빛 아래서 희미해져버렸을 때, 오르페우스는 중음 문턱에 앉아 울었다. 헛되고 헛되고 헛되고 헛되도다. 아집의 까닭일 터이지만, 늙은네는, 땀과 눈물로 꾸려온 삶도 수포화하는 것을 원치 안했으며, 죽음도, 오난이즘이 되는 것을 바라지 안했다. 헛되든 아니든, 역사라는 게 무엇이냐, 고고학은 또 무엇이냐, 사리탑(舍利塔)은 그리고도 웬 것이냐, 태초(라는 것을 思考해낼 수 없는 지혜들이 있다는 것도 모르지 않는다. '太初'를 상정하면 幻들에 實肉이 차들고, 幻이 實學性을 획득하면, 太初를 상정할 수 없기는 하다. 어찌 되었든)부터 이 우주 내에는, 무엇들이 일어나, 웅성웅성 장(場)을 꾸며 흥진을 일으켜왔다는 데로, 늙은네는 눈을 돌렸다. 그러고 나자, 어지럽던 데에 안정감이 좀 드는 듯했으나, 만고 전부터 쌓여온 피로가 한 몸에로 쌓이는지 늙은네는 만말마가 풀리는 느낌에 당했다. 쉬고, 쉬엄쉬엄 쉬고, 쉬고 쉬엄, 쉬고 싶다고 생각했다. 갈마는 갈마를 낳고, 갈마는 갈마를 젖 먹이고, 갈마는 갈마를 키우며, 갈마는 갈마를 먹어 다시 갈마를 번식하는데, 그 번식이 멈추지 못하는 데에도 쉬일 자리는 있을 것인가? 육도의 모든 곳으로 불리워다니는, 정(情)이라는 민들레 씨앗은, 쉬일 수도 없는 달마에 묶여 있음인 것, 오랜 부표(쓴물 속에 자맥질하기!)로부터, 땅에 한번 내려앉아, 이제 좀 쉬려 하면, 바로 그 당장, 무엇이 독침으로 전신을 찔러대기 시작한다. 누구겠는가, 싹의 삼시랑, 그네말고 누구겠는가, 환생(還生)이라는 이름의, 그라이 세 자매 중의 하나, 싹의 삼시랑—늙은탱이의 상념은 병이며, 앓음앓이이다. 늙은탱이는, 일반적으로 받아들여지고 있는 '휴식', 또는 '휴지' 라는 죽음의 실다움(은, 삶도 실다움인 것)도 받아들일 수가 없고, 그것의 헛됨(은, 삶도 또한 지워 없애는 것)도 받아들일 수가 없는 것이다. 이런 오문·비문 책은, 그 어깨에 프스러진 비듬까지도 지혜로 이뤄졌다는 그런 이들까지도, 난삽하다 하여, 얼굴을 서 말이나 찌푸리겠구나. 이래서 보면, 안다(知)는 것과 깨닫는다(覺)는 것은, 같은 것이 아닌 듯하다. 까닭에, 양쪽 다 대개는 비슷한 진리에 닿아 있어 보여도, 한쪽은 여전히 차안 물보라에 날개를 무겁게 적시며, 피안을 바래 고욕(苦辱) 꼬욕 끼욱 물고 있는다. 이제도 문제가 되는 것은 그러자, '환(幻)/실(實)' 은 아닌 듯하다. 그러면 이 늙은탱이는, 모태에 실렸기 전에는 누구였느냐, 라는 데로, 상념은 당연하게도 치닫게 될 터이다. 누가 이 늙은탱이의 몸을 빌려 차생을 엿보는가? 늙은네는 잇몸을 갈았으며, 게거품을 부그럭여냈다. 이 늙은탱이는 그런즉, 요절미 한 알캥이의 새경도 못 받으며, 어떤 모르는 타인의 머슴살이만 해온 것이었는가? 또는 다른 누구도 말고 자신이었던가? 그렇다면 자기는 왜 자기의 전생을 조금도 기억할 수가 없는가? 자기는 그러면, 몇 아상키야(asamkya, 겁파보다도 더 긴 시간의 단위)나 늙은 자인가? 무슨 인연에 의해 일어난 바람이었는가? 늙은네는 그러나 아무리 해도, 부스러진 기억 하나라도 주워낼 수가 없을 뿐이기만 하다. 기억을 해낼 수 없는 전생의 자기가, 어째서 차생의 자기라고 이를 수가 있겠는가? 그래서 만들어낸 말일지도 모르지만, 하는 말로는 모태 속의 양수란 '망각의 바다(샘)'라고도 이르고, 또 하는 말로는 (아이는) 어미의 좁은 하문을 비어져나올 때, 극심한 두통을 겪는데, 그때 전생을 깡그리 잊게 된다고도 하고, 그리고도 근래 전해지는 소식에 의하면, 전생은, 모든 유정의 성격 속에 그 나이테를 가지런히 해갖고 있다(『七祖語論』)고 하기도 하지만, 세번째 의견을 제외하면, 저런 의견에도 토를 달 것이 없는 건 아니다. 저쪽 세상에선, 흐르던 어떤 의지(念態)가, 이쪽의 모태에 드는 것을 또한 죽음이라고 이른다고 하고, 이쪽의 죽음이 저쪽의 태어남이라고 한다거늘, 문제는 그러자 무엇인가 하면, '이쪽 죽음의 저쪽 태어남'에는, 대략 '마흔아흐레' 동안, 이쪽에서 그것이 지은 업이 역으로 일어나는, 그 기억에 당한다는 것인데, '저쪽 죽음의 이쪽 태어남'에는, 어째서 그것(49일)이 주어지지 않느냐는 데 있다. 이 늙은네도, 어디 무슨 기자바위 똥구녁에서 저절로 불거져나온 것이 아니라, 어머니의 복통앓이로 태어났으므로 하여, 저런 것을 묻고 있는 것이다(라는 말은, 뉘 알겠느냐, 아이는 태어나자마자, 대략 마흔아흐레 동안 바르도의 경험을 역으로 재현하고 있는지, 그걸 뉘 알겠느냐는, 있을 수도 있는 의문에 미리 답해놓은 것). 그것뿐만은 아니다. 반복되거니와, 바르도에 들기도 그쪽에서의 출산이라고 이른다는 의견에 좇는다면, 바르도 또한 하나의 모태인데, 그럼에도 이 모태는, 전생을 해체 분리, 또는 역행(discarnation)하는 것이라면, 이쪽의 어미의 자궁은, 생성재조립(reincarnation)하는 것이어서, '망각의 샘'이 웬 말이냐, 잃었던 모든 것이 되살아나야 옳을 일, 만약 어떤 유정이 기억력을 잃어야 된다면, 해체 쪽이며, 재생 재조립되는 쪽은 아니어야, 달마가 체머리를 흔들지 않을 터이다. 어미들의 하문의 좁음과, 대가리 큰 새끼놈들의 두통의 문제도 그렇다. 아이들마다 어미들의 하문을 통해 태어나는 것은 아닌 것, '제왕절개'라는 수단도 있어, 어미의 '옆구리'를 터, 두통 없이 끄집어내진 아이도 무수한 것. '天地玄黃' 넉 자를 삼 년 읽었어도(三年讀), 그 글자의 뜻은 그만두더라도, 쓸 줄도 몰라, 그 답답함이 병이 되어 죽었던 이라면, 태어나자마자, '焉哉乎也'를 언제 다 읽을꼬(何詩讀?), 마저 채워 읽은 뒤, 이름 석 자만 쓸 줄 알면 됐지, 그늘에 앉아 좀스럽게 글자 나부렁이나 익힌다고, 장부가 갖다가시나, 세상이 어려움에 처한 것을 보고도 외면만 할 수 있을쏘냐, 스승의 머리를 걷어찬 뒤, 장도를 거머쥐어 뛰쳐나가야 될 일. 그러나, 마빡에 피도 안 말라, 비린내 풍기는, 그런 갓난 장수 있었다는 얘기 들어본 이 있느냐? (그러나 원형성이랄 것을 구비한 신비스런 출생과, 눈물과 양수가 범벅된 일반적 출생을 혼동할 일은 아니다. 그리고 늙은네의 상념이 닿은 이 자리는, 傳說이 재단해 입힌 신비의 옷의 반 조각 헝겊에도 입혀지지 못한, 치욕스럽게도 더러움 속에서 몸을 입은, 일반적 출산에 대한 얘기를 하고 있는 것이다.) 이래서 새로 또 본다면, 그리고 우악을 부려 말하기로 하면, 자기의 전생을 기억하는 자는 없다고 해도 과언은 아닐 듯하다. (어떤 대단히 능력 있는 정신분석꾼이, 최면술을 통해 어떤 환자의 전생을 모태 이전까지 소급해 올라볼 수 있다 한다 해도, 그건 시드파바르도까지일 것이다. 그것도, 정신분석꾼들이, 자기네 환자들이 꾸는 꿈을 중시하여, 풀이하려는 것에서 조금도 더 나아간 것으로는 보이지 않는다. 무명중생을 교화하고 구제하는 방편으로, 어떤 각도한 설법자가, 자기의 전생을 들어, 자기가 어느 때는 도척이었다느니, 변강쇠였다느니, 옹가년이기도 했다느니, 거대한 구렁이, 사자, 수캐, 돼지, 심지어는 지렁이기도 했다고 설하기란 쉬운 일일 것이다.

크리슈나의 어미가, 자식의 입 속을 열고 들여다보았던 풍경이, 그런 것이었다고 하잖느냐. 어떠한 성자라도, 신과 마라가, 그를 수술대 위에 뉘어놓고, 해부를 해본다면, 심지어는 그 집도를 하고 있는, 그 신과 마라 당자들까지도 그 속에 들어 있음을 알게 될 것이다. 신·성자/마라·파락호의 다름은, 신은 어떤 식으로든, 자기 속의 부정적 욕망을 마라화하여 분리해내어 객관화하기에 성공하고 있는 자들일 것이다. 어쨌든 여기 어디에, 前生과 性格의 문제가 거론되어질 소지가 있다.) 저런 의문은 그래서 우문이 되거나, 대답을 찾으려는 자체가 도로일 수도 있을 것이다. 분명한 논조는 이렇게 될 것이다. 갈마론을 무시하거나 부인할 수가 없으면, 윤회·환생론에 닿고, 윤회·환생론은 그러면 당연하게도 전생론을 정립해낼 것이라는 그것이다. 그렇다면, 이것만은 어째도 대답되어지지 않으면 안 되는, 대단히 중요하여 무엇에도 비교치 못할, 한 의문에 봉착하게 될 것이다. 무슨 인연이든, 또는 무엇의 환이든, 어쨌든, '처음에 하나였던 유정이(란, 가정이다. 처음부터 하나보다 많았었다고 누가 억지를 부린대도, 「창세기」에는 언급이 없이 우주론을 펴는 이들께는, 달리 말할 여지도 없기 때문이다) 둘로, 셋으로 불어나는 것이 인구 증가'라고 한다면, 둘로 증가한 유정 중의 하나의 전생에 대해서는, 어떤 의문도 필요 없겠음에도, 다른 하나의 전생을 그러면 어디서 구해낼 수 있는지, 그것은 이해키 곤란할 뿐이어서, 대답이 필요한 것이다. 이 증가는, 그런 이후 기하급수적으로 계속되어오는데, 그러는 동안 물론 감축도 있어, 감축된 유정들이 증가하는 유정들의 전생을 얼마쯤 뒷받침해줄 수 있음에도(눈감고, 아웅-) 증가가 감축을 압도하고 있는 것이, 어느 시대나의 실정인 것. 그렇다면 증가하는 유정 중의 대다수가, 전생이 없이, 어버이의 '쾌락의 잉여물' 일 뿐인가? 이 잉여물들의 죽음은 그냥 소멸일 뿐인가? 허무주의나 무신론 따위가, 그래서 그들의 종교가 되어진 것이었는가? 아니면 '태어난 바도 없으며 멸한 바도 없고(不生不滅), 늘어난 바도 줄어진 바도 없었던 것(不增不減)' 이었는가? (두 다른 달마가, 한 空門에서 설해진다는 것은, 무명중생의 등이나 터지게 할 일이구나.)

바르도에 처한 (死者의) 몸은, 육신을 이쪽에 벗어놓았으므로 해서, '생각의 몸', 다시 말하면 '염태' 라고 한다거니, 까닭에 이 몸은, (배고픔, 노쇠, 병고 등에 당하는 중력으로부터 벗어나,) 일단은 자유 자체, 무장애, ─ 그러므로 법신(달마키야)으로부터 지렁이의 몸까지, 어떠한 형태라도 취할 수 있다는 것. 이런 말은, 그것이, 어떤 암수의 성교의 장면에 눈이 묶여, 말할 수 없는 호애와 질투를 느껴,

부나비가 불꽃에 대해 그러듯, 그 가운데로 뛰어들기 전까진, 원하는 어떠한 고장에라도 여행할 수 있는 능력의 몸 자체라는 것. 그렇기 탓에, 동시에 그것은, 약처 또는 상처 자체일 수도 있다는 것. '약처 자체' 라는 의미에서 예를 한 둘 들기로 하면, (얻어듣게 되는 얘기 중에는,) 임종하는 환자의 몸에 손을 대지 말라고 하며, 일례로, 누군가가 환자의 귀에 손을 댔다고 하면, 백회혈(百會穴)을 통해 곧바로 빠져나갔어야 할 사자의 '포' 가 인세로 돌아오기 전에, 귓구멍(귀와 소리)으로 빠져나와, 안타깝게도 그 결과는 '간다르바의 세계' 에 태어난다고 하는 것. 노래나 음악의 그것이 그렇듯, 저 간다르바의 체(體)를 이룬 것도 '소리' 기 때문. (이것이 저 염태의 약처가 된다고 이른 것은, 저 염태가 몸을 입고 있었다고 한다면, 몸이라는 단단한 基體와 緣帶의 까닭으로, 간다르바 세계에로의 여행은, 그냥 하나의 '포와(Pho-wa) 禪定' 으로 또는 꿈꾸기로 끝났을 것이었던바, 몸과 꿈의 관계는, 바람 좋은 날 연날리기에 비유될 것인 것. 그 줄이 끊기면, 연은 어디론가 불리워가다, 진흙탕이든 가시쟁이든 어디에 팩 꼬꾸라져버릴 터이다. 이것은 다음의 예에도 똑같이 적용될 터인데, 늙은네의 상념이 세운 假說의 초석은, 여기에 두고 있음은 분명하게 밝혀둘 일이다.) 또다른 한 예로는, 예의 저 염태가 만약, 망자 자기를 위해 마련한 제상 위에 놓여진, 먹음직스런 고기 토막에 눈을 묶이고, 강한 식욕을 느꼈다면, 그 염태는 그 당장 늑대(육식 동물의 한 예겠거니)가 되어, 들로 달려나 간다고 이른다. (아으, 집착하지 말았어야 했을 것을, 무엇에고 집착하지 말었어얄 것을! 그러므로 선노들이 '집착하지 말라, 마음을 비우라' 고 통절하게 일렀던 것을―) 염태는 그래서 초능력이며, 동시에 족쇄인 것을 알게 한다. 거기 그리고 분명히, 모든 전신(轉身)의 비밀이 있음을 알게 한다. 살(肉身)과의 관계에선, 두번째 들어진 예에 주목하게 하는데, 이렇게도 저렇게도 귀 맞춰 재조립해보기로 한다면, 강한 식욕에 당한 저 염태는, 늑대들 중의 어떤 한 쌍이 교미하는 중에, 아비 쉬는 가쁜 숨을 좇아 (아비의) 척수에 들었다가, 모태 속으로 이월했었을 것으로 추측된다. 그럴 것이, 제상 위에 느닷없는 다 자란 늑대가 나타나, 고기를 물고 으르렁거렸다는 얘기는 전해진 바도 없으려니와, 자연의 법칙(달마)에도 어긋나는 일이기 때문이다. 유정의 화현에는 네 가지의 법밖에는 없다고 이르는 것 ― 화생·습생·난생·태생. (허허, 누가 일러 늑대가 화생이라던가?)

태생(胎生) 가운데서도 인간은, 휴대용 삼세육도를 가지런히 한 벌 안 대어 갖고 있다는 얘기는 되어진 바와 같거니와, 이런 말은 왜인가 하면, 바르도, 특히 미람바르도와 시드파바르도에 처한 염태의 욕망 또한, 삼세육도적, 다시 말하면 복합적(複合的)이라는 얘기를 하기 위한 것이다. 염태 ―복합적 욕망태(欲望態). 이제는 그러면, 이렇게 말한다 해도 반드시 틀린 것은 아니게 될 듯한 것이, 한 염태가 육미에 대한 식욕에 당하고, 늑대에로 전신을 치러버렸다는 얘기는, 저 복합 욕망태로부터, 다름아닌, '식욕' 만이 분리되어버렸을 것이라는 것. (이 자리에서 단단히 못을 하나 박아둬야 할 것은, 이것은 늙은네의 상념에서 이뤄진, 다름아닌 '假說' 이라는 것이다. 가설은 가설이기 때문에, 가설에서 끝날 수도 있고, 아니면 그것이 취급하고 있는 주제의 단단한, 그리고 힘찬 추진력에 의해, 어떤 감춰진 진리를, 가설의 이름으로 뽑아올릴 수도 있을지 모른다. 만유가 幻이라는 주장도, 어떤 의미에서 가설이며, 반대로 實이라는 것도, 가설인 것은, 인정할 수도, 안 할 수도 있는 것인 것.) 욕망은, 어떤 것들은, 전혀 닮은 점을 갖지 않는 것들이 있다. 예를 들면, 재물욕·권세욕·명예욕 등은, 식욕과는 엄격히 구별되는, 수라·아수라·인간의, 또는 그 세계의 것들, 그러니까 축생도 위쪽의 욕망들이어서, (논리적 귀결은,) 축생도에는, 예 든 욕망들이 수용되거나 소속되거나, 충족될 여지가 있지 않다는 것이다. 고로 예 든 욕망들은, 비록 축생도엘 들고 싶어도, 들어지지가 않게 된다는 것이다. 이건, 기름과 물의 관계에서 그 비유를 얻을 수 있음에 분명하다.

모든 욕망에다 사대(地·水·火·風)를 입히는 것은 '성욕' 이라는 것은 이미 살펴진 바 있거니와, 그 욕망들의 해체(discarnation)와 재조립(reincarnation)에 관해 도식으로 정리해본다면 이렇게 될 것이다.

증오+아집+성욕=훙로카(지옥도)

고(苦)+아집+성욕=프레타로카(아귀도)

무명+아집+성욕=트리산로카(축생도)

욕망+아집+성욕=나라로카(인간도)

질투+아집+성욕=아수라로카

교만+아집+성욕=수라로카(제바도)

(모든 추상적인 것을 구상화하기의 한 방법이겠지만, 산스크리트의 상상력 속에서는, 일례만 든다면, '이때 질투가 그의 속으로 쳐든지라, 그가 아수라가 되었다' 라고 이르는 것 같은 것이다.)

이런 도식에다 보주(補註)할 것이 있다면, 저 한 염태는 분해를 통해, 자아, 또는 자의식의 희석까지도 겪고 있다는 것이다. 시간의 삼세(과거·현재·미래)가 '극소의 시간' 의 일점에로 무너져내림! 시간의 과거, 현재, 미래가 한

통속에 뒤섞임 — 모든 것이, 어지러운 모양이다. 이때, 저 뒤죽박죽이 된 시간의 삼세를 싸안고 있는 시간은 물론 '극대의 시간' 이었을 것. 원소(元素)들은 바로 이 시간 속에서, 그것의 접착력/반접착력에 좇아, 저 모태에로 든 꿈들에다 살을 직조해 입힐 것이다. 원소의 접착/역접착력 또한 복합적인 것. 물어져야 될 것은 그러자, 바르도에 처한 복합적 욕망태가 분해 분리하고 있었을 때, 그것의 자아, 또는 자의식(그것이 轉身의 씨앗은 아니었을 것인가?)을, 제 분깃만큼씩 떼어냈을 것이라는 가설 위에서, 그렇다면 아까 늑대가 되어간, 염태의 한 분신(分身)은, (늑대가 되고 난 뒤) 자기의 전신, 또는 전생을 기억하고 있을 것인가, 그것일 테다. 만약 그 짐승이, 모든 것을, 다시 말하면 사람이었던 전생을 기억하고, 자신 속의 사람을 인식한다면, 그것은 어떤 종류의 축생일 것인가? 아니면, (어떤 해석학자들의 주장대로) 그것은, '늑대적 성격을 가지고 환생한 사람' 일 것인가? 하긴 그러나, 그 축생을 분리해낸 당자도, 분리되어진 그 순간부터, 늑대라는 축생을, 자기 속에서 경험하지도, 기억하지도 못하는 것은, 살펴져야 할 것이다. 만약에 그렇다면, 이런 가설에 의해서, 유정증가와 윤회, 기억해내지 못하는 전생의, 잘 풀려지지 않던 매듭이, 저절로 느슨해짐을 보게 된다. 이런 분화 현상을, (생물학에서 이르는, '세포분열'과 대단히 비슷하다는 의미에서) '갈마분열(羯磨分裂)'이라고 이른대도, (가설이 이끌어낸 논리에) 틈은 있어 보이지 않는다. 갈마분열—복합적 욕망의 덩이, 염태는, 뒤죽박죽이 된 혼돈의 시간, 시드파바르도에서, 익은 민들레처럼, 산지사방으로 흩어져간다. 민들레 씨앗을 불어가는 바람은, 업을 짓는 욕망인 것. 원소 아닌 원소, 선과 악도, 그것의 무게(가벼움/무거움)나 색깔(밝음/어두움) 기타 등에 좇아, 오를 것은 오르는 것의 날개가 되고 ('黑空'이라는 것이 상정되어 있으니 말이지만,) 그것들은 그리하여 빛으로 충만한 '백공(白空)'에 들며, 내릴 것은 내리는 것의 발목의 추가 되어 전순히 암흑한 '흑공' 속에로 끌박아넣는 것일 것이었다. 바르도에 나타난다고 알려진 여러 현란한 빛과 소리는, 이 두 자장의 무중력/중력의 상극적 충돌 속에서 발생하는 것들은 아닐지 모른다. 전에 늙은네는, 저런 상추(想推)의 결과로, 모든 '갈마분열'의 씨앗, 또는 그 해체의 힘은 '선/악'이 아닌가, 그러므로 종교적 서사시들은 신들과 악마들의 결전장을 읊고 있는 것이나 아닌가, 그렇게 미루어 생각해왔으나, 그것은 다름아닌 이원론적(二元論的) 사유의 결과는 아니었을까, 하는 것을 고려하기 시작한다. 이 자리에 이르러 늙은네가, 새로 관찰해보기 시작하는 것은, '선/악'은, 분열의 '시작'보다 그 '결과'에다 '무게/가벼움' '어둡기/밝기' 등등을 결정해주는 요소가 아니겠는가, 하는 것이다. 이것이 종교적 어휘로 환치된다면, '심판'이라고 일러지는 것은 아니겠는가, 글쎄, 정토나 나라로카도 화현된 우주의 권내에 소속된 것이라면, 어떤 자아가 분열할 때 그것들(선/악)인들 어찌 분해되지 않겠는가. '선의 집적과 해탈은 별개의 것'이라는 의견을 좇기로 한다면 그러하다는 얘긴 것이다. 생각이 이만쯤에 닿았을 때 늙은네는, 몹시 체머리를 흔들었으며, 그러다 쓴물을 조금 토했다. 자기는 지금, 상념이 마무리지어지는 대로, 떠나, 누가 자기라는 흰(白) 아—어(語)를 발음해냈는지, '원인(原人)'이랄 또는 '본인(本人)'이랄 자를 찾아나서려는 것이었는데, 그런 생각은 반드시 옳은 것 같지는 않다는, 새로운 믿음(생각)이 든 까닭이다. '바르도', 또는 '중음(中陰)'이라는 말이, '죽음과 재생 사이의 중간 상태'라고 분명히 밝히고 있었음에도, 어쩌면, 다른 언어로 이뤄진 교리에도 귀가 닿아 있어, 이분법적 사고의 벽을 허물어내지 못했던 모양으로, 막연하게 여겨왔기는, 우선 '이승'이 있고, 다음에 '중음'이 있으며, 그 너머에 '저승'이라는 것이 있는 것일 것이라고 편안하게 믿어, '원인', 또는 '본인'은, 아으 장자(莊子)여, 저승 잠푹

한 달빛을 덮고 자며, 꿈을 꾸고 있을 것이라고 해온 것이다. 그리하여 꾸어진 꿈은, 그의 잠 속에로 되들었다가 어디로 떠나기도, 돌아오기도, 거기서 하는 것이 아닌가, ……종일 밖에서 일하고, 저녁에 집 돌아와, 땀에 젖은 옷 벗고 잠들었다가, 아침에 다시 깨어, 새로 옷 갈아입고, 일터 찾아나서기…… 중음이란, 끝이 없는 얘기책의 페이지를 하나 넘기기인 것? 중음 너머의 다른 세계란 있던 것이 아니었던 것? 중음이란, '뫼비우스의 띠'의, 얼핏 보이기에 겹쳐진 것처럼 보이는, 그 어떤 부분에 불과한 것?—막연한 상상력 속에서는 그런데 중음과 저승이 나누어져 있는 것처럼 여겨졌던 게 탈이다. (반복되고 반복되지만) 중음 너머의 세상이란, 다름아닌 이승이었던 것을!

가설에 의한 추론적 귀결도 그래서 진리라고 이를 수 있을 것인가? 늙은네는 여전히 그 의문을 버릴 수 없음에도, 자기가 숨을 내쉴 때, 우주라는 한 연(蓮)이, 펼친 양산처럼 활짝 피고, 자기가 숨을 들이쉴 때, 접은 우산처럼 소롯이 닫긴다고 내어다보았다. 그 안의 팔만사천 유정 무정 중, 자기 아닌 것은 하나도 없었으며, 동시에, 그 어느 것도 자기인 것은 없다고, 늙은네는 들여다보았다. 이제 늙은네께 그것들은, 뱉어내어진 숨이나, 저절로 빠져내린 머리칼에나 비유될 것들뿐이었다. 떠날 채비로 맸던 감발도 풀고 늙은네는, 그냥 주저앉고, 상념의 문을 닫으려 내뱉는 숨에다, (너무 많은 말을 날려보내버려) 빈 마음을 묶어맸다.

아함 바후 시암(나로 하여금 여럿이 되게 하라).

유서(遺書)랄 것이, 늙은네의 머리맡에 남겨져 있었다.

'장례식이 무슨 소용이람? 무슨 인연의 말똥풍뎅이가 뭉친, 똥덩이 속에서, 자아라는 한 말벌이 까이어 똥을 파먹고, 조금 날아올랐다가 지친 날개를 접었거늘.

오문·비문으로 점철된, 이 한 편의 잡설(雜說)은, 선방(禪房) 칙간에라도 퍼버려, 공(空)을 먹었을 뿐인데도 색(色)이 뒤틀리고 급해, 칙간 길에 오르는, 사미들의 교과서(公案)라도 삼아주면 좋을 일.

돌(咄), 서 근의 삼(麻)이었던 것을.'

* 이 좁쇼릐는 졸책 『七祖語論』에서, '갈마분열' 이라는 것에 관해 제안만 해놓고, 나머지는 괄호인 채 남겨뒀던, 그 괄호 메우기로 씌어진 것임을 밝혀두는 바이다. 그러나 이것도 또한, '제2의 제안' 같은 것으로 보아 넘기는 것이 좋을 듯하다.

* 때로는 인용부호를 붙이기도, 많은 경우 생략해버리기도 한 이 좁쇼릐는, 여기서 저기서 빌려온 의견들로 백결(百結)이되, 원전을 밝히는 일은 불필요하다고 여겨, 각주를 달지 안했다. 뻔히 아는 얘기들이 그것들 아닌가. (咄, 小說하기의 앓음다움!)

두 집 사이

제7의 늙은 兒孩 얘기

—패관(稗官)이란, 하필이면 화천(火天, Agni) 니미 씨나락 까먹은 자리로 다니며, 쭉정이 속에 요절미(腰折米)라도 몇 남았는가, 아니면, 가을의 끝으로 어슬렁거리고 다니며, 남이 심었다 거둬간 자리 뒤적여 이삭을 줍는 자, 어느 마을 퍼부어내리는 눈 속에 묻히면, 주운 낱알 고콜이불에 구워, 또드락 딱 또드락 딱(씨나락 까먹는 소리, 장단 맞추느라 목침 두드리는 소리), 한 마을 삼동 잠의 고치에다 귀를 열어 구멍을 내어, 망각 속에서 꿈의 나비를 불러내는 자(나비? 나비! 나비. 咄, 저 나비의 아비 莊子라는 자 저승 간 지도 꽤 오래라는데, 웬 나비가 그렇게도 많아 도처에 날으는고? 건 말일세, 그가 저승 갈 때, 자기의 나

비를 불러들이기를 잊은 까닭인 것 ―莊子公의 잠도 헤설프겠네), 삶은 이래도 저래도 어쨌도 그래도 한 번은 맛보아 취하다 뒈질 만큼은 좋은 붉은 독주니라고……, 또 아니면 (패관이란,) 낮에 나온 반쪽 달, 낮 동안에 세상에선 대체 무슨 일들이 일어나쌌고 있느냐고 궁금하여, 낮을 좀 훔쳐보려다 제 빛깔을 왼통 잃어, 무색하고 무렴하고 빙충맞은 달, 그 얼굴로 그 달은, 낮 세상에서 과연 무엇을 보았을 것인가. 허긴 '얘기' 라고 이르는, 패관들이 주운 말(言語)의 사리(舍利)란, 해 아래서 일어났던 이런저런 사건들이, 달의 양수(羊水) 속에 담길 때 '얘기스런 몸(譚)' 을 흐르릉하게라도 입는 것이기는 할 것이오만, 가, 가맜서 봅시다. 때, 때로, 더러 헛것들과 마주하여 입을 열어보기는 하였으나, 뜨거운 피를, 그것도 병들지 않은 백혈구를 몸속에 돌리고 있는 사람과 면대하기는, 이거 얼마 만이나 되는지……, 그, 그러구 보니, 여긴 벌써부터 가을이 저물려 하고 있는 참이구료. (이런 우리들의 '가을', 달의 양수 속에 담긴 가을은, 봄 시작될 때에도, 삼동에도, 어느 철에나 있는 것. 그러나 정작으로 이 고장엔, 뚜렷한 철이 없어, 생성과 조락이 모르는 새 갈아든다는 것을 알려드리고 싶소.) 패관의 걸음이 며칠만 늦었더라도, 눈이 내려, 저승으로 내려, 마을은 삼동 속에 가라앉아 닫혀버렸을 것이었소.

저장해뒀던 씨앗까지 다 죽 쑤어 먹고, 피가래를 뱉아내는 죽을병 든, 자칭 시인(詩人) 하나가, 이 고장 마지막 고콜이 불이어서, 고름 같은 흐린 빛을 조금 비춰내고 있소만, 이런 고장에 넋은 있어 보이지를 않는구료. 저 고콜이불이 꺼져버린다면, 우리는, 패관 하나와 시인 하나는, 해골의 골짜기에서, 저 불빛의 마지막 방울을 홀짝이며, 삼동 하나를 새웠음을 알게 되겠지요?

—자기는, 운명적으로 시인이라고 생각하는 자가 있어, 자기의 죽음은, 자기가 뿌린 말의 씨앗들이 터, 불의 꽃을 피울 때, 그 불의 고랑에 누워 산화하는, 그런 것이 되기를 바란다면, 그건 너무 사치스러운 꿈이나 될까요? ……보시는, 이 방 안에 쌓이고 널려진 이 종이 뭉터기들은, 그 시꾼의 말의 씨앗을, 품은, 불의 둥지들, 들이라고 말해도, 토, 토역질을 느끼시지 않을까요? 이것들은 사실, 무문(無門) 속에 갇힌, 한 허무주의자의, 울려 해도 울어지지 않는 그 울음의 기록입니다만, 한 아수라(阿修羅)의 자기 패배의 고백입니다만, ……이제 와서야 알게 된 것이 그것입니다만, 신들을 타도해버린 자(無神論者) — 아수라(Asura, Skt.), 의 비극은, 그가 신(Sura)을 부정(A-)했을 때, 동시에 다른 다섯 세계(Lokas, Skt.)도 지워 없앴던 결과를 초래한 그것이었을 겁니다. 아무리 닿고, 열려 해도, 심지어

지옥도까지도 그 굳게 잠긴 문의 빗장을 뽑으려 하잖는다 말입지요. 없는 문이야 열릴 수가 없을 뿐이겠습지요. 그럼에도 위계(프라브리티)는, 저 없는 문의 안쪽이나 바깥쪽에 신비를 감춰놓고 있을 것임을.

본 패관은, 저 고장의 가을의 꼬리가 삼동의 독아에 거의 다 먹혀들고 있는 그런 철의, 하룻저녁을, 그 고장 마지막 생령과 고콜이불 아래서 새우고, 그리고 날이 새려 했기에, 그 고콜이에서 불씨 하나를 쥐어내려, 그의 가슴에 따뜻하게 묻어준 뒤, 돌아나오는 길이다. 그러기 전,

그 고장으로 들어가는 길에, 상여 지난 뒤 가시쟁이에 걸려 밤이슬 맞은 혼적(魂迹) 나부렁이 같은 소식을, 여기서 저기서 주워들었기로는, 십사오륙 년 전에, 한 때의 건강한 남자 여자들이, 여럿의 소달구지에다, 노아가 방주 속에다 챙겨넣었을 것 같은, 그런 여러 가지 것들을 싣고, 그뿐만 아니라, 이고, 메고, 지고, 안고, 몰고, 샴발라(Shambhala)라던가, 무슨 그런 고장을 찾아간 일이 있었다고 했으며, 찾지 못했다손 치더라도, 그들은 어디서든 그런 고장을 꾸며 살 것이라고 했다. 그랬을 것이, 저 한 때의 여자 남자들은, 아무리 흐린 눈을 가진 이가 보았다고 한대도, 자기네들처럼 범상한 이들은 아닌 듯했으니 그렇다는 것이다. 저

들은, 달구지를 끄는 소를 어거(馭車)한다거나, 돼지며 양 같은 짐승을 다루는 일에 서툴러 생진땀을 내는 것으로 보아, 가난이나 노동의 고통을 거의 모르고 자란 이들이 틀림없었으며, 그들이 쓰는 말이나 행동을 좇아 짐작해보면, 모두가 하나같이 높은 학식을 갖춰 있는 이들임에 분명했더라고 했다. 그리고도 뭔지 말로써 표현해낼 수 없는 분위기와 품위가 저들께는 있었더라고도 했는데, 이것이 무엇을 뜻했었는지는, 저 마지막 사람으로부터 얼마쯤의 암시를 얻을 수 있었다. 칙간 디딤대에도 부적을 붙여야 되며, 곪곳 한 군데만 생겨도 무당이나 점쟁이네로 달려가서야 해결을 보는 이들께 무신론자(無神論者)들은, 우주적으로 촌티를 벗어 인신(人神)스러워 보이는 수도 있으며, 그리고, 심지어 자기의 삶을 두고도 연연해함이 없어 보이는 허무주의자(虛無主義者)들은, 표표히 경계를 건너뛰어넘은 고승(高僧)스럽게 여겨지는 수도 있다는 것이다. 아무튼 저들의 마을에 농부는 하나도 없었어도 농학사는 있었으며, 땜장이나 미장이는 없었어도, 물리(物理)를 강구하는 과학사나, 문리(文理)를 터득한 문학사는 있었으며, 점쟁이나 무당은 없었어도, 파문당한 성직자·수녀, 파계 환속한 비구·비구니, 또는 약사나 의사는 있었던 모양이다. ……저런 저들이 어디론가 떠들어가고 있었을 때, 저들의 연령은 대략 서른에서 마흔다섯 사이로 건너다 뵀는데, 그로부터 십수 년이나 세월이 흘렀으니, 환갑에 가까워가는 이도 몇 있겠다고 했다. 이런 소문에, 패관의 귀가 어찌 솔깃해지지 않을 수가 있었겠는가.

샴발라는 그리고, 알려져오기로는, 북쪽 어디에 있다고 하는 곳. 길은 험난하여, 행려자들의 머리를 세게 했으며 ― 여자는 남자의 정액의 부족으로 늙고, 산은 비에, 중은 길 때문에 늙는다고 하잖느냐 ―, 산은 (그 영봉에 사철 눈을 덮고 있을 정도로) 높고, 골짜기는 (용의 잠을 묻어놓을 만큼) 깊었다. 길은 험난했으며, 산은 높고, 골짜기는 깊었다. 그런 데를 지나는 길손은 그런데, (패관은 자기의 얘기를 하고 있는 중이지만,) 먼저 그런 장관에 놀라고 눌려 숙연해졌다가, 다음 자기 왜소감을 못 이기고 외로워져 버리는데, (패관은 지금 자기의 경험을 얘기하고 있는 중이지만,) 그럼에도 그런 거악한 산과 깊은 골짜기의 어느 기슭이나 중턱에, 아주 조그맣게라도 암자가 있다거나, 화전민의 통나무집이 하나라도 있어, 저녁 짓는 연기나, 빤하게 켠 창 불빛이 보인다면, 그 당장 거기 우주적 '생명의 축제(김진수, 『사랑, 그 불가능한 죽음』 참조)' 가 열리는 것을 보게 된다. 몇 가닥의 (文化化한) 연기나 불빛에 의해서, 저 거대한, 빼꼭 채워진 (自然的) 만고의 정적이, 갑자기 의미를 획득하기 시작하고 있던 것이다. (이건 프로메테우스의 눈을 빌려 보고 하는 말이지만,) 이 한 우주는, 수목이나 짐승, 해와 달, 별과 바다와, 신들과 요정들이 있어 넘치기만으로는 아직 완성된 것이 아니었던 모양이었다. 그래서 창조의 마지막 날, 이곳에 인간이 나타나기 시작하고, 그것들은 그 하나하나가 모두 타오르는 불기둥과도 같아서, 그때부터 우주를 생기(生氣)로써 사롸올렸던 모양이다. 그리하여 서사 비로소 '생명의 축제'가 열렸던 모양이었다. 자야(승리) — 잘, 잘이 흔다.

— 만삭인데도, 자기가 거두지 않으면 안 되었기에, 낫가락 챙겨 나왔다가 그렇게 되었을 것이었소만, — 이쪽으로 오던 도중의 얘기외다 — 한 아낙이 누렇게 익은 보리밭 고랑에서 산통을 겪다 죽고, 밝은 해 아래, 핏덩이만 어미 치마폭에 싸여 누렇고도 시뻘겋게 울고 있는 것을, 차마 저버리지 못해 보듬아온 그 여아 하나말고, 우리 중의 누구에게도 딸린 것은 없었소이다.

울어머니 날 날라 말고
배나 낳으면 개용을 쓸걸
울아버지 날 맹글라 말고

매방석이나 맨들 것인데
멋 할라고 나를 나서
요 고생을 시기싱거나

「욥記」라는 어느 민담에도, 저런 투의, 시간을 역류 소급하여, 아버지-어머니가 배 붙이고 정 나누는 그 시간까지도 지워 없애려는, 자기 저주, 뼤에까지 닿는 시린 한탄의 노래가 있습니다만……, 허, 헌데 가서 봅세다. 잘 되어가던 비역, 질에 웬 수사학적 간질이냐, 이런 말입습지? 그, 그건 말이외다, 우, 우리는 ― 이 '우리'는, 분명한 複數임에도, 대부분의 경우 單數처럼 쓰여지고 있다고 느끼실 터입니다만 ― 여기 정착하기로 한 뒤 뒤늦게, 폐광촌의 남루함에 싸인 우리의 처지를, 예 든 저 민요·민담에서 새로 발견하게 되었는데, 우리도, 저 보릿고랑에서 죽은 산모의, 터진 양수와 비린 피에 젖은 치마폭에 싸인 아이, 꼽추 아이와 조금도 다름이 없던 것을 알겠던 까닭이외다. 우리 중의 누구도, 예의 저 민요의 사설이 암시하고 있는 바와 같이 가난했다거나, 불행했다거나 하는 사람은 하나도 없었으나, 어쩌면 그것이 병이었을지도 모르겠으나, 우리 중의 누구도, 받은 삶을, 태어난 고장을, 익힌 지식 따위도 포함해서 말입니다만, 은총이라고 생각한 사람은 없었던 것이었쇠다. 괄태충이의 육교처럼, 병과 저주가 엉겨 냄새 나는 거품을 일궈내는 곳이 이 세상이라고 우리는, 찌푸린 얼굴로 내어다보아만 왔드랬습네다. 병은 땅에서 오고, 저주는 하늘에서 온다고, 그렇게 믿는 이들끼리 모인 '우리'는 그래서 어느 날, '내어다보기'만 했던 그 세계의 고통에 참여키로 했구료. 모반을 도모했더라 말입습네다. ……이런 얘기를 할 때 화자는, 먼저 너털웃음 한번 그럴듯이 날리는 것이 화술일 듯하오만, 그러지 못하는 것은, 이 반란의 음모는 우리들께, 너무도 심각하였으므로 하여 신중히 다룰 수밖에 없었기 탓이외다. 우리는, 먼저 하늘을 정복하고, 다음으로 땅을 치유하려 한 것이외다. 글쎄 그러려 한 것입네다. 우리의 심저(心底)에는, 어느 때부터 시작되어 늘 그래왔듯이, 슬픔과 외로움이라는 두 마리의 괄태충이가 서로 몸을 휘감으며, 냄새나는 거품을 일궈내고 있었음에도, 우리가 해낸 저 생각은, 우리로 하여금 여래(如來)인 듯한 착각을 일으키기에 충분하여, 우리는 기고만장하였으며, 교만했드랬습네다. 그러면 그럴수록 우리는, 구역질로 속이 메슥거려, 찔끔찔끔 쓴물을 토해냈어야 되곤 했는데, 그건 다름아닌, 말한 바의 저 두 괄태충이의 몸 부벼지는 데서 일어나던 거품이었던 것이었쇠다. 그럴 때마다 우리는, 아수라병증(Asura Syndrome)에 당하고 있다는 것을 알고는 있었습네다. '교만이 쳐들면, 그 즉시 그는 아수라가 된다' 고 이르잖습니까? 당시 우리는 아수라들이었습네다. 아수라들의 태초부터 말세까지의 과제·과업은, 주지하는 바와 같이, 수라(Sura, 神)들을 적대하여 전쟁을 일으키는 것, 그들을 타도한 뒤 만유의 주(主)가 되는 것, 허, 허헛, 보십세요 그런데, 우리는 아예 무신론자들이었으니, 신들의 정복은 그렇게 어려운 과제는 아니었던 것이었쇠다. 신들의 어떻게나 날카로운 창으로도, 무신론(無神論)이라는 방패를 뚫지는 못했으며, 무신론이라는 창끝에 당해 버티고 서 있을 수 있는 신은 없었드랬습니다. 전지전능하다는 신들도, 가릴 수 없는 그런 약처는 있던 겁네다.

—'땅을 치유' 하는 방법으로 우리는, 우리의 자유로운 정신을 구속하고 억압하는 모든 것을, 우리의 적으로 삼았드랬지요. 무엇이 우리를 억압하고 구속하는가, 그것들을 색출하여, 그것들에 대항하여 투쟁하거나, (주지하시는 바와 같은 그런 이유로) 그것이 불가능할 경우라면, 최소한 우리끼리만이라도, 그와 같은 사회를 구현해야 한다고 했었지요. 정부랄지, 제도, 조직, 혈연 등등 우리를 억압하고 덮쳐씌우는 것들은 무수했는데, 우리는 빌라도모양 손 씻고, 소돔과 고모라를 등뒤에 둔 롯모양 떠나기로 결정을

본 것이었구료. 그러나 당시의 우리들의 저 고상한 이념은, 뒤돌아보고 얘기지만, 순결무구한 처녀도 그 자체가 열린 상처라는 의미에서, 상처투성이였던 것이었습니다. 속칭 '무정부주의자' 들이 꾸미려는 '위대한 사회' 는 어떤 것이나 될지, 패관께서도 모를 리 없다고 믿어, 그들의 현수막을 이 자리에서까지 펄럭여 보이려 할 필요는 없겠지요. 이후 우리는, 어떤 자의식의 까닭으로, 감정상의 억압에도 시달리는데, 그건, 우리들의 언동이, 반어법적, 또는 모순어법적인 데서 시작하여, 거기서 종료하는 듯해서 그런 것이었습네다. 이런 말은 왜인가 하면, 앞으로 얘기가 계속되는 동안, 그런 모순당착이 되풀이 되풀이 섞이게 될 것을, 미리 염두에 두기의 까닭으로써입니다. '허무주의자' 들끼리 모여 '위대한 사회' 의 구현을 꿈꾼다는, 또는 '무신론자' 들끼리 모여 '자유를 구가' 하고 있다는, 그 시작부터가 그렇잖소이까? '자유(自由)' 는 헌데, 우리가 그것을 구가하려 하자 그 기의(記意, Noumen) 편에서 초월성(Numinosity)을 획득하며 그것에 걸맞는 기표(記表, Phenomenon)를 드러내는데, 보니 그것도 하나의 신의 모습이던 것입니다. 우리 중의 철학꾼은 그것을, '꽒' 이라고 일렀구랴. (이 '꽒' 에 관해서, 앞으로도 반복해 얘기를 하게 됨에 분명합니다. 像까지 세웠드랬으니까요.)

— 새삼스러운 얘기외다만, 우리는 샴발라의 꿈을 갖기는 했었지요. 마는, 파계승의 마음속에 그려져 있는 지도를 갖고서는 찾을 수도 없었고, 아직 오늘까지 이루지도 못했을 뿐인데, 거기로 삼동이 깊어들고 있는 중이구료. 떠들어 가다 오다 하니 지치는데 본즉, 당분간이라도 머물며 마을 비슷한 것이라도 꾸며 살아도 괜찮겠다 싶은 곳에 폐광촌이 있어, 우리 잠시 여기 감발을 풀고 도랑에 발 좀 담그자고 한 것이, 다시는 못 일어나고 말았구료 — 이만큼 얘기한 이것이, 이 동사(洞史)의 서장쯤 되겠군요 — 우리는, 자기네들 마음 내키는 대로, 혼자서, 또는 둘이서 셋이서, 아무 빈집에나 들어, 비나 별 바람이 새들어오는 데를 막고, 가리고, 농학사의 지혜를 빌리고 좇아, 가져온 씨앗, 심고, 몰고 왔던 소 돼지 양이며 닭도 먹이고 쳐, 살기 시작한 것인데, 사람들이 어디에 정착해 살려 하면 해야 되는 이런 일 저런 일, 꽤는 힘들면서도 자질구레한 얘길랑 모두 생략해버리기로 합습세다. 좀 배왔다는 까닭으로 노동일로는 반거충이가 된 자들도, 안 하려 해서 그렇지, 한번 웃통 벗고, 손바닥에 침 발라, 머리 일을 몸 일에 써먹으려 하면, 그 결과가 그렇게 나쁘지만은 않다는 것쯤 짐작하실 수 있으시리다.

— 그렇게 우리가 이 땅에 정착하고 난 뒤, 맨 처음으로

생각해낸 것은, 다름이 아니라, 단(壇)을 쌓고, 이 고장의 흙이며 하늘, 물, 불, 바람 따위에 대고 제사를 드리고 싶다는 그것이었구료. 그렇다고 해도 우리는, '흙' 을 예로 들어 말하면, 대지모신(大地母神), 또는 가이아(Gaia)라는 투로, 그것에다 무슨 신성(神性)을 부여하고서 그런 것은 아니며, 그것의 품에다 무슨 씨앗을 묻어두면 싹을 틔우는, 그 생성력을 염두하여, 그것에 감사를 드리려는 행위로서 그랬던 것이었을 뿐이었소이다. ……마는, 그 양자 사이의 차이는 무엇일지는, 의문해하시지 말기로 하십습세다. 그리하여 우리는, 보름달 떠오르는 날을 제일(祭日)로 잡아두고, 단을 쌓고, 단 위에 세울 어떤 상(像)을 만드는 일로 신중했으며, 열성적이었었습네다. 아까 말씀드린 그 '자유' 의 물형화(物形化)로써, 칠 할 가량의 석탄가루를 삼 할쯤의 찰흙으로 이기고 반죽하여, 우리 중의 조각하는 이가, 만들어낸 그것은, 마을의 철학자와 시인, 그리고 스님들이 머리를 맞대어 궁리해낸 영상이었던 것입네다. 괴력적인 한 마리 수캐가, 뱀의 근으로 해골(骸骨)의 요니를 가진 인간의 옌네를 간하는 꼴이 그것이었소이다. 마을의 철인은 그것을 '뫎상(像)' 이라고 명명했었는데, '뫎' 은 '몸 · 말 · 맘' 의 합성어라는 것이었습지요. 인간은 어떤 형상을 빚되, 꼭히 '자기 닮은 형상' 만을 빚지는 않는다는 것을 제외하곤, 저 상이랄 것은 어쩌면, 초보적이고도 범상한 상징들의 부품들을 주워모아, 붙여놓은 것보다 별로 다를 것이 없어 보일지도 모르긴 합니다. 마는, 우리 마을의 철학꾼은, 그것이 우주 삼라만상의 모든 비밀을 파악하는, 단일이론('theory of everything')이라도 되는 듯이, 입에 거품을 물어 떠들며, 어찌 되었든 진정한 우주적 자유(Mahãnirvãna, Skt.)는, 저 셋(몸·말·맘)의 일원화(뫎)를 통해서밖에는 성취되지 않는다는 것이, 다름아닌 '자유를 상(像) 안에 속박' 해놓기의 까닭이라고 했드랬소이다. 박제화한 자유? 자유 만세? 그리고 '인간은 자기 닮은 영상만을 빚지 않는다' 는 의미는, (인간은, 악마를 분리해내버린 이후의) 신보다도 복합적이기 때문이라는데, 허긴 그(人間)는, '악마' 뿐만 아니라 '짐승' 은 물론 '벌레' 까지도 싸아안고 있어, 실제에 있어선, 삼라만상 어느 것 하나도 '인간' 아닌 건 없다고 합넨다. 벌레임, 치사한 인간.

—그러기 전에도, 타유정과의 융화를 꾀한다는 목적하에, 그짓 저지르기, 즉 터부를 깨뜨리기를 좋아했던 '사람' 들은, 그 상을 만들어 단 위에 올려놓은 뒤, 그 단 아래서 모든 종류의, 그리고 모든 형태의 성교, 또는 교미하기에 침혹했드랬는데, 금기 없는 사회 만세? 그중에서도 판간(Pan姦)은 제사로서 치러질 정도였드랬소이다. '짐승' 을,

쳐들거나, 수용할 때 '사람'은, 축생도에로 전락한 아픈 체험과 더불어, 삼세의 모든 유정을 포용한다는 보디사트바적, 자기 확대 확산의 법열을 느낍네다. (뒤돌아보고 말씀입니다만) 분별심이 있는 이들은, 저것은 다름아닌, 아수라, 아수라로카(道)의 얘긴 것으로 앎에 분명합니다. '판(Pan)' 이란 다름이 아니라, 사람과 교미에 응할 수 있는, 우리 동네의 모든 짐승을 일컬은 말인뎁습지요, 듣기로는 그렇잖습네까, '어떤 초월적인 힘이 인간에 강림하면, 그 초력이 인간의 수준에로 떨어져내리는 것이 아니라, 인간이 그 초력적인 상태로 끌어올려져, 초인이 된다(C. G. Jung)' 잖습네까? 이런 관계에서, 우리 동네의 '판'들이 나타난 것쯤은, 그러면 아시겠습지요? 판들은 그래서 보면, 아수라로카에 점지받은 짐승들인 듯싶습네다.

—(아수라들의) 이런 관계, 즉슨, '모든 종류(예를 들면, 同性愛, 異性愛, 獸姦 따위)의, 그리고 모든 형태(정상위, 맷돌자세, 處容歌, 비역 따위)의 성교, 또는 교미하기'에서는 분명히, 일상적이지 않은 어떤 마기(魔氣)와 괴력(怪力) 같은 것이 일어나지 않을 수가 없었을 터였쇠다. 파계 환속한 중이, 이 력기(力氣)를 어떻게 어거할지를 좀 알았던 듯하여, 그것을 이용하여, 우리 중의 앓는 자의 병도 고쳤을 뿐 아니라, 우리들의 욕망과 황홀감에도 기름을 부

어넣고 했드랬습니다. 급기야는 '뚤파(Tulpa, Tbtn.)' 까지 만들어내기에까지도 이르렀거니와, 이는 기가 만들어낸 환상(氣幻)이라거나, 기가 몸을 입은 것(氣身), 또는, 어떤 마술적 힘이 뭉친 귀신(力鬼) 따위로 이를 것이었습네다. 그 자체로는 그것은, 그것을 만들어낸 자의 어떤 생각이 입은 기(氣)의 두루뭉수리, 다시 말하면 무성태(無性態)인데, 그것의 대상(이란 우리, 또는 우리 중의 누구)이 일으키는 어떤 욕망에 소명(召命)당하면, 예를 들면, 숲의 여귀나, 샘의 요정, 또는 뫎상의 수캐로도, 무엇으로도 변형을 치렀는데, 알다시피 그것은 욕망 자체였었는데다, 이른바 '실물' 이라고 하는 대상들로부터 얻을 수 있는 것보다 훨씬 더 느끼한 즐거움(性革命 이래 그중 인기 있는 품목이, 'fantasy' 라고 이르는, 성교중에 하는 外道가 아니던갑쇼)을 얻을 수 있어, 우리 중의 아무도 그것과, 사랑에 빠지지 않은 자는 없을 지경이었드랬습니다. 그러자부터 그것으로부터도, 희미하게랄지라도, 그림자가 돋아나기를 시작했는데, 이는 그 기신(氣身)에 사대(四大:地水火風)가 차들기 시작한다는 징조였을 터이외다. 살이, 실제적인 살이 차들고 있는 것이었쇠다. 뒤늦게 발견하고 실소를 금할 수 없었던 일은, 언제부터서였든지, 우리의 요구나 욕구에 의해 그것이 복종하고 있었던 것이 아니라, 그것의 욕구 요구를 충족시켜주기 위해 허허, 우리가 사역당하고 있다는 그것이었습네다. 뜰파가, 우리도 모르는 사이, 우리들 위에 군림하기 시작한 것이었구료. 저 괴력과의 관계에서, 언제든 그것은 교만하게 얻었으며, 그의 종도들은 비열하게 잃기만 했던 것이었던 거외다. 음기든, 양기든, 뭐든 더 많이 닿게 되면 될수록, 저 뜰파는 더욱더 강력해지며, 보다 더 실물성(實物性)을 드러내 환피(幻皮)를 벗어가던 것이었습네다. 그것을 만들어낸 그것의 주인까지도, 그것을 해체하려 왼갖 노력을 다 해보았으나, 그제는 어찌할 수가 없이 되었다는 것을 알게 되자, 그것은 그때부터 제놈의 주인의 어깨에 걸터타고 거드럭거리며, 마음 내키는 모든 곳으로 몰고 다니게까지 이르렀댔지요그려. 저 한 덩이의 기환(氣幻, 뜰파) 쪽에서라면 아직도 충분한 시간을 더 벌어야 했을 것이었으나, 그런다면 어느 날, 그것만의 한 완벽한 존재를 꾸며 독립할 것이었으나, 우리 쪽에서는 그것에게 그럴 시간을 줄 수가 없다는 데로 마음이 모아졌는데다, 뜰파를 만들어낸 그 당자가 절실하고도 은밀하게, 뭔가를 계속 종용해오고 있었으므로, 결국 우리는 대동 단결을 하고서는, 저 마직사(魔職師)를, 상 위에 올려앉히게 되었댔구료. 상을 둘러 우리는 물론, 잘 마른, 질 좋은 장작을 쌓아놓고 그런 것이었소이다. 비구니가, 속정 애와틴 것을 못 이겨 눈물을 흘리며, 그 장작더미에다 불을 붙였구료. 그리고 우리는, 저 뚤파의 주인이 연기가 되어버렸을 때, 그것 또한 스러져버린 것을 보았드랬지요. 그날 우리는 우리 가운데로, 한 보디사트바가 파계·환속한 모습으로 왔다가, 그런 육보시를 통해 정토에 든 것을 보았었구료. (우리는 그렇게 기대치도, 그런 결과를 원치도 안했었으나,) 칠 할이 석탄가루로 되어 있었던 꽒상도 타고 약간의 재를 남겼을 뿐이었는데, 그것이 뚤파가 차려입었다 벗은 육신의 전부였었을 것 같은 느낌이 있더군요. 하기야 꽒상도 뚤파가 아니었던 것은 아니었잖습네까? 우리도(란, 이 저녁 고콜이불 밑에서, 하나는 혀로 한 마을을 茶毘하고, 하나는 귀로 舍利—아으, Eurydice!—를 줍는, 詩人과 稗官을 말하는 것이오만, 부탁이거니와 패관께서는 이 마을을 벗어날 때, 뒤는 돌아다보지 마시구료, 결코 돌아다 뒤는 보지 마시라요!) 허긴 모르잖소, 혹은 양지 가에 누운 (이제는, 어떤 詩的 상상력 속에서 뚤파가 된) 장자(莊子)가 꾼 꿈, 의 한 조각(夢片)일지도, 혹은, 중음(中陰) 옴팡한 데 뒤나앉은 에우리디케가 하는 넋살의 한 구절일지도, 그런 뚤파일지도, 허긴 모르지 않소? 덧붙일 것이 있다면, 꽒상은, 소진해버린 것으로 사라져버렸는가 하면, 그런 것은 아니었으며, 어느 날 우리가 발견하고 놀랐기는, 그것이 어느덧 우리들의 마음속에로 자리를 옮겨앉았더라는 그것이었소이다. (앞서 밝힌 바 있는 '반어법, 모순어법적' 혼란 — 은, 종교적으론 瀆神罪感에도 비교되어질 법합니다만 — 을 무릅쓰고 말씀드린다면,) 그 이상한 전이는, 몸의 종교(物活論)가, 말씀의 종교(기름 부음)에로 발전을 본 결과인 듯했드랬는데, 말의 종교가 몸의 종교 위에 군림하려 하면, 먼저 '우상타파' 가 설해지지 않으면 안 되는 내력도 알게 됐드랬습니다. 이, 이것은, 그, 그리고, 아픈 고백이 될 것입니다만, 지적(知的) 아수라라고 교만했던, 우리는, 그래서 보면, 물활론에 접근도 못 해본 채, 또는 그러했으므로 하여, 무, 무신, 신론, 무신론, 무신론자, 라, 라고……

— 때에 우리는 하나같이, 전에 없이 배가 고프고, 갑자기 배가 고프고, 전에 없이 몸이 무거웠으며, 갑자기 몸이 무거웠으며, 지탱할 수 없이 후둘거려, 갑자기 후둘거려, 선 자리에서든 주저앉고 말았구료. 그리고는 아무것도 생각할 수조차도 없이, 무슨 주술에라도 덮어씌워진 느낌이었드랬쇠다. 우리는, 어떻게 보면 어떤 마녀네 우리 속에 갇힌 똥돼지들도 같아 자조케 했으나, 아직은 그래도, 그네의 바깥양반 위사도(僞邪道)네 정원에 세워진, 바위 기둥들 같지는 안했드랬소이다. "아으, 그리하여 우리는,"

우리 중의 누가, 철학꾼이, 앓듯 말하고 있었쇠다. “몸의 우주로 떨어져내린 것이구료!” 후 후 후, 남은 우리는 그래서 조금 히히덕거려보았으나, 그 당장은, 별다른 감동이 일어나지를 않더군입죠. 그리고 아마, 오랜 침묵이 흘렀을 터인데, 우리 중의 성직자가, 식기를 기다렸다 시회를 줍듯, “허, 허긴 그래서, 우, 후, 후리들껜 아직도 육신이 남아 있는 게 아니오?” 댓귀를 채우고 나섰구랴. 우리들 귀에 그때 그 말은, 어떤 종류의 선언처럼도 들려, 울림을 가졌던 것은 신기하다고 해얐을 것이었습네다. 그때 무엇이 어떻게 되어서든, 우리를 욱죄어왔던, 허무주의라는 그 주술이 탁 풀려버린 느낌이 일더군요. 그건 좋은 느낌이었으나, 뒤돌아보고 얘기지만, 유위법(有爲法)만이 법(달마)인 고장엔, 허무주의가 비집어들 틈이 없다는 것을 알고 보면, 우린 그 선언에 의해, 허무주의는 극복했을는지는 몰라도, 축생도에 떨어져내려, 똥돼지 꼴이었던 것은 부인치 못합네다. 우리께 그래서, 육신이 남아 있다는 것이 어쨌다는 것인지, 당장으로선 잘 이해할 수는 없었으나, 하여튼 우리는, 그것을 긍정하고 있었으며, 그리하여 그 한 이념 아래 회합하고 있었던 것입네다. 잠시였었을지라도, 어쩌면 우리는, 우리의 몸을 도난당했었거나, 어쩔 수 없이 조공 바쳐버린 것으로 알았다가, 그것을 재수복해내고 있었을 것이었습네다. 또 아니면, 무의식 속에서 우리는, 우리가 떨어져내린 몸의 우주의 선언을 했었을지도 모르긴 모릅네다. 몸의 미덕을 열거하려는 생각은 없었으되, 최소한 몸, 산 몸을 남겨갖고 있다는 일은, 어째도 위안이며 구원이더군요. 그 속에 혼이 있건 없건, 어쨌든 자아(自我가, 많은 方言들 속에서는 魂과 같은 것으로 취급되는 수도 있으되,)가 집착하여 살고 있는 집, 살아 있는 육신은 그러고 보니, 그 자체가 생명의 축제던 것입데다.

—우리는, 그런 어떤 축제스러운 삶을 꾸미려 하여, 구속과 장애 많은 바람 찬 고장을 떠났던 자들이 아니었소이까? —물론 우리의 살(肉)의 宗敎가 익을 시간이 개입되어져야겠소만…… —그리하여 우리는, 살이 줄 수 있는, 또는 살이 일으켜낼 수 있는 쾌감의 극한적인 데까지, 우리의 살을 밀어붙였구료. '몸' 이라는 신전(神殿)을 지키는 '오관(五官)' 이라는 신들께 광적인 신앙을 바쳤드랬지요. 그중에서도, '촉각(觸覺)' 이라는 이름의 신이, 우리로부터 최대의 경배를 받았는데, 직접적인 어투로 바꾸기로 한다면, 그의 예배자들은, 황홀함이라는 소마즙(汁)을 짱아내기 위해, 살 속에 살 넣고/감싸고 살 문지르기에 모든 시간을 다 바쳐 들러붙은 것이었더란 말씀이외다. 살이란 아름다운 것, 살이란 앓음앓이다운 것, 살이란 앓음다운 것

이더군요! 저 아름다움을 앓으면서 우리는, 우리가 사롸 죽였던 그 파계승을 새로곰 그리워도 했드랬소만, 그랬을 것이, 뜨거운 살들이 부딪쳐 문질러지고 있을 때마다, 부시치기에서 불꽃이 일어나듯, 살들 속에서도 기(氣)가 힘(力) 된 것이 일어나던 것을 강하게 느낄 수가 있었던 때문이었지요. 그러나 남은 우리 중에는, 저 매우 소중한 질료를, 어떻게 모두어서, 어떻게 연금(鍊金)할지를 아는 자가 없어, 그 소모 소비가 안타까웠던 것입네다. 그렇다고 해서 그제 와서도 우리가, 새로운 뚤파를 일으켜세우고 싶은 것은 물론 아니었으며, 우리는 그 기, 그 힘을, 우리 자신을 위해 유용하게 운용하기를 바랐던 것입네다. 때에, 우리네 여자 중의 하나가, 임신 몇 개월이라고 진맥되어졌을 때, 파문당한 성직자가 우리에게 한 지혜를 주었구랴. 모태 속에서 살을 입은 뚤파야말로 진짜며, 우리의 정액과 종교를 먹어 자랐으므로, 우리를 구원할 모든 조건을 다 갖췄다는 것이군요. 그 순간 우리의 느낌은, 누가 어디서 한 보따리 해서 보낸 돈오(頓悟)가, 우리 머리 위에로 툭 떨어져내린 그것이었댔지요. 돈오 말씀이외다. 기(氣)나 정(精), 그리고 해탈(解脫)에의 꿈으로 이뤄진 살, 그 살의 분량을 생각해, 약간의 시간을 더 기다렸다가, 우리 중의 의원이 그 여자의 뱃속에 손을 넣어 (예의 그) 핏덩이를 꺼냈으며, 우리 중의 요리사가 그것을 확에 넣고 찧고 빻은 뒤, 갖은 양념을 다 해 불에 구워내자, 성직자가 그 음식을 하늘 높이 받쳐 올리고, "당신의 몸이오니다!" 축수하고설랑은, 각각의 내민 손바닥에 나눠줘 먹게 했구랴. 수도녀의 의견에 좇아서는, 월후하는 엔네들의 피를 손바닥에 받기도 바르기도 하여, 그것을 포도주라고 마시기도 핥기도 했는데, (『*THE GNOSTIC SCRIPTURE*』 쉬-쉬-쉬, 삼가여 발설치 마실지어다!) 이런 육기(肉氣, 또는 氣肉) 먹기는, 날이 갈수록 발전하여, 나중에는, 내일 잡아먹으려는 개의 창자 속에다, 여러 남정의 정수를 고이게 해둔다거나, 그것을 구우면서는, 소마즙, 또는 암리타(넥타르)라고 이르는 선향(仙香)을 고루고루 발라, 육질에 속속들이 배어들게 하는, 새로 개발한 요리법도 그런 하나였습죠. 비구니의 가르침을 좇아, 우리가 선향이라고 쳤던 것은, 똥·오줌·정액·월후·침, 의 다섯 가지였지요. 우리가 고급하게 치는 음식은 물론, 무엇이든 암컷의 뱃속에 임신되어 있는 것이었습니다만, 그중에서도 사람의 정액의 결정(結晶)을 으뜸으로 쳤드랬습죠. 그리하여 어느 날 우리는, 철학꾼이 발기한 의견에 좇아, 우리의 샴발라 만세를 삼창도 했구랴. 우리의 샴발라 만세? 글쎕지 우리들께는, 어떠한 제약도, 억압도, 구속도 없었던 것이오. 우리는, 어쩌면 그것이 인간을 인간의 울타리에 가둬놓은, 최후의 관문이었을지도 모르는 죄책감, 또는 원죄의식으로부터 완전히 자유스러운 것이었소이다. 우리는, 부활한 희랍의 신들을 느끼고들 있었습니다. (無神論과 虛無主義의 강보에서 화려하게 태어난 希臘의 神들도, — 전제한 무신론과 허무주의에 의해 보면 — 어쩌면 阿修羅들이었을 것입네다, 우리 중의 철학꾼에 의하면, — 그것이 그의 의견이었는지, 아니면 어디서 꿔다 쓴 것인지, 그것은 잘 모르겠으나 — 그들의 허무주의는, 다름아닌, 그들이 꾸민 '黃金時代'의 강보라던 것, 이후 세계는,희망(Olympus)으로부터 차차로(銀) 차차로(銅) 멀어졌다가 절망(Tartarus) 속에 떨어져드는 것이라던 것. 아으, 아도니스(Adonis)여, 하매 봄 되었으니, 깨어나시그라, 그러잖는다면, 저런 한 삶의 종말은 허무, 허무할시다.) 우리는 어쨌든, 인간의 한계를 극복했다는 자부심을 갖고 있었던 것입네다.

— 그런 나날이 (얼마나 흘렀는지는 모르되) 계속되면서부터, 산과 들, 흐르는 도랑물까지를 포함한, 우리의 암컷들은, 새끼 배기를 두려워했거나, 알집들에 거미줄이 드리웠거나, 아니면 수컷들께 정충이 모자랐거나 어쨌거나, 불모의 마른 손이 쥔 낫가락 아래, 황폐해져가기 시작했구료. 가난이며 피폐는 벌써, 이리 떼처럼 다가와 우리를 에

둘러싸고 있었으나, 먹을 수 있는 풀이나 뿌리, 나무껍질이 남아 있는 한, 우리는 아직, 그 일로는 내일의 걱정을 불러들이지는 안했드랬습니다. 마는, 저 불모, 저 피폐, 저 앓음앓이가, 우리가 그렇게도 종교적이랄 신심으로까지 신앙했던 그 '살' 속에서 일어나고 있었을 때, 우리는 절망이 무엇인지, 그것과 차게 대면하지 않으면 안 되었던 것입네다. 우리는 그 '살' 로써 죽어가기 시작하고 있던 것입네다. 우리 중에서 앓는 이들이 생긴 것인데, 문제는, (그의 본고장에서 으뜸이었다는) 의원도, 이런 병종의 환자를 본 일이 없다고 하여 속수무책일 수밖에 없었다는 데 있었던 것이외다. 물론 의원으로서는, 자기가 할 수 있는 모든 일을 다 해보았으며, 가져왔던 의서(醫書)도 참고해보고, 그리고 그 병인과 결과도 조사 분석해본 뒤, 자기의 '의견' 이랄 것을 발표하기까지 상당한 세월이 걸렸으나, 치료법에 관한 한 함구하고 있어, 우리를 더욱더 초조하고 불안하게 황폐 속으로 밀어넣었드랬습네다. 대신, 이 병은 분명히 이 마을에서 발생하여, 이 마을에만 만연하고 있는 것일 것이어서, 다른 아무 데서도 도움을 받을 수 있는 종류의 것이 아닐 것이라는 의견도 덧붙여두더군요. 덧붙인데다 덧붙여, 그 말의 뜻은 그러니, 밖에다 이 병을 전염해서는 안 된다는 것이라며, 그런즉 바깥출입을 해서는 안

된다고, 마을을 봉쇄해버리려 들었군입지요. 의원이 마을의 주위에다 둘러친 이 보이지 않는 울타리는, 얼마 동안 혼란을 빚기에 이르렀던바, 야음을 타, 또는 백주에 공공연히, 마을을 뜨는 이들이 생긴 것이지요. 결과는, 바깥세상에다, 이 마을에 불치의 오역이 창궐하고 있다는, 매우 불길한 소문만 퍼뜨리게 되어, 그때부터 그 봉쇄는, 밖으로부터 새로, 철저하게 시작되어서는, 이쪽의 누가, 그쪽으로 시선이라도 보내졌다 했다간, 그 시선까지도 몽둥이나 돌멩이에 맞아 피를 흘릴 지경에까지 이른 것이었습네다. 밖에서 해버린 이 봉쇄는 완벽해서, 이 마을은 문둥이 수용소나, 중죄인의 감옥 같은 것으로 변해, 우리 중의 누가, 자며 꾸는, 비상에의 꿈까지도 죽지를 부러뜨리고, 참혹하게 내북쳐지고 했지요. 우리는 그렇게 되어, 구속과 장애, 부자유 속에 처넣어진 것이었었소이다, 무통제, 무정부, 주의 만세?

—치료법을 강구하려는 일념으로, 식음이며 수면까지 전폐했던 의원이, 빈손으로, 춥고 초라하게, 왔던 데로 돌아가버렸을 때, 마을은 가장 어두운 날 하나를 기억하게 됩니다. 그가 다른 송장들을 그렇게 했듯, 우리도 그를 불에, 태워주었었지요. 헌데 그가 관찰하고 남긴 의원일지랄 것에 의하면, 이 병은 양성화하였다 해도, 환자가 이 병의

까닭만으로 죽는 것은 아니며, 이차적 다른 (병과의) 합병증에 의해 죽는다는 것, 예를 들면, (다른 더 큰 병들까지 들먹일 필요도 없이,) 환자가 감기에라도 걸렸다거나, 가시 따위에 긁히기라도 하여 상처가 났다고 하면, 바로 그런 것이 보태어져 죽음에 이르는 병이 된다는 것인데, 이유는, 환자의 체내에 면역성(免疫性)이 거의 없어, 병에 대항치를 못하게 된 탓이라고 하였소이다. 의원이 (실패한 것이 아니라) 성공시키지 못한 것은, 이것에 적극적으로 대응할 항생제를 제조하지 못한 것이었던 것이외다. 병의 발생에 관해서는, 그도 의원이었으니, 뭐든 (자신이라도) 납득할 만한 이유를 찾아냈어야 되었을 것이니 그랬을 것이오만, ('견고한 것만이 眞理'라고 알아 抽象的인 것을 모두 退-물림해버린) 과학자적이기보다는, 얼마쯤 시인(은, 스스로 너무 남루하여, 眞理에보다 美에 더 아첨하는 자. 眞理보다 美가 예배되어지는 자리, 이 천상천하에서 그러면 무엇이 더 '權力'보다 아름다우료? 아름다움(權勢)은 그런데 질투로써, 다른 모든 아름다움을 찬탈합습. 아폴로로부터서는 계관을 벗겨 저잣거리에 매달아 거는데, 썩는 피비린내 풍기는 그것은 보니, 다름아니라, 아폴로가 찢어 벗겨낸 마르시아스의 껍데기)이거나, 비의주의자(秘儀主義者, 들이 훌겨보는 呪眼에 닿으면, 견고한 것 중에서도 견고하다는 금강석뿐만 아니라, 심지어 抽象的이라고 이르는 것까지도 철철 썩어내리는 것)적 자세를 취하고도 있어 보였는데, 대략 이런 투였소이다. 그는 특히, 집단적, 잡합(雜合) 혼성직(混性的) 성교에서 일어나는 역기(力氣, 에너지)를, 군중심리에 비교하고, 그것이 갖는 긍/부정력에 관해 살피며, ─ '遺傳된 陰氣'의 발현의 문제와 관련하여 ─ 그 역기가 외폭(外爆)할 때, 긍정적(창조적)이었다면, 그 자리에 새로운 이념(이데올로기)이라는 뜰파가, 생겨나고, 부정적(파괴적)이었다면, 그 한 솥의 연금술은, 흑(黑, 니그레도)에로 급퇴조(역조)한다고 했으며, (다시 말하면 우리의 마을처럼 혼란에 빠진다고 했으매,) 그것이 내폭(內爆)을 할 때도 마찬가지여서, 긍정적일 때 그것은, 증오·질투·병·근심 따위 나쁜 이념을 제거하는 항생제의 역할을 하되, 부정적일 때, 또한 흑에로 급역조한다고 (다시 말하면 죽음의 기습에 당한다고), 어느 날 치의 일지에 적고 있었소이다. 우리께 유전된 음기(란 물론, 우리 자신들이 만들어낸 것이었습니다만)는, 수간(獸姦), 혼음(混淫) 등에 의해, 그 자체가 우주성을 띠고 있지 않은 것은 아니었다 해도, 그 대상들이 인세(人世)로부터 하향성을 띠고 있었으므로 해서, 부정적인 요소를 많이 함유하고 있었음도 부인할 수 없다는 것도 압넨다. 말세(末世)를 초래하는, 곰팡이가 가장 잘 퍼지는 유기물이, 이런 것인 것은 잘 아실 터입넨다.

—저 우주적 법열(法悅)의 마을에로, 비가, 누른 비가, 궂은 비가, 병(病)든 비가, 남은 이들의 안쪽으로 추적추적 내리고, 젖고, 곰팡이가 피고, 춥고, 냄새나고, 법열이 썩어 아픈 비가 내리기 시작한 겁네다. 샴발라에로, 아겔다마(피밭)에 내리는 비가, 피의 비가 내리기 시작한 겁네다. 아직 감염이 되지 않았거나, 양성화가 되지 않았거나 하여, 건강하다고 해야 할 이들까지도, 이미 죽음에 침식당한 듯 누렇게 뜨고 있어, 마을은, 병들어 구워 먹지도 못할 똥개 꼴로, 더럽고 처참했쇠다. 신들을 타도하려는 전장에서 돌아오면, 말하기로 하여 개선을 했다 해도, 아수라들은 아마도, 저렇게 허무와 불모 속에 궤멸하거나 자멸하는 모양이었소이다그려. 존재가 황폐에 당하자, (그 존재가 존재했던) 장소도 황폐에 당했으며, 장소가 젖과 꿀을 더 이상 생산해내려 하지 않자, 존재 또한 빼말라들었구료. 이런 견지에서 새로 보면, 「어부왕(漁夫王) 전설」도, '에덴에서 축출당한 아담'의 신화와 한통속이던 것인데, 아담이 타락하자 에덴도 타락했으며, 에덴이 불모해지자 하와 또한 불모해졌다는 것과 같은 관계가 그러하다는 것이외다. 희망사항이랄 것은, 아담이 본디의 자신에로 회복된다면,

에덴도 본디의 모습으로 수복될 것이 아니겠는가, vice versa, 하는 것입니다만—, 그러나 이 희망은, 그것에 걸맞을 희생, 그런 어떤 대속이 필요할 것은 당연할 터입네다. 마는, 이 마을에, 이런 황폐, 이런 독기를 제거해낼 '희생' 이나 '대속' 을 담당할 만한 것은, 기적을 제외하고는, 아무리 둘러봐도 있을 듯하지 안했습네다. 삶의 축제가 막을 내린 지는 오래 전이었으며, 삶은 그 살 부분만을 맛보이고 있었습네다. 남자들은, 광분하여 산야를 비틀거리고 다니며 욥처럼 울부짖었고, 여자들은 컴컴한 방구석에 쭈그리고 앉아 울다, 한숨 쉬다, 각혈하다 죽기도 하여, 우리가 이 마을에 정착한 지 십몇 년 만에, 인구의 반이 줄었댔구료. 장례는 모두 다비식이었는데, 불이야말로, 우리가 동경해 마지않은, 우주적 자유 그것처럼 여겨진 것입지요네. 그때마다, 우리 중의 시인은, 넋풀이, 또는, 떠나보내기로서의 넋, 앉힘 노래를 짓거나, 빌려 소지했었구료.

Man is not dust, man is not dust,

A lightening substance through his being runs;

(……)

So man, within that undiscovered place—His

Center—stores the light from which he came.

—Angela Morgan

저 시인은, 불이 관솔을 태우듯, 일렁이는 말에, 혀를, 창자를, 기억을 태우고 있었다. 불꽃이 딱딱한 먹이에 닿았을 때처럼, 그의 혀도 유연하지가 못해, 대부분의 경우는, 말에서 받침을 떼어버렸으나, 본 패관은 마음의 귀를 기울이고 있었던 듯하여, 못 알아듣거나 이해 못 할 데는 없었다. 패관은 그를 쉬게 해야겠다고 여러 번이나 눕기를 권했으나, 그는 차라리 패관께 목침을 내밀어주곤 했다. 얘기가 끝나는 대로 그는 죽게 될 것으로, 보이고 느껴지고 여겨졌다. 그는 세모(細毛)에서까지 기력을 뽑아내고 있었던지, 말해가는 동안 전신이 자꾸 세어져가고 있었다. 그러면서도 고콜이불을 지키려, 힘들게 관솔을 얹고 하는 짓이, 그 빛만은 자기의 숨처럼 사려들어지기를 바라고 있지 않은 것이었는다. 그리고 패관은, 이 마을의 마지막 사람 하나가, 왜 불을 가꾸고 있는지, 그 까닭도 모르고 있는 것은 아니었다. 사람은, 자기 속의 아직 발견되지 않은 자리—그의 중심—에, 자기가 거기서 발원했던 그 빛을 저장해놓고 있는 것을.

—아까, 동사(洞史)에 관해 말문을 열던 중, 보릿고랑에

서 주워온 여아(女兒) 얘기를 하잖았소이까? 앞서 했던 얘기는 모두, 그애를 위해 차려진 제상(祭床) 같은 것인데, 그럴 것이, 그애는 '우리 모두가 낳은 아이' 라고 은근히들 믿고 있었으니 말입습죠. 아직 이름도 못 얻고 있습니다만, 태어날 때 아이를, 어미의 무릎이 잘 받아주지를 못했든 어떻게 되었든, 자라는 동안에 보니 꼽추였었소그리. 그건 어찌 되었든, 윈동네가 애를 불쌍히 여겨, 하루씩 사흘씩 한 달씩 돌려가며 기르다, 애가 자라며 그중 따르는 이네 집에 정해 살게 되었는데, 시장댁(詩匠宅)에, 살아 인(人)내를 풍기는 시, 한 편이 더 보태졌다고들 일렀지요. 애는, 남생이모양, 꼽추 등을 얹고 덮고 있었어도, 잘 먹고 잘 자고, 나름대로는 일도 거들어보려 애를 쓰면서 자라, 열 살이 넘은 때부턴, 감자나 옥수수 삶기, 닭이며 오리 모이 주기, 양치기도 제법 하곤 했지요. 말은, 어떤 때 애에게 수다스러움이 쳐든다 싶으면, 대략 한 오륙십 단어쯤 구사했으나, 대개는 열 단어 정도 안팎에서 통화를 했으며, 그러니 묻는 말에 대답도 않고 지내는 수가 많았지요. 코는 노상 드렁드렁 매달고 지냈으니, 저고리 앞섶이나 치마의 앞자락은 번질번질했을 수밖에요. 동네 개들이 그애를 좋아하여 반겨서는, 애의 얼굴이며 옷의 앞자락을 핥아, 말끔하게 해주곤 했지요. 말이 되는 것 같지 않은 말로, 애는 주위에 있는 모든 짐승들과 잘 통화를 했는데, 애가 짐승들의 말을 알았거나, 짐승들이 애의 말, 오륙십 단어 이후의, 아직 발음을 입기 전의 말을 알았던 듯싶기도 했습네다. 애에게 입히는 옷은, 마을의 여자들이 도와주었드랬소만, 경도 때말고는, 자기네들도 입지 않는 속곳을, 애에게라고 입힐 리는 없어, 애는 아예 속곳 문명을 모르고 자라, 무장애의 철학을 알아 수행하는 마을 여자들모양, 무장애의 철학을 모르는 애도, 아랫도리 단속에는 아무런 의념도 없었을 뿐이었지요. 이 고장에서의 '옷'은, '가리기' 위한 목적으로부터서는 홀딱 벗기워져 있던 겁네다.

—그애가 열세 살 되던 해, 그러니까 작년?이었는가, 재작년이었는가, 건 어찌 되었든, 죽음의 독사에 뒤꿈치를 물리고 암흑 속에 웅숭그려 앓고 있던 이 마을에로, 중음(中陰)의 문이 삐꺽이고 열렸을깝, 하나의 신선한(이란, 비일상적이란 뜻이 강하외다만,) 외풍이 불어들어, (이 마을에 덮어씌워져 있던) 침묵의 주술을 끊고, 바위들에다 맥동을 일으켜낸 일이 있었소이다. 하기는 차라리 그것은, 보디달마(Bodhidharma)가 고향 가려며 머리에 얹었다가, 그것까지도 짐스러워 버리고 간, 헌 '신발 한 짝', 그러하욀시다, 그런 신발 한 짝 같은 것이었다고 해야 옳을 것이었쇠다.

—말씀드렸던 그 뫎상이 있던 자리에 말이외다, 마, 말

이외다. 그런데, 자기와 몰골이 비슷한 검은 암캐 한 마리를 데리고, 두 세기쯤은 족히 늙어 보이는, 피골이 상접한 늙은네 하나가 나타나, 항마좌(降魔坐)를 틀어앉아버린 일이 있었던 것입네다. 그로부터 우리 중의 누구도, 늙은네가 자리를 뜬다거나 몸을 움직이는 것을 못 보았으니, 어떻게 그가 그 자리에 들어나앉게 되었는지는 모를 뿐이고, 멋대로 추측하여, 어쨌든 어디서든 걸어왔을 것이라고 한 뒤, 우리는 그저 편리하게 믿어버렸을 뿐이었지요. 우리께 늙은네는, 어디 다른 고장의 모든 나쁜 것들, 예를 들면 병, 증오, 질투, 저주, 살(煞) 따위에 옴 붙어 쫓기고 떠들어온 듯한 불청객이었으나, 어쩌면 정작으로는 우리의 형편이 더 나빠서일지도 몰랐지만, 그렇다고 해서 우리 중의 누구도 그를 쫓아내버려야 한다고, 생각하거나 주장하는 이도 없었으므로, 늙은네와 그의 검은 암캐는, 우리가 함께 꾼 악몽 같은 것으로 치부되어버렸던 것이었습네다. 떠나지 않는 한 그들은, 뫎상 자리에 자리를 잡은 것이었쇠다. 누가 벗어 길가에 던져둔 헌 신발 꼴로 말이외다.

—늙은네는, 자랄 대로 자란 부스스한 머리칼과 수염에 덮여 있어, 얼굴이나 표정은 알 수가 없었어도, 우리 중의 철학꾼이, 그의 눈을 두고 무문론(無門論)을 설파하기 전까진, 우리의 막연한 느낌에 늙은네는, 어째도 눈을 열어

우리를 보고 있을 것이라고 했었지요. 마는, 늙은네는 보는 것 같지도 안했으며, 어쩌면 듣지도 안했으며, 느끼지도 않는 것 같았쇠다. 말도 물론 하잖아, 갖은 노력을 다 해보았으나 늙은네와는 교통이 가능치가 안했습네다. 그래서 우리는, 이 늙은네도 어쩌면, '불타' 라든지 '야차' 모양, 전에는 인종(人種)이었으나, 변해 인종이 아니게 된, 무슨 다른 생물체일지도 모른다는 생각까지도 하게 되었드랬지요. 우리 중의 비구니의 의견에 좇으면, 이 늙은네는 어쩌면 '아자가라(Ajagara)' 라는 우주적 구렁이일지도 모른다고 했고(이 구렁이는, 몸이 너무 불어나 우주를 빼꼭 채우게 되어 한치 반치도 움직일 수가 없게 되었더라고 하고, 까닭에 먹이를 사냥할 수 없으므로 입만 벌리고, 먹이가 입 속에 들기를 기다린다고 합지요), 품종 개량의 문제로 평생을 노심초사해온 농학사(農學師)의 의견에 따르면, '야르사-쿰부(Yarsa-Kumbu, Tbtn. Cordyceps Sinensis. Lepidoptera family.)' 의 대천세상적 변형, 또는 돌연변이가 아닌가 했습네다. '반초(半草, 야르사)-반충(半虫, 쿰부)' 의 생물, 혹간 약불(藥佛)이래얄지도 모르겠다고, 그는 덧붙이기까지 했드랬습메다. 늙은네가 그에게는, 결가부좌 아래 흙 속으로 뿌리를 뻗쳐내리고 있는 동물로 보였던 듯했습니다. 또 아니면, 조금쯤 현학적이랄 상상력에 의해서, 늙은네를 '쿰부' 라고 여기자, 그가 데불고 온 검은 암캐가 저절로 '야르사' 에로 전신을 치렀을 수도 있다는 게, 어렵잖게 짐작되어집니다. 이때 문제는, 이 개는 동물인데, 무슨 경로에 의해 식물화, 다시 말하면 뿌리에로 전신을 치렀는가, 그것일 터이지만, 이런 의문은, 지옥문 지키며, 송장을 파헤친다는, 독사 꼬리의 삼두독구(三頭毒狗) 체르베루스(Cerberus)를 떠올리게 함이 분명합메다. 악착같이 썩음을 파고드는 뿌리, 가 갖는 부정적 영상, 예를 들면 관곽 속에 담긴 송장을 파먹는 뿌리—그것은 분명히 체르베루스의 모습일 터입니다. 그래서 검은 암캐가 수쿰부에 대한 야르사일 수도 있었을 것입네다. (이 관계가, 실제에 있어서는, '쿰부-야르사' 라고 한다 해도, 거기 다름은 없을 터입네다. 宇宙樹는 거꾸로 서 무성하다고 이르잖소이까? 암흑 속에서 송장을 먹어치우는 三頭毒狗가 그럴 때는, 달의 모습을 띨 터입죠. 달은 모든 뿌리, 모든 뿌리는 달—三頭毒狗. 달-야르사/해-쿰부.) '약불' 이라는 의견엔 그러나, 우리 모두 웃으며 고개를 갸웃거리고 말았습니다만, 그럴 수밖에 없었을 것이, 늙은네 자신이 송두리째 그냥 병과 굴욕의 덩이로밖에 보이지 않았거덩이요. 반복되는 듯도 싶습니다만, 보이기에 늙은네는, 그가 처했던 먼저 장터에서, 그 세상의 모든 불결함, 불운,

재·액·흉·살·병 따위를 그 한 몸에 뭉쳐갖고 쫓겨난 듯했는데, 그 상처들에서 흐르는 피고름과 진물을, 벌레들이 뭉쳐 빨고 있었을 뿐만 아니라, 어떤 상처에선, 파리가 슬어놓은 구더기들이, 쑤물대고도 있었소이다. 그러나 늙은네는, 손가락 하나 까딱하지도 않고 참기만 참고 앉았는데, 어쩌다 개가, 자던 잠을 깨어서는, 그 상처들을 핥아 벌레들도 쫓고, 농도 닦아주고 해서, 보는 이들을 감동케 하긴 하였었쇠다. 우리 중의 비구니에 의하면, 늙은네는 분명히 '아힘사(不殺生)'를 계로 지키며, 동시에 아무것도 '몸에 입지 않고 인고' 하는 고행을 수행하는 스님일 것이라고 했으며, 또한 (늙은네가) 결코 구걸하거나, 먹기 위해 손놀림을 하는 걸 본 일이 없는 걸로 보건대는, 보태서 '아자가라계(戒)' 까지 지키고 있는 것이라고 하더군요. '아힘사' 는, 고행자가 아니더라도 지켜야 하는 기본적인 법이어서 더 말할 필요는 없겠으나, 다른 두 종류의 고행은, 고행 중에서 극난행으로 치는 것이라고 한다는군요. 그러나 살입고 거둘 수 있는 모든 자유, 안락, 간섭받지 않음, 등을 추구하는 자들로서는, 저런 늙은네를 건너다보고 있다는 그 일만으로도 일진이 사나운 날이라는 생각이 드는데, 우리의 앓음앓이가, 다시 말하면 병이, 거기 한 쓰레기 더미로 쌓여 앉아 있다는 느낌 탓인데, 그것이 또한 위로가 된다는 일도 이상하긴 했습네다. 우린 혼란스러웠던 겁네다. 늙은네는, 아무것도 나타내 보일 수도, 오그려 싸울 수도 없을 만큼, 낡고 해지고 구멍난 (헌 신발짝!) 삶을 이어가고 있었는데, 그것이 우리 자신들 속에서, 우리 것인 낡아가는 삶을, 아픈 채라도, 희망이 없이라도, 어쨌도 살 만한 가치는 있다고 믿게 하고 있던 것이었습네다. 마는, 우리도, '씻김굿' 이라는 따위, 무사(巫事)스런 일들에, 병아리만큼 눈을 띄우고도 있던 중이었드랬습니다. (더러움을) 씻기는 것은 깨끗하나, 개짐이나 기저귀모양, 더러움으로 남아, 냄새를 풍긴다는 것, 말입네다, 그런 무사(巫事) 말입네다.

—이즈음 우리는, 저 늙은네의 암캐를, 개 모습의 관세음보살쯤으로 알아, 경애를 바치기 시작하고 있었구료. 처음 우리는, 그 개가 동네 쓰레기를 뒤지고 다니는 것을 보고, 그것도 별수 없는 개새끼로구나 하고, 그 부스스한 털에다 침을 뱉아주기도, 발길질도 했드랬는데, 이 특정한 개에 대해서 우리는, 이상한 모멸감을 느끼고 있었던 겁네다. 헌데 말이외다, 글쎄 말이외다, 차차로 알게 되어 알고 보았더닙지요, 개는, 먹다 버린 음식을 찾게 되면, 그것을 저 혼자 먹어치우고, 빈 입으로 주인께 돌아가는 것이 아니라, 덩어리진 것을 입에 물어 주인께 가, 가부좌 위에 놓

아주고 하던 것이었습네다. 그러면 주인 되는 자는, 그 음식의 삼분지 일만 취하고, 나머지는 개의 몫으로 남겨주던 것이었소이다. 이는 우리를 감동케 하고도 남아서, 개가 지나려면 우리는 길갓으로 서고, 합장하기도, 절하기까지도 하곤 했드랬구료. 늙은네가 구걸하지 않고도 살 수 있었던 모든 비밀은, 바로 거기에 있었던 것이었습네다. 우리 중의 여성직자는, "저 개는 아직 날개를 못 얻은 천사인데, 이 공덕, 이 인고로 하여 분명히 날개를 얻게 될 것"이라고 하여, 우리로 하여금, 종교적 동심(童心)에서 발원한, 상상력을 즐기게도 했드랬지요.

—능금알에 붉은 물이 들기 시작하는 무렵에 그런데, 새로운 종류의 술렁거림이 일기 시작하였었구료. 뭔지 활기도 같고, 생기도 같은 것이, 빈사에 처한 마을의 혈관에 수혈이라도 된 듯했더란 말씀이외다. 그, 크, 클쎄 말이지요, 우리가 이곳으로 오던 중, 보리밭 고랑에서 보듬아왔다고 했던 그 여아가, 임신을 했다는 소문이 퍼진 것이외다. 처음에야 물론, 모두 웃고 믿으려 하지는 안했습니다만, 그 소문의 출처가 밝혀지며 그것이 헛소문이 아닌 것이 확인되어졌을 땐, 누구나 없이 기뻐하고, 그리고 특히 마을의 여자들은, 어떤 새로운 가능성 같은 것이라도 본 듯이 했습네다. 아무튼 그 소식은, 동면하던 뱀구덩이에, 갑자기

쏟기고 든, 한 섬의 봄볕 같은 것이었드랬습메다.

—애비 된 자는 몰랐으나, 애에게 첫 경도가 있었던 모양이었소이다. 이럴 때, 자라나는 딸을 둔 홀아비의 어려움이 있던 것입데다. 상상해보십세요, 애에게 그 사건은, 어떻게도 형언할 수 없는 공포 그 자체였을 것이며, 또 본능적으로 감지하게 되는 수치였을 것이어서, 신(神)도 잘 찾아낼 수 없는 어디로 숨어버리고 싶었을 터입니다. 하와야, 네가 어디에 있느냐? 애는 분명히 어디 옴팡한 데 쭈그리고 앉아, 어눌한 소리로 생후 처음, 어떤 다사로운 손길, 어머니를 찾기도, 울기도 하며, 손바닥으로 막으려고도, 꽃잎이든 풀잎이든 뭐든 부드러운 것을 따 모아 닦아내보려고도 했었을 것이었습네다. 그러다, 짐작건대, 공포에도, 부끄러움에도, 울음에도 지쳐, 잠들었다 깨고, 잠들곤 했었을 것이어서, 애는 그날 밤 집에 돌아오지를 안했었습네다. 소금 같은 한밤이 동 트기도 전에, 애를 찾아나선 애비가, 모든 그럴 만한 자리들을 둘러보고 난 뒤, 마지막으로 가본 자리에서 보았기에, 느꼈기에, 알았기에, 어제부터 애를 지켜보아준 보살은, 다른 아무도 말고, 늙은네의 그 여윈 개였던 것이었었습네다. 애와 개는, 늙은네의 가부좌 무릎을 하나씩 빌려 베고, 아주 편안한 잠을 자고 있었드랬습네다. 늙은네는, 눈을 뜨고 있는지 감고 있는지,

마른나무 그루터기처럼 앉아 미동도 없어, 살아 있는지조차도 알 수가 없었을 뿐이었습네다. 애는 그러기 전에도 짐승들과는 잘 어울려왔었는데다, 그 개와도 친해온 지 오래여서, 그때부터 애는, 늙은네의 두번째의 개나 된 듯이, 늙은네와 그의 개 곁을 떠나려고를 안했구랴. 두 솬디야(여명·박명)를 찾아, 옥수수나 감자 따위를 삶아, 늙은네와 애와 개에게 공양을 드리려 오르락이는 일 외에, 애비로서도 별다른 도리는 찾아낼 수가 없었을 뿐이었습죠. 그런 대엿새 후였는데, 보고 싶지 않은 광경을 애비가 본 것은, 그리고, 어떤 분노도 같고, 억울함도 같고, 어떤 종류의 성욕도 같은 칙칙함으로 그 자리로부터 도망치지 않으면 안 되었던 일은, 애가, 늙은네의 가슴에 가슴을 맞대고, 두 다리는 늙은네의 허리를 깍지 꼈을 뿐만 아니라, 두 팔은 늙은네의 목을 둘러 두 손을 마주 잡은 자세로 붙어앉아 있는 그것이었습네다. 비구니의 법설을 좇자면 그건, 이원론(二元論)의 극복에서만 얻어지는, 더없이 황홀하고도 아름다운 초월적 경지의 한 표현이라고 이르되, 애비 된 자의 눈에 그 광경은, 삼복에 늙은 당나귀가 몸을 식히자고 연못에 들었는데, 하필이면 한 송이 잘 핀 흰 연꽃 속에, (당나귀의) 검은 빼물림이 담겨짐을 보기보다도 더 추악해 보였을 뿐이었소이다. (우리의 관계는, 허허허, 이거 눈썹자리나 가려울 얘깁니다만, 情緣이래야겠소만, 血緣이 苦의 근원이 되며, 구속과 장애가 된다는 까닭을 그리하여 조금 알 듯도 싶었습메다.) 아이는 분명히, '덜 가진 것(凹)과 더 가진 것(凸)'을 발견한 순간, 큰 충격을 받았을 것이며, 그 충격이 그리고, 그때까지 잠들어왔던 눈, 백년이나 기다려서야 띄어지는 눈을 띄웠을 것이었습니다. 공주의 잠을, 백년 잠을 깨운 왕자가, 백년이나 늙은 늙은네였으나, 그렇다고 해서 거기에 무슨 안 될 일이 있을 리는 없다고 알았으면서도, 애가 그리고, 무슨 성스러운 이념과 결혼하여 처녀로 죽게 되기를 바라지 않는 한, 애를 위해, 검은 개를 데불은 늙은네 대신, 흰말을 탄 왕자가 나타나지 않는 이상, 이 마을에 무슨 다른 운명이 기다리고 있는 것도 아니라고 알았으면서도, 애비 된 자로서는, 감추고 여러 날을 울어야 했었습네다. 애비까지도 궁금하다고 했어야 할 일은, 그로부터 사뭇 며칠 더 있다 돌아온 애가 그런데, 방구석에 죽치고 앉아, 더이상 나들이를 하려 하지 안했다는 그 일이었습네다.

—늙은 고행자와 초경(初經)의 꼽추 여아 사이의 사랑이, 확실한 알들이를 이루자, 부터 시작하여, 늙은네 주위에는 별스런 일들이, 그러니 없던 일들이, 일어나기를 시작했다는구료. 무서리 내린 아침에 보면 늙은네는, 질 좋은

담요에 푹 싸여 덮여 있고, 해질 녘에 보면 늙은네 무릎 위엔, 좋은 그릇에 담은 좋은 음식이, 개까지도 배가 불러 외면할 지경으로 놓여 있으며, 다발로 붉은 꽃은 물론, 화환, (다른 지방에선 아직도, 액면 그대로 통용 가치가 있는) 지전 따위가 지천으로 널려 있다는 그런 식이외다. 이런 식의 한 술렁거림도, 폭풍전야의 한 풍경이랄 것이었는데, 이 폭풍의 눈 속에 어떤 음모, 무슨 흉계의 폭풍이 사려넣어져 있었는지는, 아직 그것이 폭풍이 되지 안했다 해도, 스치고 지난 뒤처럼 환하게 들여다보인 것이었습네다.

—보인 풍경은, 먹기(食)밖에 못 하는, 그러니 입밖에 다른 기관은 없는 벌레(虫), 다른 방언으로는 '오랑캐'라고도 이르고, 또다른 사투리로는 라후(Rāhu, 蝕)라고도 이르는 그런 벌레가, 보디달마가 고향 가려며, 그것까지도 짐스러워 황도(黃道)가에 벗어버린 신발 한 짝, 에 담긴 땀내, 를 탐해 덤벼들어 삼키고, 삼키려 덤벼들다, 입이 매와 캐갱거리고, 창자가 뒤틀려 구렁이모양 뒤틀어대는, 그런 것이었쇠다. 그러나 정작으로 보디달마는, 홍시 떨어지는 소리가 송창(松窓)을 때리는지라, 그것 주우러 일어나고 있었을 터였소. 홍시를 탐해 계집을 울리기도 보시리까? 미리 말씀드려두거니와, 이 관계들에선, 알들이란 하나도 없었던 것이었다는 것이외다.

잘이 흔다, 또드락 딱 또드락 딱, 잘이 흔다.

— 그, 그건 비리도록, 아프도록, 슬픈 광경이라고 했으면 옳았겠소이까? 그럴 것이, 그 여자들 중의 아무도, 한 남자와 결혼하여 부엌 지키며, 속을 알 채우는 풍습, 그 제도를 두고, 차거운 눈으로 건너다보지 안했던 이는 없었드랬는뎁지, 보십습지, 그런 무균(無菌)의 자궁의 까닭으로 교만했던 자들이, 보십습지, 허허헛, 뱃속 채우기를 바라, 그것도 갖다가시나, 어느 봄별이 사뭇 따끈하다고 하여 한 번 빼물려나간 것이, 삭풍 나무 끝에 찬 데 사려들이지를 못해 있는, 그런 늙은 당나귀 따위에, 아직도 푸른 몸을 제(祭)하다님? 저쑵다니?

— 저 제사에서 일어난 음기는, 저 따위 늙다리 당나귀의 하초에서도 잎을 피워내게 할 만하였으나, 그뿐, 마을엔, 토역질에 배앓이를 하는 옌네의 소식은 하나도 없었소이다. '一切有爲法 如夢幻泡影 如露亦如電' 이라 하되, 동네(월후 끊이지 않은) 옌네들 자궁 속에서는, '꿈' 도, '헛것' 도, '거품' 도, '그림자' 도 맺히지가 못했던 것이었소. 분명한 것은 그리고도, 저것들(夢幻泡影)은 무위법(無爲法) 속에서가 아니라, 바로 저 유위법(有爲法) 속에서 맺히는 것

들이라는 것입지요, 그렇잖소이까? 늙은네의 근 끝으로는, 한 방울의 수분(露)도, 터뜨려져 오른 기(電)도, 없었던 모양이었소, 마을의 고자들(흐흐흐,)이 재밌다고 본 것은 그런데, 저 유위법제(有爲法祭)에 참예한 여자 중의 누구 하나도, 늙은네의 근이라도 물어 끊으려, 덤빈다거나, 똥칠이라도 하려 덤비는 이가 없다는 그것이었쇠다. 커녕은, 재밌고도 이상한 일이었소만, 여자들이 한결같이, 늙은네에 대한 어떤 종류의 애정, 그것도 신앙에도 비교될 애정을 일깨우곤, 주인에 대한 여러 여종들처럼, 또는 거룩한 남편에 대한 아내들처럼, 순종함으로써 늙은네를 뫼시는 것이었소그려. 그래서 우리(마을의 남자들 말이외다) 생각에, 여자라는 족속들은, 시나껏 잘살다가, 다가시나는, 행주치마 자락에 코 풀고 눈물 닦기를 시작할 때부턴, 예를 들면, 집 앞의 탱주나무라거나, 동구의 기자바위 따위에 대해서 그렇듯, 어떤 무정(巫情)이랄 것을 잘 일으켜, 그래서 그럴 것이라고 했었구료. 이래서 보면 인간은, 존재(人)며, 동시에 장소(間)인 것! 옌네들은 급기야 제단(祭壇, 場所性)임을 깨달은 것이었습네다. 저 고행자는 짐작키에, 그 제단에다 '마늘과 쑥'의 즙을, 제주로써 흩뿌렸을 것이었습네다. 앓음질, 아픔질, 마늘 쑥.

―그런 뒤 마을의 옌네들은, 삶을 아주 즐거운 듯이 영

위했는데, 우리(남정네)가 물었을 때 그네들은 서슴찮고, 이제는 죽을 수가 있을 것 같아 그렇다는 것이었쇠다.

—죽을병을 앓고 있으며, 그리고 매 시간 매 찰나 죽어가며, 죽지를 못하고 있는, 이 병든 고장에서 수락되어지는 죽음은 분명히, 앓음다운 종교일 터입네다. 그리고 그런 죽음이 올 것이라면, 이 동사(洞史)도 마지막 장을 덮어야 할 것입습지요.

火天님은, 그 님을 깡그리 태우지 마시옵소서
당신의 불길에 삼켜넣지 마시옵소서

—아마도 그날은 왔던 모양이었고, 그리하여 마을의 여자들은, 보디(覺)달마(法)의 한 짝 신발(覺鞋? 法鞋?)을, 크게 일군(피운) 모닥불 위에 올려, 태우기 시작하고 있던 것이었쇠다. 모든 초월적 정령들이, 살기의 고단함, 죽기의 어려움 등을 인고하며 걷던, 발의 땀냄새에 코 밝히고 모여들었을 터입네다. 한 생명이 넘어져 누울 때, 어쨌든 맨 먼저 달려오는 정령들은 사대(四大)라고 이르는 것들. 물로 시작된 것들은, 불로 끝나는 것이 완벽하다고 이르는 것, 흙은 흙에로 가시옵고,

당신님의 눈은 해에로 가시옵고
당신님의 숨은 바람에로 가시옵고

—옌네들은 주요(呪謠)랄 것을 반복해대며, 타올라, 맹렬하게 타오르는 불기둥의 주위를 수월래 수월래 하다, 입었던 것들을 모두 찢어벗어 화천님께 먹이기를 시작했구료. 여자들은 그땐, 하나도 제정신이 아니었는데, 불빛에 인 부나비들이었소이다.

—한 시인이 상상할 수 있는 것보다 더 큰 사건이, 그 시인의 눈앞에서 펼쳐지고 있는다면, 그때 시인은, 그 광경의 폭력성에 의해, 눈이 멀게 되거나, 전신이 솔아버리거나, 위축되어버리기도 할 것인데, 솔아버리는 경우는 실어증을, 위축되는 경우는 어눌증을 부르게 될 것이었습네다. 소돔과 고모라의 마지막 날을 뒤돌아보았던 롯의 아내가, 저 세 가지 증세를 그대로 한 몸에 드러내 보였던 것은, 아주 좋은 예가 될 것이외다.

오 시원한 자여, 신선함을 불러오는 님
암개구리와 합(合)합습사

—『梨俱吠陀』

—때에 '항-' 하는 소리가 (불의 가운데로부터) 일어나, 넋을 잃고 얼굴까지도 잃고, 멀찌감치 둘러앉아 있었던 우리(남자들)를 놀라게 했는데, 우리가 본즉, 그 소리에 좇아, 불의 '인당수(印塘水)'가 환하게 열리며, 그 밑으로부터 한 송이 연꽃이 피어오르고 있었소이다.' 그리고도 또 우리가 본즉, 그 꽃송이 안에는, 늙은네가, 대략 '여덟 살' 짜리 아이 모습으로 앉아 땀을 송글송글 돋과내고 있었는데, 저런저런, 때에 폭풍이 있었던가, 불의 바다 끝에 기복해 있었던 '말대가리 형상'의 용이 틀어올랐던가, 그러기 전까지도 그저 일럭일럭하고만 있던 그 검은 인당수가 뒤집히며, 저 한 송이 연을 난파케 하고 있었소이다그려. 저 검은 인당수는, 우리의 눈이 본 대로만 말씀을, 드린다면, 다름아닌, 그 늙은네가 데불고 왔던 그 암캐였는데, 몸이 공룡만큼이나 인당수만큼이나 불어나 있었으며, 그 짐승은 (그때는) 조금도 인(仁)함이 없어 암캐, 저주의, 그리고 증오와 살육의 붉은 입, 지옥—. 검은 털을 곤두세워 연기처럼 일어나자마자, 그 암캐는, 연(蓮), 저 연 속의 '늙은 兒孩'의 목덜미를 물어 숨을 끊자, 빼물려나오는 혀를 잘라먹는가 했더니, 근을 베어먹고, 그리고는 창자를 터뜨려 순식간에 먹어치워버리는 것이었습네다. 그리고부터 그 짐승은, 살욕은 접고 식욕을 드러내, 차근차근 (늙은네의)

살을 발기고, 뼈를 으드득 으드득 씹어 삼켰구료. 그 일은 순식간에, 아니면 아주 지루하게 치러졌었소만, 늙은네의 흰 머리통만은, 으깨어 씹거나, 목구멍 속으로 넘길 수가 없었거나, 또 아니면, 그것이 다름아닌, 저녁마다 함지에 지는 해의 운명 같은 것이었거나 어쨌거나 하여, 암캐가 그 흰 머리통 위에 뒤를 틀어앉더니, 아파하며 그것을 요니 속에다 밀어박아 넣어버리던 것입데다. 암캐에게 그것은, 시집살이－당고추－버물임이나 잉걸불 같았던지, 창자에 넣은 뒤 몹시 몸을 뒤꼬아제끼며 키깅거리더군요. 진통에도 비교될 한 성교였을 터입네다.

항(吸氣) — 솨(呼氣) — (아자파 만트라*).

— 그리고 우리가 또 목격하게 된 새로운 사건은, 저 검은 암캐의 붉은 목구멍으로부터, 한 마리 금오(金烏)가 날아나온 그 광경이었소이다. 마는,

— 이 일을 두고는, 뭐라고 이를 말이 한없이 많을 것 같음에도, 우리는 한결같이, 소돔을 뒤돌아본 롯의 마누라처럼, 뭐든 말을 만들려 하면, 혀가 부서지며 잿가루나 날리곤 했습네다. 때에는, 가득 찬 달히 높이곰 돋아 밝았소이다. 달빛 탓에 우리는, 제기랄 울음으로 창자만 아프고, 아

* ajapa mantra : It corresponds to the cosmic pulse, the breath of God.

무것도 볼 수가 없었을 뿐이었습메다. 하으으웅 소아아-
—동이 트고 있었을 때에야 우리가, 그 빛에 볼 수 있어 보았으며, 느낄 수 있어 느꼈으며, 짐작할 수 있어 짐작했던 것은, 산월에 가까웠던 우리네의 딸 꼽추가, 이른 해산을 하려며 진통을 겪다 죽고, 그 어린 어미의, 터져나온 양수와 피에 젖은 치마폭에 싸여 있는 핏덩이도 죽어, 산천대천 유위법계에 대고 악취를 풍겨대고 있어, '냄새에 대한 차별심이라는 마라' 까지 항복받았다는 부처들까지도, 코를 가리고 얼굴을 돌리는 그 광경이었소이다. 글쎕지, 그 꼽추 어린 어미는, 짓궂은 지옥의 아이들이, 낄낄거리며 내쏜 독(毒, 돌)덩이에 맞아 터지고 뒈진 두꺼비 같았으며, 핏덩이는, 그것의 어미가 지난 월후 때, 흐르는 피를 막는다고, 아무렇게나 휘잡아 따서 꾸깃꾸깃 쑤셔넣었던 그 꽃뭉치가 풍 빠져나온 것으로 보였습네다. 비유로 이른다면 그것은, 깃 단 짐승(새새끼며), 털 단 짐승(쥐새끼 따위), 독이나 선병, 닥치는 대로 다 삼키고 나서 한 마리 독사란 놈이, 삭일 것만 삭이고, 깃이나 털, 알껍질 같은 것들은, 한 뭉터기로 뭉쳐, 하품하며 게워내놓은 것과 흡사했드랬소이다. 한 지옥을 고단하게 통과했으나, 안됐게도 이번엔, 허무 속에 던지워진 것이었습죠. 까닭에 그것은, 참혹하게도 더러웠으며, 무상이 일으켜내는 그 꼭 같은 염오

의 느낌을 일으켰을 뿐만 아니라, 우리로 하여금 모유(母乳) 속에 함량되었었을 원죄(原罪)까지도 토해내게 했드랬습네다. 우리는 그래서 토했으며, 배를 웅켜잡고 토했으며, 빽빽이질을 하며 토했드랬습네다.

—우리가 토한 그 자리에 그런데, 허, 허, 그 핏덩이가, 히키킥, 킥, 처참하게 버려져 있었습네다. 그건 무상(無常)의 모양이었으며, 그 냄새였쇠다.

—그러다 우리는, 그 에미와 핏덩이를 둘러 무릎을 꿇고 앉아, 어제 저녁 달 뜨기 전부터 눌러두었던 울음을 터뜨렸습네다.

—그러며 우리는, 갑자기 느끼고, 느낀 대로 믿었기를, 아으, 이제는 죽을 수도 있구나, 있겠구나, 있겠구나…… 라고, 그 더러움 속에서, 우리의 맑은 죽음을 건져냈었소이다. 그, 글쎕지요, 어떻게 그런 일이 있을 수 있는지, 그것쯤 설명할 수 있으면 좋으리다만, 이 '言語'는 분명히, '符命圖(記表) + 讖(修羅道의 記意) + 冥力(畜生道의 記意)'의 형식으로 이뤄진 것일 것이어서(『七祖語論 4』, 409쪽), 범상한 정신으로는 느낄 수 있을 뿐, 그 의미를 헤아려 이해할 수 있는 것은 아니었을 것입네다. 아직도 어둑살이 채 가시기 전인데도, 주검에 코 밝은 가마귀들이 떼로 몰려와, 저 야르사를 발겨먹기 시작했을 때, 그 자리에 더 앉

아 있어야, 할 까닭이 없어, 무릎을 세워 일어나도 우리는, 무거움을 많이 덜어낸 느낌을 가졌었소이다.

—쿰부, 노피곰 오르샤, 멀리곰 날흐시오사!

고콜이에 새로 관솔을 얹으려다 말고, 이 마을 시인의 손이 힘없이 축 늘어뜨려지는가 하고 있자니, 비그르 옆으로 무너져 누웠기에, 맥을 짚어보았으나 뛰놂이 없었으며, 숨냄새를 맡아보았으나 냄새가 없어, 본 패관은, 고콜이에서, 불의 가장 붉은 깃털을 하나 뽑아내어, 저 시인의 ('글자' 라는 呪術에 묶인) 학념(鶴念)의 죽지에다 꽂아주었다. 노피곰 오르샤, 멀리곰 날흐시오사!

그리고 문을 열고 밖으로 나서니, 거기 샴발라의 신선한 아침이 와 있었다.

뒤를 돌아다보지는 안했다. 감발을 매고 일어서면, 그렇게 하는 것이 패관의 방식이던 것이다.

흐흐, 잘이 흔다.

(神들을 당나귀모양 혹사하였으며, 개만도 못하게 人間을 매도하였도다.

혀 밑에, 반 방울의 꿀도 머금어본 적이 없으니, 지옥의 종도들인들 달가워하랴? 咄, 小說하기의 앓음다움!)

混紡된 상상력의 한 형태 1

童話에서 神話를, vice versa

總論—문드룸과 붉은 새

오 고타마여, 계집은 화로, 사내의 하초는 불, 성교는 연기, 보지는 불길, 삽입은 숯, 쾌락은 불꽃—이 불에다 神들은 祭酒로서 정액을 바친다.

—『*CHHANDOGYÃ UPANISHAD*』

빛이 있고 난 뒤부터가 아니라, 그러기 전에도 흑암은 있었다. 흑암의 기원이 아니라, 빛의 그것을 따지려는 어떤 이들은, 그 흑암은 금란(金卵, 히란야갈바)이라고 이르는, 아직 피 맺히지 않은 알을, 그 똬리의 중심(會陰)에 품고 있었다고 상정해내기도 하는데, 혹간 그것을 일러 (해와 달이 있기도 전의) 원초적 밝음이나 아닌가, 하기도 한다. 저 흑암은 자정(子正)이라고 이르는 그 시중(時中)을 거처 삼아 있었으므로, '언제' 부터라는 그런 시제(時制)의 개념으로 따져 말할 수 있던 것은 못 되는 것이었을 것이다. '있었다' 라고 말 되어진 것은, 그것이 비록 '흑암' 이라 한다 해도, '없었다' 의 대적 개념인 것이며, 또 '자정' 이라거나 '시중' 이라 한다 해도, 그것이 무시간(無時間)이기는커녕, 무시간 그 자체에 대한 대적 개념임으로, 저 흑암도 어쨌든, 그 중심에서, 그리고 그 시중에서 — 혼돈 아닌 혼돈이 혼돈을 야기하듯 — , 한 번도 터뜨려 올라본 적 없는 활화산처럼, 어떤 거대한 '동(動)의 휴지(休止)' 를 이뤄내고 있었을지도 모른다는 것을, 상상해내기는 어려울 듯하지 않다. '자정' 의 시간이란 물론, '어제' 는 아니며, 그렇다고 '오늘' 도 아닌데, 더더욱이나 '내일' 도 아닌, 시제로 따져 이해키에 어려운 시간이기는 하다. 그것은 시간적 흐름이 시중에 든 시간인데, 그런 시중은 매 순간 매 찰나에 끼여 들어 있어, 사실은 그것이 현재의 시간을 과거화하고, 시간의 미래를 현재화하며, 과거가 된 시간이 흘러빠져(流産)버리지 않게 담아두는 자궁(모래시계를 염두해보면 좋을 터이다), 그래서 과거 속에 쌓인 그 시간을 미래화하고,

미래의 시간을 현재화하는 것이어서, 그것(時中)은 분명히 시간이 아닌 시간임에도(기실 그것은, 현재의 시간도 못되는 것을 감안한다면, '현재' 란 한 번도 존재해본 적이 없다는 것도 헤아려내게는 한다. 그럼에도 얼른 말을 잇고 볼 일이다. 그렇잖는다면 龍樹가, '없는 얼굴' 을 꼬나들어, 들 자리가 아닌데도 쑤시고 들려 덤벼들기 쉬울 터이다), 그럼에도 그것이 무시간은 아니다. '시중(時中)' 이라는 시체(時體)를 입고 있어, 삼세(과거 · 현재 · 미래)를 품은, 어기찬 '시간 아닌 시간' — 그래서 그것은, 뭔가를 깨우쳐보겠다고 집 뛰쳐나가, 반얀나무 아래 명상 자세를 꾸며 앉은, 석가모니의 암울한 가슴이나(그래서 그가 어느 날, 그 나무 밑에서 일어나 떠나게 되었을 때, 분명히 그의 가슴은 三世로 그득 흘렀을 터이지만, 그가 무슨 흐름에 떠 흐르고 있었는지, 다시 말하면 무엇을 깨우쳤는지, 그것을 아는 이가 있거든, 나서 말해볼지니라), 새끼 배어본 적 없는 암컷들의 자궁에 비하기에 족할 듯하다. 그것 자체가 자궁이다 — 마하요니. 시중, 자정, 또는 새끼 배어본 적 없는 자궁은, 그 자체가 완벽한 불완전, 불완전한 완벽함이다. 그것이 시체(時體)로서 이해되어지는 것인 한, 말한 바의 '동의 휴지' 란, 미구에, 시중이라는, 입어진 허물을 벗으려 꿈틀거리게 될 것이 예상된다. '휴지' 속에서 야기되는 '동', 금란의 흑암으로부터의 부화—이것이 어떤 다른 방언을 입었을 때, '문드룸(mundulum)이라고 이르는 의뭉스런 구렁이가, 제 뱃속에 감춰뒀던 세상의 불을 토해내기(J. Frazer의 『불의 기원』 참조)' 라고 하는 그것일 것인데, 그것이 불의, 또는 빛의 기원이라는 것이라고 이른다. 문드룸은 그때 분명히, 자기의 가슴 부위로부터 시작해, 재채기 같은 웃음, 쌓여져 하고 싶은, 간절한 '말' 같은 재채기의 간질임 같은 것으로, 목젖이 몹시 불편하다고 느꼈을 터이다. 그때 그는, (그 방언을 입은 얘기를 좇으면,) 그 '꼬리에 불(火) 점을 갖고 있는, 어떤 매우 웃기는 새' 에게, 자기의 갈비뼈가 하나 절취당하고 있는 느낌에 당하고 있던 것이다. 이 '웃기는 새' 가 느닷없이 어디서 나타난 것인지는, 저 문드룸 당자밖에는 모르는 일이지만, 추측이 허락되어진다면, 그것은 어쩌면, 문드룸 당자의, 의뭉스런 (이란 투박하게 쓰여진, 매우 함축적인 어휘인 것으로 이해하면 좋을 일이다. 즉슨, 소리에 대해 침묵, 밝음에 대해 어두움, 동에 대해 휴지, 비상에 대해 중력, 봄에 대해 겨울, 이라는 등등) 자신에 대한 하나의 모반의 형태, 잘못 꾸어진 꿈이나 아닌가, 하게도 된다. 하긴 그건 문드룸 쪽에선 잘못 시작된 상념이었을 것이라도, 그것이 저 '의뭉스러움' 의 허물을 벗게 되기만 한다면, 그것은 다시없이 고상하고 아름다운 꿈이겠었는다. 빛이 있어, 궁창이 나뉘기 시작할 터이다. 그것을 알게 된 순간, 분명히 문드룸은, 다물고 있던 입을 더욱더 꾹 다물고, 호흡을 조절하여, 목젖 부위의 갈근거림을 진정시키려 하며, 몸을 줄여, 시중의 깊은 데로, 밑에로 더욱더 가라앉아들려 했을 것이었다. 잘못 꾼 한 꿈을 그는 그렇게, 자기의 내부 깊숙한 밑바닥, 회음(會陰)쯤에 감금해두려는 것이었을 것이다. 그의 믿음엔, 아무 시간도 아닌 시간(時中) 속에서는, 아무것도 발원할 수가 없다고 한 것이었으며, 자기가 입을 다물고, 그리고 목젖을 어거하고 있는 한, 어떠한 말(言語)도 그 침묵으로부터 벗어날 수가 없다고 한 모양이었다. 묵(默) — 그는 그래서, '묵' 어(語)에다 자신을 묶어맸다. 문드룸은 그러나, 이미 몇 번씩이고 밝혀진 바 있는 대로, 자정도 또한 하나의 시체여서, 그 자궁에서 어제가, 오늘이, 내일이 죽고 태어나며 피 맺힌다는 것을, 그리고 말도 또한 침묵의 둥지에서, 빛이 어둠 가운데서 그러하듯, 날개를 얻는다는, 그 역설적 달마를 이해치 못했던 듯하다. 까닭에, 그의 갈비뼈 하나는, 예의 저 불새의 불의 부리에 쪼이는 고통으로부터 도저히 벗어날 수가 없고만 있는데, 그것은 말마(末魔)가 끊기는 것이어서 문드룸은, 한 식경에도 천 번을 뒤집히며 뒹굴고 벌벌 기어대야 했으되, '묵' 에 묶은 입을 열었다가는 '말' 이 날아나갈 일이었으므로, 신음도 비명도 뱉어낼 수가 없는 것이, 그 고통을 더욱 못 참을 것으로 만든 듯했다.

그 고통이 얼마나 극심했든 문드룸은, 천 번 만 번의 죽음 같은 고비를 넘기고 하다가, 어느 일순 잠시 소롯해졌는데, 그 혼절에서 깨어났을 땐 문드룸은 거기에 없었다, 분명히 있었는데도 없었는데, 그럴 것이 그는, 제 허물을 벗어버린 대신, 남의 가죽을 입어버린 것이었다. 변신을 치러버린 모양이었다. 치사하게도 거기, 하나의 축생(畜生)이 나타나 있었다. 그것은 다름아닌, 고통으로부터 벗어나려는 의지, 해탈의 날개 아닌 날개를 사려넣고 있는 자벌레, 그 날개를 푸드득여내기까지는, 무명(無明)이라는 검은 털과, 두터운 비계, 그(털과 비계) 중력에 당해야 되는 유정, ─ 그것에 대한 비유나 상징은 '돼지' 라고 되어 있는 것, 그런 축생의 모습을 꾸며내어 있었다. '더러움 사랑'. 그렇다면 이제 저것은, 병과 노쇠와 죽음, 똥과 증오 따위, 모든 더러움의 주머니, 그것이 호탐하는 그 수피(獸皮)를 극복해야 할 것이다. 그러기 위해 그렇다면 저것은, 그 껍질의 죽음을 치르지 않으면 안 될 터인데, (神話 등이 가르치는 대로 따른다면,) 그런다면 그 수피, 그 똥자루 속에서, 한마디 흰(白) '아 ─ ' 어(語)가 발음되어져 오르게 될 터이다. 그것은 그 털빛이 눈보다도 희고 빛나는, 흠 없는 어린 양(羊), 무명을 태우고 날아오른 붉은 새, '살'을 찢고 태어난 최초의 '말'. 살은 그렇게 극복되어질 터이다.

이 최초의 말을 두고 어떤 이들은(문드룸이 비화현의 말, 그 말의 '침묵'이라는 둥지였음을 염두할 일인 것), '남성명사(男性名詞)'라야만 옳다고 이르고, 다른 이들은 '여성명사(女性名詞)'인 것이 분명하다고 주장한다. 종내는 어쩌면, 저것은 '남성'도, '여성'도, '중성'도, '양성'도 아닌, 그 모두를 함축하고 초월한 것으로서 '타트 사트(Tat Sat, Skt., 그것이 그것이다)'라는 데로 귀착할지도 모르긴 하다.

그것이 '남성명사'라야만 옳다고 이르는 이들은, 모든 평평하거나 질척하고 어두운 것 등등은, 그 자체가 여성인데 반해, 뾰족하고 단단하며 밝은 것 등등은 모두 남성이기 때문이라며, 그 반대의 주장을 하는 이들은, '아담의 갈비뼈'로 몸을 입은 '두번째 성(性)'은 '하와'였던바, 하와는 다름아닌 여성이기 때문이라는 것이다. 전자(前者)는 그러면 묻는다, 어째서 남성 아담이, 문드룸과 같은 검은 구렁이, 다시 말하면 비화현의 국면을 담당하고 있는 그것이 여성을 분만하기에 이르렀느냐?고. 후자는 서슴지 않고 대답한다, '아담은 흙에서, 다시 말하면 암흑에서, 흙으로 몸 입어, 흙을 떠나지 못하다가, 흙 속으로 돌아갔으니', 팥죽 솥이 끓을 때 일어나는 한 공기방울 같았다가, 다시 원상으로 돌아감과 같아서, 태어나본 적이 없는 것으로 이해되기 때문이라는 것이다. 다시 말하면 그는 그래서 비화현 자체였었다는 것. 덧붙여, 아담이 남성이었다면, 그가 발음해낸 첫 말은, 여성임은 자명하다는 것. ……이런 논란의 와중에, 제3의 목소리가 끼여든다. '아담의 갈비뼈 하나를 취해 하와를 지었다' 는 얘긴즉슨, '하와는 다름아닌, 남성 속의 여성, 바꿔 말하면 아니마의 형태' 라는 것이다. 그렇다면 저 '시중' 이라는 자궁 속의 아담은, '아니무스' 가 아니겠는가? 그건 그런즉 당연한 귀결이겠는다. 그것이 당연하다면, 이 '아니무스' 는, '여성 속의 남성' 이기보다, '어머니 속의 아들' 의 형태라얄 것인가? 그러므로, 아담의 갈비뼈로 하와가 지어졌다면, 그녜는 분명히, 촌수로는 아담의 딸인데, 그런즉 '여성 속의 남성' 도 또한 '딸 속의 아비' 라는 게 옳아야 될 터이다. 허으, 허, 허긴 거 꽤는 복합적이다. 까닭에, 아들의 '어머니 복합성(콤플렉스)', 딸의 '아비 복합성' 등이 거론되는 듯하기도 하다. 하여, 그런지는 몰라도, '남편 복합증' '아내 복합증' 이라는 병증 등은 어디에서고 별로 거론되지는 못하고 있는 듯도 싶으다. 하지만, 얘기되어온 이 '아니마/아니무스' 란,

'어머니/아버지' 이전의, 판켄드리야(五官을 구비한 有情)의 양성(兩性)을 관하고 이뤄진 이론일지도 모르긴 하다. 노자(老子)에게 물어보라, 천지는 '음양'으로 이뤄졌다고 이르잖느냐. '어버이' 이전에 '음양'이 있었다.

各論 1—구렁이(문드룸) 왕자

이 얘기는, 앤드류 랑(Andrew Lang)이 편집한 童話集들 중의 『*The Green Fairy Book*』에 수록된 「주술에 걸린 구렁이 왕자」 얘기를, 표절하기도, 변조하기도 한 것이다. 이런 '구렁이의 신부' 얘기는, 성경의 창세기에도 나오는 것은, 주지하는 바대로이다.

(예의 저 구렁이) 문드룸은, 회음에다 묻어두려던, 가슴의 그 통증 탓에 뒤집히고 뒤집히는 동안에, 자기가 위축되며, 점점 왜소해지고 있다고 느꼈는데, 사실로 그는 그렇게 축소되어지고 있었다. 바다의 그중 깊은 곳에 똬리친 어둠과도 같았으며, 밤 속의 거대한 산과도 같았던 그는, 그렇게 줄어져, 그 산뿌리께에 있는 초가삼간 그늘만해졌다가, 그 초가를 받치는 꾸불텅거리는 기둥만해져버

렸다. 그러는 동안 그는, 안과 밖이 맞닿아져 붙여진 띠(뫼비우스의 띠)처럼, 안이 밖이고, 밖이 안이고 그랬는데, 훗날 그것은 그래서 '제 꼬리를 제 입에 물고 뒤집히는 구렁이(Uroboros)'로 인구에 회자키는 한다. 그렇게 되어 그는, 자기가 꾼, 자기답지 않은 꿈에 배반당하고, 한없이 뒤집히기의 고통의 바퀴에 비끄러매어져버린 것이었다. 낮이 바뀌고, 밤이 오고, 동이 트고, 저녁이 온다. 그에게 주어진 아픈 과제는, 어떻게 하면 '하나인 여럿'을 분리해낼 것인가, 하는 그것이었는데(이 '하나인 여럿'은, '總論'에서 밝혀진 바와 같다), 그런 오랜 뒤집힘을 통해 그가 깨달아낸 것은, (그런 분리를 위해선,) '여성'이라는 한 수단밖에는, 다른 도리란 있지도 않다는 그것이었다. 저 문드룸은 그래서 보면, 그렇게 자기의 한 죽음, 그리고 새로 태어나기를 욕망하기 시작한 모양이었다. 그러기 위해서 문드룸은, 자기로부터 그 여성을 분리해내지 않으면 안 된다는 것도 알고 있었던 듯하여, 고통으로 뒤집히는 중에, '갈비뼈' 하나를 뱉어낸다. 문드룸의 침묵 하나는 깨어진 것이다. 최초의 말이 발음을 입은 것이다.

이렇게 되어, 구렁이 왕자와 아름다운 공주 간의 사랑의 얘기는 시작될 터이다. 싸게 싸게 얘기를 자아올리기로 하면, 이러쿵저러쿵 왼갖 우여곡절을 다 겪어, 공주를 아내로 맞게 된 저 구렁이 왕자는, 빛을 싫어하여, 빛을 견디지 못해, 낮 동안엔, 자기 몸에 맞는 어느 땅굴 속 어두운 데, 몸을 사리고 지내다, 저녁이 되면 자기의 신부의 침상에로 돌아오곤 했다. 오면 그는, 자기를 기다렸던 공주를 휘감아 틀어오르며 정답게 애무하며, 그러는 동안, 낮 내도록 입었던 그 구렁이 껍질을 벗는데, 그리고 나타나는 그는, 공주의 눈엔, '세상에 둘도 없으리만큼' 준수하고, 또 아름다웠다. 배를 땅에 대고서야 움직이는, 차갑고도 기다란 살의 부대 속에서, 영준하기 이를 데 없는, 사람의 남자가 빠져나오곤 하는 것이다. 이런 얘기는 어쩌면, '달' 이 '남성' 으로 상상되어지고 있는 지방에서 구전된 것이거나, 라는 말은, 어둘 때 떠오르는 달의 영상은 저러하기 때문인데, 어둠을 벗은 달은 하긴 아름답다, 아니면, 연금술과 관계된 얘기일지도 모른다는 추측을 가능케도 한다, 라는 말은, 원료(프리마 마테리아)가, 니그레도(黑)를 극복하고 알베도(白)에로 전이하는 과정, 다시 말하면, 짐승이 수피를 벗고 일어서는 사람에 관한 얘기—. 그러나 아직 혼(魂)에 관한 얘기는 그 기미도 보이지 않는데, 그건 그 다음의 전신부(轉身賦)에나 나타남에 분명하다. 한데 '남성' 으로서의 달이, 만약 '검은 해' 라고도 이해되어질 수 있다면, 뱀가죽을 벗었다 해도, 저 왕자는 분명히, 검은 피부를 하고 있을 것이라는 추측도 가능할 듯하다. 그렇게 낮이나 밤이나 어둠 속에 묻힌 검은 잠, 또는 검은 의지, 또는 검은 몸 자체는, '뿌리', 또는 '구근(球根)'의 상상력을 일으키는데, 그렇다면 공주는 그 뿌리를 휩싸안고 있는 '흙'으로 이해됨에도, 동화는, 서로 품어 안고 자는 저들의 사랑에 관해서만 말하고, 공주가 분만했었을 수도 있는 자식들에 관해서는 말한 바가 없으되, 하나 분명한 것은, 저 공주라는 수단을 통해, 저 구렁이 속에서 하나의 남자가 태어나왔다는 그것이다. 그 남자는 그럼에도 아직도 반수(半獸—밤) 반인(半人—낮)이기는 하다. 이런 사내를 '격(覡)'이라고 이른다. 바느질하며, 앉아 오줌누는 사내.

이제, 매일이 그렇듯이, 그리고 밤은 걷힌다. 동은 다시 트는 것이고, 그러면 저 준수한 왕자는, 그 빛이, 옴이나 두드러기, 옻즙이나 또는 (빛의 두테에 좇아) 피부가 벗겨진 데 뿌려지는 소금과 같아, 벗어놓았던 옷(가죽)을 서둘러 입지 않으면 견디질 못한다. 결국 죽기에까지 이르고 말 터이다. 해가 돋아올라 한 뭇의 해를 꾸몄을 때 그도, 한 마리의 커다란 구렁이를 꾸며, 몸을 사려넣을 굴을 찾는다. 똬리를 치고 기복해, 그리고 그는, 땅 밑 세상 돌아가는 일에 귀기울이며, 저녁이 올 때까지 공주에의 그리움과 사랑을 독처럼 굽는다. 그늘 속에서만 살다 보니 차갑게 된 그

동물도, 그럴 때는 가슴 부위가 호꼰해져, 몇 이파리 새 깃털 같은 것을 돋워낸다. 그리움과 사랑으로 이뤄진 그 독은, 저녁에, 공주의 몸 속으로 홍수져 들어갈 것이다. '어둠' 속에서 연금된 그 독은, 공주의 몸 속에 퍼지는 대로, 아으, 저 산홍(山紅)을 무녀(巫女)로 만들어버릴 것이다. 살의 아픔, 살의 황홀을 통해, 무수한 정령(精靈)들과 요정(妖精)들이 일어나 밖으로 뛰쳐나갈 것이다. (아직 이것은, 그 상태에까지 이른 것은 아니지만, 힌두教의 諸神들은 저렇게, 사람의 살에서, 그 각 부분의 (살의) 역할에 좇아 일어났다고 이르잖느냐. 그러니까 그 역할의 擬神化가, 저들의 神話 체계를 이룬 것일 것이었다.) 최초의 무녀가 태어났다, 그렇게 나타났다.

그러던 어떤 날은, 낮을 피해 어느 땅굴 속으로 숨어들어가버린 그 왕자에의 그리움, 밤뿐만 아니라 낮도 함께 지냈으면 하는 그런 아쉬움을 느끼다 공주는, 얼핏 하나의 의견을 떠올리기에 이른다. 그리곤 그것에 스스로도 동의할 만했던지, 깔깔 웃고 박수를 치다가 공주는, 갑자기 전신을 부들부들 떨었는데, 어떤 공포가 엄습한 모양이었다. 그러나 한번 일어난 상념은, 떨치려 하면 할수록 더욱더 손톱을 세워, 더 깊이 파고드는 것인 듯했다. 그러는 중 그 의견은, 음모의 형태로 변해버리고 있는 듯했다. 공주의 얼굴은 창백해져 있었으며, 어쩌다 짓는 미소에서는 피가 뚜둑 뚜둑 흘러내려 고였다. 공주는, 더이상 공포에 당하고 있는 것은 아닌 모양이었으며, 그리고 그 음모를 품은 가슴으로, 왕자가 돌아올 시각을, 다른 날보다 더 애타게 기다리기 시작하고 있었다. 머리칼이 세도록, 그리고 그 한 가닥 한 가닥이 삼추(三秋) 길이의, 삼단 같고 산그늘 같은 머리카락을 한 올 한 올씩 다 헤아리도록이나 애타게, 지겨워하며 기다렸다.

땅거미가 지고 있었고, 그리하여 그 비슷한 시각에, 저 거대한 뱀이 쉬쉬 소리를 내며, 정다움의 표시로 꼬리를 떨면서 공주께 왔다. (표절되어지고 있는 본디 동화 속에도, 이런 구렁이의 內宮 출입에 관하여 말해놓은 것이 아무것도 없으니, 그렇게 따르는 것이 편리할 듯하다.) 그리고 공주를 휘감아 침상에 쓰러뜨린 뒤 구렁이는, 입었던 흑암을 벗고, 구렁이다운 건강한 몸을 드러내, 공주께 엎드려, 낮 동안의 외로움과 그리움을, 그리고 더할 수 없는 사랑을, 폭포모양 쏟아냈다. 그런 뒤 저 둘은, 마주하여 식탁 앞에 앉았으나, 공주가 계속하여 권하는 포도주의 까닭으로도, 왕자는 오래 깨어 있지 못하고, 먼저 침상에 들어, 코를 곯기 시작했다. 바로 이것이, 공주가 자기의 음모를 실천에 옮기려 기다렸던 그 시각이어서, 자리에서 몸을 일으키고 공주는, 자는 낭군을 한참 동안이나 내려다보았는데, 그러는 동안 그네는, 자기의 '의견' 을 한 번 더 반성, 검토해보고 있는 것 같았다. 그러는 동안 그네는 뭔가를 망설이고 있는 모양이었으나, 한 번 체머리를 흔들고, 피가 나도록 아랫입술을 물었다. 그리곤 떨며, 잠들어 있는 왕자가 벗어놓은 구렁이 껍질을 손에 움켜쥐어서는, 미친 듯이 빠르게, 미쳐서, 그것을 벽화로 속에다 던져넣어버렸다. 씨석거리고 있던 불이 그러자, 일순 독한 연기를 올리더니, 먹이를 본 독사가, 머리 부분의 몸을 꼿꼿이 일으키며 혀를 날름거리다 덮치듯, 덮쳐, 물어, 삼키기 시작했다. 그 먹이를 핥아 삼키는 화천(火天)님의 일곱 혓바닥은, 광맥을 파는, '백설공주' 네, '일곱 난쟁이' 들의 삽이나 괭이 같아서, 공주께 두렵고 아팠던 모양이었다. 그것은 신(神)내림이나, 기(氣)의 솟음 같은 것이어서, 저 무녀는 전신을 떨고 뒤틀며, 녹은 금물과도 같은 붉은 땀을 흘리고 있었다. 그 사피(蛇皮)가 타는 불빛에 무녀는 붉었다. 핏빛으로, 봄 산홍(山紅)으로 붉었다. 그러는 중에 화덕 속에서는 한 '운명의 기호(記號)' 가 빨리도 타 스러지고 있었는데, 그것이 재만 남겼을 때는 산홍이도 (무너)져, 바닥에 붉게 깔렸다—이것이, 화천께 드리는 바로 이 제사가, 낮이 열 두 번 기울어 저녁이 되도록, 공주가 의혹하고 다짐하고,

한숨과 독기를 들이쉬고 내뿜었던, 바로 그 '음모' 였던 것이다.

그 결과랄 것만 제외한다면, 이제 이 얘기가 어떻게 진전되어질 것인지는, 우리네 잠퉁이 막둥이까지도 알 터이다. 글쎄, 그날이라고 동이 트지 않았을 리는 없었을 것이고, 그랬었을 터이니, 이거 뭐 얘기의 터서리를 찾아, 잡아, 풀고, 끊고, 맺고, 어쩌고 하느니, 싸게 자아올리기로 한다면, 왕자는 잠에서 깨어나기로, 더 깊은 잠 속으로 떨어져 버렸다는, 부고밖에 전할 게 없게 될 터이다. 껍질이라는 방패를 잃은 그 용사를, 해가, 천의, 만의, 억만의, 빛의 화살과 창을 쏘고 박아, 죽인 것이다. 구근(球根)은, 어두운 흙을 벗어나 햇빛 아래 드러내지면 말라 죽잖느냐? 그리고 말(言語)도 또한, 껍질(記號)을 잃고 내용(意味)만 남기게 되면, '묵(默)' 가운데로 스러져, 그 의미를 알 수 없게 되잖느냐? 말의 죽음.

쯔쯧쯧, 그렇게 저렇게 되어설람, 문드룸 왕자는 죽어뻐드러졌는데, 그럼에도 '그 결과만을 제외한다면' 이라고 암시해뒀던 바대로, 얘기는 거기서 끝나지는 않았는다. 그 왕자가 죽어 넘어졌던 자리에서는 그런데, 공주로서는 이해할 수 없을 일이게도, 왕자의 시체 대신, 그 왕자 크기의 다른 한 마리의 짐승이 옆으로 누워 있던 것이다. 그것은,

그것 자신은 모르는, 한 죽음을 치르느라, 피로하고 허기져 그러고 있는 듯했는데, 공주가 관찰해낸 바대로 따르기로 한다면, 그 짐승은, 다름아닌, 전신에다 검은 털을 밤의 수풀처럼 덮고, 두 송곳니를 두 입 귀퉁이에로 뻗쳐올린, 한 마리의 돼지, 글쎄 그것은 그런 축생(畜生)이었다. 그 축생은 그렇게 또, 제 몸 위에다, 밤을, 어두움을, 무명을 두텁게 덮어씌워놓고 있던 것이었다. 공주의 놀라움에 대해서야, 뭘 이러쿵저러쿵 말해볼 것이 있겠느냐, 그러려하면, (여성주의자들이 손톱을 뾰족이 하여 내달려오겠는다마는,) 아녀자들모양 시답잖기나 할 터이다.

조금 시간이 지나자부터 돈군(豚君)은, 생기를 좀 찾은 듯, 꾸루 꿀꿀 소리를 내며, 갓난 송아지가 그러듯, 일어서 보려 버르적거려댔다. 그러다 일어서고, 서는가 하자, 먼저 자신을 살펴보아쌌더니, 슬퍼, 새끼 사슴 눈 같은 것을 해선, 공주를 올려다보는다. 이 저씨(猪氏)가, 자기의 전생을 살펴내고 있는지 없는지는, 공주도 모르니, 저씨밖에는 모를 일이다. 떨리는 손으로 공주가, 저 축생의 등을 어루만져 쓸다, 그 머리를 두 팔로 껴안자, 그는 좀 안정을 찾은 듯하더니, 문을 향해 뒤뚱거리고 가는 것이었다. 그의 뜻을 짐작하고 공주가, 문을 열어주자, 그는 뭉친 어둠인 채, 두려움 없이 햇빛 속으로 뛰어들어갔다. 그는 분명히, 햇

빛을 탐하고 있었다. 공주 보기에 그는, 물론 왕자스러웠으며, 또 아름다웠다. 전신(前身)이 구렁이였던 것으로부터 그는, 한 번의 전신(轉身)을 치른 것이었던다. 구렁이도 사대(地水火風)를 입었었으며, 돼지도 똑같이, 그 사대를 입어, 그 속에 생명을 담은 것이다. 말마가 끊기는 '아픔'이라는 것이, 한 사대를 다른 사대에로 몸 바꿈을 가능하게 했던, 그 연금액이었던 모양이다.

혼돈과 흑암의 양수(羊水)가 터뜨려진 자리에서, '몸의 우주'가 개벽하였도다.

선재(善哉) 선재 선재.

各論 2 — 돼지(아도니스) 왕자 얘기

이 얘기는, 역시 앤드류 랑이 편집한 동화집들 중의 『*The Red Fairy Book*』에 수록된, 「주술에 걸린 돼지 왕자」 얘기를, 표절하기도 변조하기도 한 것이다. 예수가, 미친 돼지의 한 떼를, 바다에다 밀어붙인 일이 한 번 있었는데, 이 돼지가, 그중의 하나였었는지 어떤지는, 두고 볼 일이겠다.

밖으로 나간 그 돼지 왕자를, 찾으러 나가보아야겠다고 했으면서도 공주는, 문을 열어둔 채, 그날 하루를 방에 처박혀 보냈다. 그날 공주께는, 생후 처음으로 많은 의문과 상념이 일어났던 것이며, 그것에 붙매였던 것인데, 그러나 나이도 나이 탓이려니와, 살아온 방식이 그러해서 그녜는, 무엇을 복합적이고도 깊게는 생각지도 못했을 뿐만 아니라, 판단하지도 못했다. 그녜는 그냥 눈물만 흘리고 한숨쉬다, 그렇게 하기로써 오는, 조금 진정되는 마음을, 일어난 의문들의 대답으로 삼았을 뿐이다. 해가 뉘엿거리고 있었을 땐 그래서, 눈물도 거두고, 배시시 웃기까지 하며, 나간 돼지 왕자가 돌아오기를 기다리게 되기까지 되었다. 그날 공주께 일어난 의문이나 상념이란, 사실에 있어선 매우 심각하고도 신중한 것들이긴 했다. 자기가 혹간 남편을 살해한 것이나 아니었는가? '혹간' 이란 왜냐하면, 자기에게는 남편에 대한 사랑밖에, 살해욕 같은 것이란 느껴본 적도 없었기 때문이며, 그러므로 자기는 무고할 뿐이고, 결과에 있어 그리고도 남게 되는 자는, 보다 더 친근하고도 아름다운 모습을 꾸며 되살아난 것이 아니냐…… 그런즉 어째서 그가 죽었다고 이를 것인가? 다만 몸의 형태만 바꿔 입었을 뿐이 아닌가? ……돼지 왕자는 사실로 그래서, 구렁이 왕자 그 당자인가? ……아, 아니면, 그의 생출(生

出)이라고 해얄 것인가? ……저녁이 되는 대로 그는, 짠물 속으로 나아갔던 연어가 그러듯, 핏줄 속의 어떤 부름을 좇아, 분명히 돌아올 것인데……, 그리고도 핏줄 속의 그 소리에 좇아, 구렁이 왕자가 그랬듯, 먼저 자기를 타고 눌러, 그리움이 차여, 썩어, 고름이 된 걸 눠버리려 할 것인데, 그래서는, 이 돼지 왕자를 받아들여도 괜찮을 것인가? ……한 불우한 운명의 왕비가 있었다. 두 침방 사이에서 그녜는, 어느 방엘 들어야 할지 알 수가 없어서, 밤마다 복도를 서성이어야 했다. 심술을 낼 까닭이 있던 신 하나가, 그 왕비의 남편과 자식의 머리통을 자르고는, 틀린 목들 위에다 올려준 일이 있었던 것이다. 얼굴이 남편인 자는, 몸뚱이가 자식이고, 몸이 남편인 자는 얼굴이 자식이다. ……공주께는, 그 문제(가 무슨 문제겠는가?)까지도 문제가 되어 일어나, 마음을 긁고 들었으므로, 그 문제로도 입술을 깨물며, 아파 울었다. 그러면서도 눈 한 귀퉁이로는 추파하여, 구렁이 껍질에 덮였던, 섬뜩지근하기도 했던 그보다, 돼지 가죽에 싸인 그가 더 정답고, 영준하며, 아름답다고도 생각했다. 아직도 공주의 볼의 눈물이 다 마르지도 않고 있는데, 한데 땅거미가 기기 시작하고 있었고, 그러자 아닌게 아니라, 돼지 왕자는 꿀꿀거리고 돌아오는 기척을 보였다. 그는 그러나 웬일인지, 성큼 방 안으로 들어서려 하질 않고, 머뭇거리고 있는 듯하여, 얼른 몸매를 수습한 뒤 공주가, 내어다보고 그 까닭을 알았다. 그는 온통 흙탕에 덮여 있던 것이고, 또 수줍어하고도 있던 것이다. 흙탕의 냄새는 공주께 좋았다. 그랬기에 공주는, 맨발로 뛰쳐나가 돼지의 목을 끌어안고, 반가움으로 눈물을 흘리며, 인도하여 저 왕자를, 샘에로 데려갔다. 물을 길어, 돼지의 전신에 퍼부어, 흙을 말끔히 씻어준 뒤, 수건으로 닦고, 함께 방으로 들어왔다. 돼지는 말할 수 없이 순했으며, 순종적이었고, 또 공주의 눈에는, 그렇게 잘생겨 보일 수가 없었다. 벽화로 앞에 누운, 그의 목덜미에 기대어 얼굴을 묻고 있었을 즈음 공주는, 차갑게 꿈틀거리던 구렁이 왕자를 깡그리 잊고, 새로운 사랑에 빠지고 있었다. 돼지 왕자는, 불씨를 묻고 있는 재처럼 따뜻하고, 부드러움으로 조용했다.

그러는 중에 자정이 되어가고 있는 듯했다. 분명히 그것이 까닭이었을 것인데, 그로부터 시작해, 공주의 저 부드러운 '재' 속에서, 불이 일어나고 있는 듯했다. 그렇게도 조용하던 것이, 몸을 벌떡 일으키더니, 편안치 않음을 드러냈다. 급체든, 아니면 느닷없는 가려움증 탓이든, 돼지는, 어떤 앙구찮음으로 앙구찮아하며, 제 몸을 학대하기 시작했다. 일부러 뻘 위에 자빠진 당나귀 꼴을 내기도, 모서리들에다 긁기도, 벽에 문지르기도 하며, 네 발을 써서 뭔지를 벗으려 하는 노력을 보이고 있었는데, 공주 보기에 그는, 몸이 아니라, 입어진 털이나 껍질이 괴로워 그러고 있는 것 같았다. 공주로서는 속수무책이어서, 놀란 눈을 크게 뜨고 지켜볼 수밖에 없었는데, 그러나 그의 그런 불편해하기는 오래 가지 않았고, 그 대신, 밤이 뒤집히는 그 자리, 짐승의 검은 털 속에서, 아으, 보시옵습지, 공주님입습지, 보시옵습지, 부화된 불꽃, 사람의 남자, 보름달, 떠올랐삽나니, ……돼지 왕자 또한, 저녁엔 수피를 벗어버리던 것이었다. 그가 앙구찮아했었을 때 공주는 잘 이해할 수가 없었으나, 그가 수피를 벗어 사람으로 태어났을 땐, 그것 때문에 공주는 조금도 놀라지 않았으나, 돼지 왕자 쪽에서는 몹시 놀라고, 또한 이해할 수가 없다는 얼굴이었다. 그는 '밤을 입고서야 낮 속으로 나갔었으며, 밤(子正)이 되었을 때에야 밤을 벗은' 것이었다. 희게 벗은 것이었다. 그리고서부터 그는, 공주가 쓰는 것과 같은 말로써, 포도주 잔을 기울이며, 공주와 속삭였다. 낮에, 들에서, 짐승으로서 먹었던, 열매며 풀뿌리, 또는 들꽃송이들의 맛을 그는, 사람의 말로 표현했는데, 공주의 귀에 그것은, 그 열매들의, 뿌리들의, 꽃들의 비밀을 담고 있는 듯했다. 듣는 대로 공주는, 그것들을 눈의 안쪽에서 상상(視覺化)하고,

어떤 감명에 의해 콧노래로 흥얼거려보기도 했다. 돼지 왕자가, 낮에 배불리 먹은 자연(自然)은, 사람의 말로 바뀌어질 때 저런 투의, 아직은 투박해도, 문화(文化)의 형태를 입었다. 최초의 시(詩), 최초의 노래는, 저렇게 이뤄졌던 모양이다. 이러는 저녁, 공주의 머릿속으론, 어제 저녁 구렁이 왕자께 도모했던, 그 꼭 같은 음모가 빈번히 스쳐갔지만, 그때마다 공주는, 완강히 머리를 저었다. 무엇보다도, 시간을 좀 두고 기다려보자고 한 것이었다. 그러는 동안, 그 스스로 짐승을 극복하려 할지도 모르며, 어쨌든 하루 중의 반은, 그것도 은밀해야 되는 그 시간엔, 그는 사람의 남자인데, 뿐만 아니라, 수피를 입은 그는 그대로, 늠름할 뿐만 아니라, 자랑스럽고 사랑스럽다는 것 또한 부인할 수도 없던 것이다. 아으, 처용댁(處容宅)의 공화적(共和的)임이여, 그래서 계집들마다 짐승을 낳는 것이러람. '어머니' 란 그래서 '짐승을 낳는 여자' 의 의미일 터인데, (이 자리에 표절되어진 두 童話의 法을 따른다면,) 그 허물이나 털을 벗겨주는 자도 또한 어머니되, 이번엔 '(남자의) 아내' 라고 불리는 듯하다.

그리고 그런 날이 며칠 더 계속되었을 때 공주는, 낮에론 자기도 차라리 돼지가 되어버리는 것이 좋겠다고, 입어진 인피까지 거부할 지경에 이르렀다. 그런 후부터 공주는,

돼지를 따라, 또는 그의 등에 걸터타고, 들로 산으로, 그를 좇아 헤맸다. 흙탕 속에 뒹굴기에 옷은 거추장스러웠으므로, 들에 나서는 대로 공주는, 그것을 벗어 아무 나뭇가지에나 걸어두고, 알몸으로 그 수퇘지를 사랑하기 시작한 것이다. 그때쯤은, 사람의 남자로서보다, 돼지로서의 수컷인 그가, 더 사랑스러워, 때도 없이 덮고 드는 그를, 미쳐서 받아들이곤 했다. 그때마다 공주의 뫎(몸+말+맘)에서는 난(蘭)이 펴, 산야에 흐물트러졌다. (난은, 짐승들 암수컷이 교미한 자리에 흘려진, 짐승의 정수에서 돋아 피는 것이라고 일러져 있잖느냐. 이래서 보면, 특히 난이, '짐승과 흙' 의 소산이라고 한다면, 기타의 꽃들(중에서도 물론, 암수가 서로 바라보기만으로도 열매를 맺히게 한다는 은행나무나, 그 외에, 바람이 전해준 임의 소식만으로 임신하는 초목들은 제외치 않으면 안 되리라만)은, '초목' 이 '짐승' 과 흘레하여, 피워낸 것들일 것이라고 상상한다 해도, 별로 틀리지는 않을 듯하다. 향초(香草)꽃 아도니스(Adonis)를 보아람, 그는, 계집 나무가, 사람 남자의 정수를 받아 임신하였다가, 분만한 자가 아니었더냐?) 한 덤불의 난이 피는 동안 한 천 년이 흐르고, 두 덤불이 흐드러지는 동안 다른 천 년이 오고, 그랬을 것이었다. 그럼에도 동화 속에서는, 아직도, 저런 사랑에서 얻어지는 새끼들에 관해 말하고 있지 않아, 알 수가 없을 뿐이지만, 짐승과의 교미를 통한 황홀함 속에서 공주는, 짐승스러운 많은 꿈을 꾸었을 것이라는 것을 짐작키는 어렵잖을 것이다. 사람의 암컷의 자궁에서 분만된 짐승들, 사람 얼굴의 짐승들, 짐승 얼굴의 사람들, —사람이 아닌 짐승과, 짐승이 아닌 사람은 없었던 한 철, 그리하여 '짐승들의 대왕 붉은 용'이 일어났음이여. (우리는 지금, 저 공주가 꾸는 꿈속을 들여다보고 있음을 잊어서는 안 될 테다.) 붉은 용이 치리함이여. 세상은, 짐승의 정수와, 똥과, 오줌 냄새에 뒤덮이고, 짐승스러움이 종교가 되어 있음이여. 이런 천지, 이런 시절에, 저 붉은 용을 퇴치했다는, 사람의 자식(人子)의 소식 같은 것은 없다느냐? (우리들이 기다리는 자는, 사람의 자식, 사람이 아니냐?)

그런 세월이 흐르고 흘러, 꽤는 오래 흘렀겠었다. 그때쯤 공주는, 들을 헤매기에도, 열매나 뿌리 먹어 배 채우기에도, 꽃을 꺾어 다발을 만들기에도, 흙탕에 멱감기에도, 그리고 뭣보다도, 짐승의 홍수 같은 정수에 전신이 끈적거리기에도, 그 냄새에도, 짐승스러운 모든 것에 지치기 시작하고 있었다. 그런 삶이 싫다는 생각은 그리고서야 들었는데, 그때 그녀는, 자기가 다름아닌, 축생도에로 떨어져 내려 있었음을 비로소 깨닫고, 수치와 비참함 때문에, 붉은 바위 그늘에 웅숭크려 홍수처럼 울었다. 밤 수풀의 신에게나 비교하리만큼, 그렇게나 늠름하고 아름다웠던 저 돼지의 수컷이, 지렁이며 두꺼비 같은 정충이 우글거리는 수렁과도 같았으며, 악몽을 꾸는 밤 시간과도 같아져 보이기 시작했다. 그래서 그날은, 혼자서 먼저 돌아와, 자신을 말끔하게 씻고, 고운 옷을 입어, 사람 여자를 찾아냈다. 시종, 그녜의 입술에는 차가운 미소가 감돌았는데, 공주의 가슴 밑 판도라의 상자 속에서, (한번 써먹어보았던) 한 음모가 꿈틀거리고 일어난 것이다.

그리하여서는 무슨 일이 일어났겠느냐? 여차여차하여, 저 돼지 왕자의 돼지 껍질은, 예의 그 화로 속에서 타 스러져버리고 만 것이다. 그렇게 되어, 빛 아래, 방패 잃은 나신으로 드러내진 밤이 당했어야 할 고통에 대해서, 뭘 더 말하여 일러주랴? 돼지 왕자는, 뒈지도록 고통하다, 결국 뒈져버린 것이었다. 그러는 중에 그러나, 공주가 보니, 자벌레 속에서 나비가 일어나듯, 불에 끄을려 갈라터진 개가죽 같은, 그의 살갗 밑에서, 무엇이 새로, 또하나가 일어나고 있었던 것은 말해주지 않을 수는 없겠다. 그렇다, 아으 보아람, 보이는 대로만 말하면, 그것은 한 마리 어린 양의 모습을 꾸며 있구나, 그 털빛은 눈보다도 희고, 흠 없는 어린 양—두터운 밤, 동지(冬至) 같은 수피 속에서 태어난 어린 해, 그 또한 짐승의 가죽을 입어 있기는 하구나, 했으되, 그가 쐬어내는 빛을 도저히 마주할 수가 없어 공주는, 그 앞에 무릎을 꿇었다. 그때 그 어린 양이 첫 울음을 우는 소리를 들었다. "에헤, 에에미, 에미여, 지금은 그대가 한 번 더, 이 짐승의 껍질을 취해야 할 터이다. 에헤헤에미, 여자여, 다른 두 짐승을 임신했다 사산(死産)한 것과 같이, 그러므로 그대의 자궁은 '해골의 골짜기' 라고 불러야 할 것이겠거늘, 나를 또한 그 골짜기에 던져넣어야 할 것이노라. 짐승은, 짐승으로써만 극복되는 것, 것임을! '짐승' 은 '죽음' 의 동물 이름인 것." —그건, 공주께는, 항거할 수 없는 신탁, 신명(神命)으로 들렸다. 그래서 공주는, 그 명에 따랐다.

結論

그런데, 땅에 뿌려진 그 피가, 땅의 모든 곳으로 전파되어지고 있는 동안, 그 짐승이 타고 남은 재 속에서는, 그 꼬리에 불(火) 점을 가진 한 마리 새가, 차라리 한 이파리 감람잎이, 아니면, 미래 쪽에라도 앉아 있는, 어떤 이가, 과거 쪽에다 손을 들이밀어 꺾은, 꽃 한 송이랄 것이, 일어나,

열기를 좇아, 연기가 오르는 방향으로, 그리고 오려고 준비되어 있는 시간 속으로, 가벼이, 아주 가벼이 오르고 있었다. 때에 가섭(迦葉)이가 빙그레 웃고 있었는데, 석가모니가 한 송이 꽃을 꺾어, 계집모양, 그 꽃의 냄새를 맡고 있어 보인 까닭이다.

선재 선재 선재.

(咄, 小說하기의 雜스러움!)

混紡된 상상력의 한 형태 2

風聞에서 現實을, vice versa

總論—往生과 還生

이 고장은, 왕생길에 올랐던 행려자들이, 잠시 머물며, 눈비도 피하고, 급한 똥오줌도 누며, 요기도 하고, 발병을 다스리거나, 감발을 고쳐 매기도 하다, 나름대로의 까닭에 의해, 주저앉아버렸거나, 가다 되돌아와버린 사람들로 이뤄졌다고 이른다. 그러나 이 늙다리 패관(稗官)께 믿겨지기엔, 왕생길을 훤히 앞에 두고, 이 고장에서 사람들은, 환생만을 거듭해오고 있는 듯하다. 그럴 것이 왜냐하면(이 고장의 방언을 쓰기로 한다면) 어제 '골고다' 로 떠난 이들이 오늘 보면 '베들레헴의 마구간' 의, 짐승의 똥과 오줌을 강보 삼아 누워, 여로에서 난 발병 탓에 제 발가락들을 핥고 있어 보이니 그런 것이다. (사실로 이런 것도 'euhemerism' 이라고 할 수 있을지 어떨지 전혀 자신이 없지만,) '공동묘지' 나 '산실' 이 저런 이름들로 불려지고 있다. 몇 가지만 예를 더 든다면, 물(物)과 정(情)들이 사고 팔리고 엇갈리는 장터를 '아겔다마', 장의사를 '아도니스 사당', 푸줏간을 '몰록 신전' 이라고 부르는 식이다. ('euhemerism' 이란 그런데, 어떤 신화적 존재를, 역사적 실재 인물의 이름으로 바꿔 부르는 것을 이르는 모양인데, '염라대왕' 대신, '최 판관' 이라거나 '옌로' 라고 이르는 것 같은 것일 테다. '최 판관' 의 경우는, 그가 실재했던 인물인지 어떤지 잘 밝혀져 있지는 않지만, 우리네 동네에 흔한, 땅의 성씨(姓氏)를 쓰고 있다는 것에 주목하면 좋을 테다.) 한 오백 년씩도 살고, 살기는 너무도 달콤해, 그 젖꼭지를 못 떼내는 그런 이들로 득시글거리는 것이 이곳 장터일 터이지만, 이 늙다리 패관께는, 한 칠십 년 살기에도, 살기는 너무도 써, 문 젖꼭지를 모질게 물어 끊고, 그런 뒤 한번 가서 다시 오지 않기 위해 가죽 부대 하나에다, 모은 가설항담(街說巷談)—여기서는 그것을 '갈마' 라고 이른다—을 담고, 씹어도 씹어도 자라나기만 하는, 혀라는 이상한 고기 토막을 하나 한 입 크게 물고도, 노상 게걸대는 고픈 창자, 가래며 고름, 똥과 오줌, 수근이 마른 고환 둘, 이런 것 저런 것들을 싸 짊고, 이 고장으로 온 것인데, 이런 이민 짐을 두고 이 고장 사람들은, '사고(四苦)의 주머니' 라거나, '갈마의 보따리' 라고 이른다는 소리를 들었다. '사고의 주머니' 란, 그것의 물리적 성쇠에 좇아 일어나는 변화를 관찰하고서 붙여진 이름이라고 하며, 그것의 행위에 따라 나타나는 화리적(化理的) 변화에 의해서는 '갈마의 보따리' 라는 이름이 붙여졌다고 이른다. 바로 이것, 다시 말하면 '갈마' 에 의해 '해탈' 도 가능하지만, '소멸' 이라는 부정적 증발 현상도 일어나는데, 이것이야말로 반물리적, 즉슨 화리적 변화라는 것이다. 그런데, 아무리 탕진을 하려 해도, 하면 할수록, 역설적이게도, 하기 때문에 더욱더 불어나는, 갈마라는 그것이 문제다. 이 갈마의 의인화, 그것의 이름이 '붉은 용-히드라' 라는 것을 알게 된다. 이 괴물은 '머리가 일곱이요 뿔은 열' 을 가졌는데, 갈마가 갈마를 젖 먹이는 한, 저것은 불사(不死)일 테다.

그런즉 그 머리들은, 누가 퇴치에 나서 자르고 아무리 자른다 해도, 되돋아날 것이며, 그것도 배가하여 돋아날 것이었다. 이것이 몸의 우주를 그 꽈리 속에 휘감고 있다. 비틀거리는 다리, 지푸라기 같은 팔로, 패관도 그래서 저것을 퇴치하려 하여, 이 고장엘 온 것이고, 매일 밖을 나다녀,

이 고장을 조금씩 깨우치고 있는 중이다. (이 땅 위에, 이런 고장말고 또다른 고장이 있기나 하더냐고 묻는 이들을 위해, 이 음흉한 늙은네, 한 번도 이 고장을 그럼에도 떠나본 적이 없다는 사실은, 밝혀둬야 할 듯하다. 이것은 그러나 '인식'의 문제라고 이해하면 무리가 없을 듯하다. 패관이 만난 어떤 젊은네 하나는, 그 나이 되도록 별 탈 없이 잘 살다가, 어느 날 뜻밖에 자기의 그림자를 만나고, 그것을 이상스레 생각하다, 이물감을 일깨워내고, 그것을 떼어내려기에 온갖 발광을 다하고 있던 것이다. 없었던 것이, 하필 그날 당해 그에게 짝 붙어버린 것은 아니잖았겠는가.) '밖을 깨우치기'란, 이 고장의 육체적인 부분을 관찰하고 익히기로써, 안쪽을 들여다보자는 것인데(먼저 記表를 익혀야 記意를 알아낼 것이 아닌가), 그러려 할 때마다, 이 패관이 경악을 금할 수 없는 것은, '밖'은 언제나 '안'보다 빨리 늙어 있다는 그것이다. 제국이 일어섰다 스러지는 것도, 그리고 몇백 년씩 나이테를 가진 거목이 쓰러져 눕는 것도, 그 까닭이던 것이다. 오백 생을 견뎌도, 해탈이라는 날개(아닌 날개)를 못 얻는 어린 자벌레를 속에 싸안고도, 일회용 육십 년 살이도 힘겨워 쓰러져 눕는, 살 입은 유정들을 볼작시라, 상(相)은 그렇게 빨리 노쇠해, 본(本)을 노상 고아로 만든다. '본'은 늙을 수 있는 것이 아니다. 그래서 그것은 비유하자면, '유아' 같은 것이다. 그러나 그것은, '상' 을 얻을 때만, 그것 자신의 현현을 가능케 하는 것이어서, 어쨌도 '상' 을 입어야 하는데, 그러기 탓에 그것은, '상' 으로부터 노상 학살만 당한다. 여기 환생의 악순환이 있다. '상' 은 그것 자체의 젊음을 되찾기 위해서나, 못 참을 울혈, 또는 내종 같은 것을 치유키 위해서라면, 서슴찮고 자신의 '유아' 를 대속물로 삼는다. '갈마(羯魔)가 입은 옷이 '상' 이거니와, 그것이, 종교적 상상력 속에서 전신을 치러 나타난 것들 중의 대표적인 것의 하나가, 앞서도 얘기된 '붉은 용' 이며, 다른 하나가 '몰록(moloch)' 일 것인데, 붉은 용이 스스로를 신격화하여 나타난 것이 다름아닌 몰록이라 한다 해도, 되잖을 일은 없을 듯하다. 이 상전(相殿)이 있는 곳에서는, 도살당한 인육에서 흐르는 피와, 불길에 던져진 유아들의 울음이 타는 연기가, 바다며, 하늘이라고 한다.

各論 1 아도니스 사당

이 패관이 그리고 알아낸 것은, 이 고장의 길은, 갈래는 여럿이었어도 외길뿐이었는데, 길 표지석에 의하면 '슬픔의 길' 이 그 이름이었다. 동녘으로 난 이 길의 한 갈래는, 베들레헴에 이르고, 서쪽 길은 아도니스 사당에로, 남녘 길은 몰록 신전에, 그리고 북쪽 길은 골고다에 이르는데, 패관이 세 든 곳은, 이곳의 닷새 장이 서는 장통이다. 장 서는 곳의 이름은 아겔다마이고, 여기서 돼지 새끼가 비단옷으로도 바뀌고, 꼬꼬댁거리는 닭이, 소금에 찌든 물고기와도 바뀌며, 송아지가 어미 소와의 기약 없는 하직을 고하느라 목쉬게 울고, 수없는 때 낀 손들을 거친 소액의 납전에, 아직 음모도 나지 않은 계집아이의 옥문이 흥정된다. 밀물 때처럼 모든 것이 여기로 모이고, 썰물 때처럼 왕생과 환생이 갈린다.

오늘 오후 출발하여, 이 늙은네, 슬픔의 길을 따라 아도니스 사당이 있는 언덕까지 다녀왔는데, 그 마을에 사는 이는 누구나 없이, 검은 장옷들을 입고 있어서, 그 까닭도 모르며, 그래서 그랬을 일로, 그곳을 비추는 해까지도 검어 보인다고 보았다. 무슨 까닭인지는, 아무리 물어보았어도 아무도 대답해주는 자가 없어, 지나다 본즉, 본 패관까지도 저들 입은 그런 장옷이라도 입고 있는 듯한 느낌이 들었다. 스치는 누구와도 도대체 교통이 가능하지가 않던 것이다. 허긴 이 고장엘 들어서려 하면, 저렇게 한 벌의 장옷을 입어야 할 듯했다. 아무것도 내어다보지 않는, 내어다보는, 붉은 눈들은, 밤 수풀 속에서 표범들이 내어다보고 있는 듯했지만, 조금도 섬뜩하다거나 하지는 안했던 걸로 보아, 원한이나 살(煞) 탓이 아니라, 짠 눈물과 짜아한 슬픔 탓인 것 같았다. 그들은 글쎄 울고들 있던 것이다. 그러자니 패관도, 까닭도 모르면서, 그들 흘리는 눈물이 한 섬이나 무거워, 어깨가 늘어지고 다리가 휘어야 했다.

천신만고 끝에, 늙은네가 저 가파른 언덕을 올라, 사당 앞에 닿고서야, 저들의 슬픔의 까닭, 애도의 뜻을 알아챌 수가 있었는데, 사당 문 앞에는, '애도할지어다, 탐므즈 대신이 죽었으니(Thamus Pan-megas Technéce), 애도할지어다!' 라고 쓴, 검고 흰 만장이 여럿이나, 언덕에는 사는 풍정이 있었음에도, 흐느적임도 없이 느려져 있던 것이다. 사당 안에서는 그리고, 곡비들이, 젖은 가마귀 떼여서, 죽은 신의 시체라도 파먹듯이, 울음을 다투고 있었다. 참으로 염병 앓는 세상에, 지랄맞을 소식도 다 있구나 — 그러며 늙은네도 울었다. 패관 노릇이라고 한다고 하다 보니, 어디서랬던가, 신의 아들이라고 하기도 하고, 사람의 아들(人子)이라고 하기도 한다는 이가, 죄도 없이 처형을 당했더라는 애기를 들은 일은 있어도, 체(體)를 구비치 않은 용(用), 즉슨 신이 죽었다는 소문은 들어본 적은 없었더니…… '프라브리티(動)' 가 운명인 자는 그 운명(프라브리티) 탓에 죽기도 하던 모양이었다. 이런 경우는, 용(프라브리티) 자체가 체였던 모양이다. 그렇게 하기로써, 프라브리티는 무량겁 프라브리티를 극복해서는, 되돌아오는 모양인 게다. 왕생은 어렵구나. 애고, 대고, 오호 통재라, 통재라. 늙은 패관은 그리고도, 세상 하나 된통 다 닳아지게 살아온, 그 찌들어진 지혜로 하여 사당 안을 들여다보려 하진 안했는데, 비록 말해, 그 안에, 죽은 신의 시체가, 당나귀 껍질모양 걸려 있다고 한다 해도, 못 보고 말았을 것이었으니 그런 것이다. 능장코나 흘리며, 붉어진 눈으로 검은 해를 붉게 보고 있자니, 누군가가 이 늙은네의 어깨에 손을 얹고, 조랑조랑 위로해주는 소리를 하고 있었다. 사당을 지키는, 늙은 곡비(哭婢)인 듯했다.

"그러나…… 모든 향초(香草)들이 그이를 맞으려 꽃등을 밝혀 기다리면, 그이가 태양의 모습을 꾸며, 흰 양을 타고 오실걸요. 그러므로 그날 기꺼워하기 위해, 오늘은 슬퍼하시와요."

돌아오는 길은, 돌길 가시밭, 모질기만 모진 이 세상, 다져 걷느라, 땀에 차고 해진, 그의 짚신짝이라도 하나 주워, 필기첩을 간직한 보따리에 넣어 멘 듯하여, 패관의 심사가 울울하였다. 주막에 들러, 소주라도 좀 독하게 마셔야 할라나비다. '향초꽃 피면 그이가 흰 양을 타고 오실 것' 이라는 얘기에 좇아 짚어보면, 눈이 내리는 일이란 잘 없는 이 고장도, 허긴 동면에 들었는 게다. 겨울엔, 동지를 전후해서 해까지도 죽는다. 그런즉, 뜬구름이나 거품 같은 인사(人事)에 관해서야 뭘 더 말할 것이 있겠느냐. 한번 일었다 스러지기 위해서, 한번 일어났다 사라지기 위해서, 내일 또 일고, 일어날 터이다. 허으 으흐 허허, 산채박주라도 저녁엔, 향초꽃 필 무렵까지도 못 일어나도록, 마셔얄랑개비다, 그래얄랭개비다.

울울함 탓에 걸음걸이까지도 몹시 비척이었던지, 중도에서 감발이 느슨해진 느낌이 들어, 길 한옆 붉은 돌팍에 앉고 다시 고쳐 매잖으면 안 되었는데, 패관께는 상념이 하나 일었다. 라는 것은, '동지 다음날(대략 크리스마스) 태어난 어린 해' 가, 사람들의 (종교적이랄) 상상력의 어느 황도를 돌던 중, '향초꽃' 의 모습으로 바뀐 것이나 아닌가, 하는 그런 것이었다. 그 상상력이 다시 '감발을 고쳐 매는 중, 그 '향초꽃' 은, 흠 없는 '흰 양' 에로도 전신을 치른 것이나 아닌가…… vice versa(反之亦然)…… 그것인들, 이런들 어떠며 저런들 어떠허리? '봄' 이 그렇게(란, '눈빛처럼 희고 빛나는 털의, 흠 없는 어린 양' 을 가리키는 말인데), 상상되어지고 상징을 입어온 것은, 패관이라고 자처하는 이들은 익히 알고 있는 것. '향초꽃' 은 그리고, '탐므즈—아도니스'의 꽃이며, '흠 없는 어린 양'은, 다름아닌 '기름 부음을 받은 자—기독'을 가리킨다는 것도, 패관들의 필기첩에는 적혀 있는 얘기. 이래서 보면, (이 패관이 풍문에만 귀가 밝고, 엄정한 우주사에는 어두운 까닭으로 이러하오니, 끔찍하게도스리 독신죄를 범하는 일이 있다고 해도, 부디, 패관의 무명을 들어, 정죄치 마사옵소서.) 아도니스/기독이 일신양두(一身兩頭)로 알려진 바룬다새인 듯도 싶으다. 그 머리 하나는, 향초꽃 모양인데, 땅에서 암리타(암브로샤)를 얻고, 그 머리 하나는 어린 양의 모습인데, 하늘에서 그것을 얻는다. 땅에서 얻어지는 그것은, 비록 그것이 무량겁 재생을 가능케 하는 것이라도, 끊임없는 죽음 위에서의 그것임으로 '독'이라고 쳐야 할 것인데, 하늘의 그것은, 한 번의 죽음의 값으로 영생을 성취케 하는 것이어서, '약'이라고 일러야 할 것이다. 여기 '왕생'에로의 길이 있는 듯하다.

가맜자, 이러자니, 저녁에 마시려던 술은, 다시 늙다리가 된 해가 다시 병석에 누울 때까지나, 미뤄둬도 괜찮잖나도 싶다. 하매 어디서는, 향초꽃 내음이, 어지럽도록 흩어지고 불려나고 있을지도 모르지 않나. 그럴 것이, 아도니스 사당에서 죽었다는 해가(Thamus Pan-megas Technéce!), 인근 베들레헴의 어느 당나귀 우리에서 태어나, 봄을 재촉하고 있을지도 모르잖느냐. 그 아기께 경배하러 가려 하면, 늙은 걸음이라도 재촉해야겠는다.

各論 2 — 당나귀 족보

예의 그 '흰 양'은 그런데, 성(聖) 에피파니우스가 전하는, 선지자 스가랴가 목도하고 밝힌 얘기에 좇으면, '당나귀'의 아들이며, 네 공관복음서의 저자들에 의하면, 마구간에서 당나귀의 똥과 오줌을 강보로, 구유 속에 태어났다고 이른 그 어린 양이라고 한다. 헤롯 대왕 시절에 그 지방에 호구조사를 실시했던 일이 있었더랬더니, 저 어린 양을 수태한 어미가, 그 호구조사에 응하기 위하여, 당나귀를 타고 고향에로 가던 중, 베들레헴쯤에 이르러 저녁이 되어, 여인숙을 구했던바, (호구조사 탓에 행려자가 많아서 그랬을 터이지만,) 얻은 것이 다름아닌 마구간이었더라고 했는데, 짐승 등에 타고 여행을 하는 자가 여인숙엘 들면, 짐승은 짐승의 우리에, 사람은 숙박소에, 라는 식으로 나눠 들게 되는 것이 아닌가. 그럼에도, 스가랴가 운위한 당나귀와, 공관복음서 속의 당나귀가, 같은 당나귀라고 주장할 만한 것이 있다면 그것은 풍문뿐이기는 하되, 나중에,

저 흰 양이 부활절을 맞기 위해 종려 주일에 그 등에 타고 간 짐승도 당나귀였던 걸 보면, 이 흰 양과 관계되어, 그중 중대한 일이 있었을 때마다, 당나귀가 등장했다는 일은, 꼭히 예사스럽지만은 않은 건 사실이다.

"저들이 말하기를 스가랴가 그 사원에서 쳐죽임을 당한 까닭은, 그가 향을 사르고 있었을 때 보았기는, 한 인물이 편안한 자세로 서 있었는데, 그것은 다름아닌 당나귀의 모습이었다." —이 경구(經句)의 제목은, 『성 에피파니우스 복음』 중 「마리아의 탄생」이라는 것이다(B. Layton 편역, 『*The Gnostic Scriptures*』 참조). 목격자 스가랴가, 더 말했기 전에 타살을 당했든 아니면 더 말할 수가 없어 함구해버렸든, 그건 알 수가 없으되, 저것이 어떻게 마리아의 탄생('The birth of Mary')을 고지하고 있는지, 그 내용을 잘 알 수가 없기는 하다. 분명한 것 한 가지는, 당나귀가 관련되어 있다는 것뿐인데, 왜 하필 당나귀인가, 하는 의문도 없잖아 있다.

주석자들이, 그 문제를 묻어둔 채, 시치미를 뚝 떼고, 딴전이나 피웠을 리는 없다. 묻어뒀기는커녕, 심지어는 헐린 바벨탑 주변까지 맴돌며 깨어진 벽돌짝에 새겨졌던, 조각난 말(言語)까지 짝 맞춰내려 했던 터. 짝 맞춰진 기표(記表)에서, 저들이 읽어낸 기의(記意)는 이렇다.

'유대인을 적시하는 애굽인들에 의하면, 그들의 신의 이름은 야후(Yahu), 또는 야훼(Yahweh), 그리고 그리스어로는 야오(Iao)인바, 고대 햄어(old Coptic)의 에이오(eio), 또는 야오(iao)의 뜻은 당나귀' 였다는 것 ─ 무너진 바벨탑 자리에, 결코 예사스럽지 않은 당나귀 한 마리가 떠돌고 있다.

바벨탑이 헐렸을 때, 정작으로 무너진 것은, 그 기표가 아니라, 기의였던 모양이다. 스가랴는, 조각난 이 기의 덩이에 맞아 죽은 것이나 아니었는가.

그 성별(性別)을 두고, '야오' 또는 '야훼(여호와)' 가, 오늘날 어떻게 해석되어져, 양성(兩性)을 구비하든, 또는 무성으로까지 설법되어지든 어쩌든, 그들의 경전대로 읽어 따른다면, 양성(陽性)의 신격임은, 논란의 여지가 많은 것은 아니다. 스가랴가 목도한 '마리아의 탄생' 과 관련된 당나귀는, 까닭에 (성별상) 수탕나귀였다는 결론을 얻게 되는바, 그렇다면 (말해온 바의 그) 호구조사 때와 예루살렘 입성 때 어린 양을 태운 당나귀는, 풍문을 이렇게도 귀맞추고, 저렇게도 복송씨 맞추고 얽어매기로 한다면, 저 어린 양을 수태한 당자가 아니었는가 하는 것을 추정케 한다. 처음(호구조사 때)엔 수태되어 있었고, 다음(예루살렘 입성 때)엔 분만되어 있음을 보인다. 이런 추정을 좇으면,

'상(祭儀)' 과 '본(教義)' 이 어느 일점에서 분리되어져 있음을 보는데, 요한은 이런 소식을 전하고 있다. "해를 입은 한 여자가 있는데 그 발 아래는 달이 있고…… 이 여자가 아이를 배어 해산하게 되매 아파서 애써 부르짖더라…… 한 붉은 용이 있어…… 해산하려는 여자 앞에서 그가 해산하면 그 아이를 삼키고자 하더니 여자가 아들을 낳으니 이는 장차 철장으로 만국을 다스릴 남자라(「요한계시록」 12:1~5)" — 요한이 전하는 소식을 좇으면, 태어난 어린 양은, 그 즉시 붉은 용의 행악으로부터 피하기가 어렵게 되었다는 것을 짐작하게 하는데, 그것은 헤롯 대왕의 붉은 손, 또는 골고다에서 그에 가해진 처형을 신화적, 또는 우화적 형태로 보여준 것이나 아니었는가, 하는 것을 또한 고려케 한다. 저 붉은 용이 눈에 불을 켜고, 독아를 벌려, 해치고자 기다리고 있었음에도, 곧이어, "……또 내가 보니 보라 어린 양이 시온 산에 섰고 그와 함께 십사만사천이 섰는데 그 이마에 어린 양의 이름과 그 아버지의 이름을 쓴 것이 있도다(上同書 14:1)"라는 소식이 전해진다. 그런데 조금만 귀를 깊이 하여 들어본다면, 먼저 소식은 '땅의 일' 이며, 다음 것은 '하늘의 일' 인 것을 알게 한다. 바로 여기에, 제의와 교의의 분리가 있음을 알게 되는데, 붉은 용께 희생당하는 어린 양은 대속의 희생물(제의)인 모양이며,

시온에 선 어린 양은 구원과 승리의 그것(교의)인 모양이다. 하늘은 땅에 그 기초를 두었을 때부터, 땅을 위해 희생당하고, 그렇게 하기로써 승리를 거두고, 땅은 또 그것 자체의, 쌓이는 불순·혼탁·오염 등 (불치의 병)을 정화하는 수단으로, 하늘을 희생케 하는 모양이다. 그렇게 땅의 일과 하늘의 일은 운명되어지는 모양인데, 땅은, 그 자체가 조악한 사대의 집적임으로 하여 늘 패배(필멸)하고, 하늘은, 그것이 현현(成肉身)하려 할 때 입어야 되는, 조악한 물질을 희생하기로 하여, 늘 승리(불멸)만을 거두는 게 분명하다. 돌(咄), 이런 모순 어법이 없구나, 상극적(相剋的) 상화(相和)—이런 모순 어법이 또 없겠구나, 하늘과 땅은, 咄, 상극적으로 상화하고 있는 것이 있었던 게다, 이런 틈에 끼어, 에린 유정들만, 기름과 정액을 짜이느라, 깨묵이 될 일이다.

(수사학적으론 '본' 도 그러할 것이지만,) '상' 은 그런데 '체(體)' 와 '용(用)' 의 두 국면을 가지고 있어 보인다. (본의 체는 '프라브리티' 이며, 용은 '니브리티' 랄 수 있을 터이지만, 그럼에도 이것은 여전히 修辭學인 것. 言語를 몸 삼는 요기들의 비극은, 까닭에 수사학적 압력에 당해, 헛소리까지 하게 된다는 데 있다. 똥개의 아가리에, 조주의 조지가 물리기.) 체는 '땅' 자체며, '자연(自然)' 이, 땅의 용

의 국면으로 보인다. '기름 부음을 받은 자—기독'이 나타나기 전까진 그런데, 야후, 또는 야오는, 바로 이 '자연'의 의신화(擬神化)는 아니었는가, 하는, 또는 그런 성격을 가진 대력(大力)은 아니었는가, 하는 의문을 갖게 하는데, (그렇다면 '기름 부음'이란, 자연에 대한 문화화, 우주적 문화화의 의미는 아닐 것인가? '말씀의 우주'의 개벽.) '자연은 우주적 동물('All-Tier,' Ritter)'이라고 이르는 소리가 있거니와, 그래서 훌쩍 건너뛰고 말인데, 그것이 이 고장에서는 '당나귀'의 이름으로도 불려지는 것은 아닌가 하는 생각을 일으킨다. 체로서의 땅이 여성이라면, (그렇다면 이것은, 성별상 암탕나귀일 테다.) 자연-우주적 짐승으로서의 이 당나귀는 수컷일 테다. 이 당나귀는, 무너진 바벨탑 주위를 맴돌고, (기름 부음을 받은) 저 어린 양은, 시온 산에 서 있다.

어린 양 얼굴의 당나귀가, 물질/비물질로 이뤄진, 이 천지간에서, 천축 지축을 울리고 있다.

euhemerism에 관하여

오라는 데는 없어도, 아직도 갈 데는 많지만, 제법 몇 걸음 걸어왔으니, 이만쯤에선 이 패관꾼 질묵(발싸개) 풀어, 가시쟁이에 걸어 바람에 말리기도 할 겸, 땀에 썩고 쉰 퀴퀴한 냄새로, 근처 사는 귀신들이며, 요정들의 단잠이라도 들쑤셔 깨워, 그들 더불어 농언지꺼리라도 해보며, 쉬기라도 좀 해야겠는다.

패관 문학의 상상력이나 수사학에 있어, 비유·은유·상징 등이 주요한 역할을 담당해온 것은 부인치 못할 것이다. 그러나 이 패관의 생각엔, 패관들의 상상력의 지하층에, 아직도 그 문이 활짝 열려본 적이 없는 방이 하나 있어오는 듯하다. 그 방 속에서는 그럼에도 끊임없이, 어떤 갈증난 목소리가 울려오고 있으며, 누군가가 열어보아주기를 바라고 있어오는 듯하다. 이 패관이, 아주 뒤늦게, 한번 빼꼼 열고 들여다본 그 방 속엔 그런데, euhemerism이라는, 예를 들면, 양의 얼굴에 당나귀의 몸이라는 투의 틀린 얼굴에 틀린 몸을 하고 있는 유령이 하나 감금되어 있었고, 그것은, 패관들이 드려야 되는 경배, 그리고 제주로써 바쳐야 되는, 먹물(잉크)이라는 수분에 갈증나 있음을 알았다. 있었어도 보이지 않았으며, 보이지 않았어도 있어온 그것을, 그러면 무엇이라고 불러야겠는가.

이건, 패관꾼이라면, 걸핏하면 혀끝에 내거는 소리임으로, 조금도 새로울 것이 없는 얘기로되, 수사학은 수사학적 체계와 압력을 갖는 것. 그래서 혀를 늘이거니와, 어느 시대 어느 장소를 막론하고, 그 시대 그 장소는, 그 시대 그 장소라는 형이하적 일상(日常)과 변전을 받침하는, 어떤 형이상적 지주라는 것이 있어온다는 것을 주지하는 바대로이다. 진리라든, 낳고 죽기의 의미나 목적을 찾고 부여하려는 종교나 철학이라든, 삶과 죽음을 보다 더 풍요롭게 하려 하여 아름다움을 추구하려는 예술, 또는, 그런 굴레가 없이는, 축생도에로 떨어져내리려는, 중력을 입은 자들을 제어하려는 윤리·도덕이 세우는 가치 기준 같은 것이 그것들일 것이다. (진부한 얘기.) 그런데 패관이, 입에 거품을 물고, '아기' 라고, 또는 '어린 양' 이라고 말하고, 어느 고장, 어느 시대 없이 이를 해치려는 힘을 '붉은 용' 의 이름으로 들먹이는 것은, 이번에는 조금 다른 종류의 euhemerism 얘기쯤 해보았으면 해서이다.

반복되지만, "현실로부터 아주 멀리 떨어져 있는, 신화적 존재를, 사실(史實) 속의 인물의 이름으로 환치하기 같은 것을 euhemerism"이라고 이르는 것은, 알려져 있는 바대로인 것. 호동적(湖東的) 땅의 악인, 땅의 선인은, '도척' 이와 '안회' 로 대명(代名)된 것과 같은 것이지만, (분명히 해둘 것은, 이 代名은 '은유나 비유, 상징'과는 분명하게 구별된다는 그것이다.) 호서적(湖西的)인 것은, 땅을 포함한 하늘의 긍(肯) / 부정적(否定的) 힘이, 다시 말하면 신화적·추상적인 것들이, 구상화를 치러 있어, 복합적인 것이 사실이다. 예 든 '아기, 어린 양' '붉은 용' 등은, 신화나 경전 속의 존재들인 것도 알려진 바대로이거니와, 그런 존재들이, 땅의 실생활과의 관계에서, 형이상적이든 형이하적이든, 어떤 관념, 또는 주제(善이라든 惡이라든), 어떤 인물, 어떤 장소 같은 것에 제휴해버렸다고 할 때는, 반복되는 듯하지만, 그것은 비유나 은유, 상징과는 반드시 같은 것은 아님을 알게 되고, 이런 경우는, '대명'이라는 어휘로 대명하기도 꼭히 동의할 만한 것 같지는 않다. 앞서, '진리'라든 '가치' '아름다움' 등을 말했는데, 일례로 '진리'를 들어, '어린 양'의 비유나 은유라고 한다면, 어째선지 먼저 저항감이 인다. 그것을 상징이라고 이른대도 결과는 마찬가지이다. "어린 양을 진리의 euhemerism"이라고 이른다면, 의아스럽되 저항감이 드는 건 아니다. '의아스럽다'는 얘기는, 그것이 보편화를 성취치 못했을 때 일어나는 당혹감일 터인데, 그것의 보편화를 위해 이 패관은, '풍문의 현실화, vice versa'를 꾀해온 터였다. 그러고도 뭘 둘러 말할 것이 있겠는가. 의중의 것을 토해내기로 한다면, 어디나 없이, 새로운 철을 맞아 새로 뿔을 거대하게 돋워낸 자나, 기름진 풀을 먹어, 두터운 비계 위에 편안스레 올라탄 자, 염통이 없어, 죽이려 해도 죽일 수 없는 괴물(大衆) — 이것들은, 은유거나 상징(성)이겠는다 — 이라는 붉은 용은, 언제나 아기 얼굴의 늙은 어린 양을 먹어치우려 벼르고 있다는 얘기가 될 것이다. 연전엔 신(神)을 먹어치우고도 저것은, 아직도 배가 고프다. 자기의 전신이 고기(肉味)로 되어 있다는 것을, 맨 먼저 깨우친 자는 에뤼식톤이었는데, 어느 날 저것도, 자기의 전신이 고기로 되어 있다는 것을, 맨 마지막으로 깨우칠지도 모르긴 모르지.

各論 3 — 골고다

"위대한 탐므즈 신은 죽었다"는, 그 풍문의 출처를 찾아, 다음날 이 패관은, 골고다를 다녀왔다. 그곳에 가기 전에 패관은, 그곳의 풍경을 대개 상상하고는 있었다. 먹어서는 독이 되는 것을 해친, 그래서 죽도록 앓고 있는 붉은 용이, 똬리를 틀고, 썩는 냄새를 풍기며, 어린 양이 태어난 날을, 태어난 것을 저주해대고 있을 것이며, 그 똬리의 한가운데는, 해산을 하다 해침을 당한 당나귀의 형해, 터진 양수와 피 냄새가 아직도 조금은 떠돌고 있을 것이고, (저 붉은 용의 저주를 통해, 그 목구멍에서 날라나온) 가마귀들이, 그 냄새에 미치고, 흰빛을 새와, 남은 (당나귀) 뼈를 갉으며 우짖고 있을 것이라는 둥……, 그렇게 패관은, '풍문을 목도하기' 위하여, 그런 지옥화 속으로 들어가본 것이다. 그리고 그건 그런 풍경이었다. 패관의 상상력이 미치지 못했던 것은, 저 붉은 용의 몸에서는 비늘들이 벗겨지고, 그런 자리들에서는, 병과 노쇠와 죽음, 그리고 죄와 악, 저주와 원한들이, 황충과 전갈과, 살모사와 짐승과, 사람 형상의 벌레가 되어 우글우글 일어나, 숙주를 파먹어들고 있었다는 그것이었다. 그것은 그렇게 파먹히며, 빠른 죽음을 원하고 있었는데, 어쩌면 그것은, 죽고 싶음의 욕망 그 자체였던지도 모르겠다는 생각이 들었다. 두 가지 욕망이 있어 천지가 열렸다, 처음 있었던 것은 필멸에의 그것이며, 다음 있었던 것은 불멸에의 그것이다. 필멸에의 그것이, 비화현을 화현케 한 것이며, 일단 화현이 있고 나자, 그 본디 상태에로의 회귀욕이 발생한 것이다. 필멸에의 욕망은, 그것이 성육신(成肉身)할 때 붉은 용의 모습이며, 그 반대의 것은 어린 양의 모습이다. 우주는 저렇게 상극적 질서 체계에 의해, 그 영고성쇠를 되풀이함에 분명하다. 우주라고 말되어지는 그것은, 프라브리티를 띠로 띠고 있어 그럴 터인데, 이것이(프라브리티) '도(道)' 라는 이름을, 이름이 아닌 이름을, 입고 있는 듯도 싶으다. '도는 인(仁)하지 않은 것' 이어서, 상생(相生) 상화(相和)를 운위할 자리란 남겨놓고 있지를 못할 테다.

골고다에서, 늙은 패관은, 저런 풍경만을 읽어낸 것은 아니었다. 돌아오는 길에는, 패관이라고 자처하는 이라면, 귀를 서 발 너 발로 길어내게 할, 그런 수확이 있었는데, 근처 토굴에서 살고 있는 한 늙은네를 만나게 된 것이고, 그로부터 까마귀 고기와 석청 대접도 받았거니와, 그의 이름은 바시리데스라고 했으며, 그는 그날(어린 양이 십자가 위에서 수난한 날) 일을 소상하게 알고 있어, 그 얘기를 들을 수 있었던 것이다. 그가 들려준 얘기는, 그 시작으로부터 얼마까지는, 마태, 마가, 누가, 요한이 전하는 소식과 비슷했으나 그 결말 부분이랄 데서는, 달라도 많이 달랐다.

"……그리하여 화현해본 바가 없는, 그리고 이름을 붙일 수도 없는 (하늘의) 부모가, 저들(땅의 사람들)의 패망을 보고, ……지혜가 사람의 형상을 꾸며 땅 위에 군림하여, 권세를 폈거늘, 그는 수난한 바가 없었더라. 차라리 구레네 사는 시몬이라는 사람이, 억지로 그의 십자가를 메었었거니와, 바로 이 사람 시몬이 (그가 누군지 모른 채) 잘

못되게도 십자가에 못 박혔던바, 사람들은 그가 예수인 줄 만 알았던 것이더라. 그러는 동안 예수는, 시몬인 체 그들 가운데 서서, 저들을 비웃었더라(「Basilides's Teachings」, 『*The Gnostic Scriptures*』, 423쪽).

이것이 그로부터 들은 소식이다.

"하으 그러니까," 본 패관이, 그의 소식 끝에다, 생각난 것이 있어 보탰다.

"예수는, 바라바에 대해서, 구레네의 어떤 시몬이었구료. 각본에 의해서는 입습지요, 마, 말씀입지요……"

그는, 더이상 말을 잇지 않았다. 본 패관의 추측엔, 바시리데스의 소식은 그러나, 그 진위가 밝혀져본 적이 없었지 않았나, 또는 그것을 따져볼 필요까지도 없었지 않았나, 하되, 이 자리에서 패관으로서의 입장을 하나 밝혀둬야 할 것이 있다면, 그것은 그것의 진위와도 상관없이, 그런 소식이 아예 없었으면 몰라도, 있어 귀에 한번 담아본즉은, 어째도 한 번쯤은, 그것에 입각해서, 의문해보는 짓은, 당연한 일이 아니겠는가, 하는 것이다.

허긴 당시의 상황을 이렇게도 저렇게도 추측해보면, 그런 일이란 일어나고도 남을 법하지 않은 건 아니다. 네 공관복음서에다 기초를 두고, 그럴싸하게 여겨질 일을, 한두 가지 끄집어내보기로 한다면, 당시 그렇게도 떠들썩하게 소문이 났던 그(예수)의 얼굴을, 그러나 별로 아는 자가 없었던 듯하여, 그의 제자 중의 하나가, 즉슨 가룟 유다가, 그를 잡으러 온, '대제사장과 백성의 장노들에게서 파송된 큰 무리께', 그의 얼굴을 고해바치기 위해, 그에게 입맞춰, 그 값으로 '은 삽십'을 받았다는 기록이 있는바, 그것이야말로 그 극명한 한 예가 될 것이다. 나중에, 베드로가, '닭 울기 전에, 세 번 자기의 스승을 부인한 것' 같은 경우도, 긴 머리털이나 더부룩한 수염, 또는 입은 옷들이 비슷비슷해서였든 어떻든, 그 세 번의 부인이 통했던 것으로 되어 있는 것도, 그 한 좋은 예가 될 것이다. 이런 처지에, 게다가 그를 처형하려는 병사들과 인부들은, 미리 골고다에 가서 십자가 셋(다른 두 명의 강도의 처형식도 함께 거행케 되었던 것)을 든든하게 세울 구덩이를 판다든지, 하는 준비를 하고 있었을 것이니, 그의 얼굴을 볼 기회를 갖지 못했었음은 분명하고, 이쪽 편에서는, 뼈나 근육이 별로 굳건하지 못한 자가, 떠멘 십자가 밑에서 비척이느라, 예정된 시간에 닿는 것은 그만두고라도, 하늘과 땅이 닫혀야 되는 '제구시'에도 닿을까 말까 했으니, 병사가, 검세게 보이는 사내(구레네 시몬)를 끌어들여, 그 대신 그 짐을 운반케 했었을 것인데, 한 어깨에서 다른 어깨에로 바뀌기에 한 식경이 걸리겠는가, 세 식경이 걸리겠는가, 땅은 열에

차 있고, 군중은 민란이라도 일으킬 만큼 흥분해 있었으며, 한 우주가 파국에 처한 지경에서는, 큰 맥만 보이고, 세부적 변화는 보이지도 않으려니와, 보였대도, 인지하는 순간 잊게 마련인 것. 그럼에도, 덜 흥분하고 있는 자들은, 그에게 씌웠던 가시관을 들어 그걸 쓰고 있던 자가, 그날 처형당하게 되어 있던 것을, 잊어서는 안 된다고도 소리칠지도 모르되, 그것은, 우주적으론 그가 유대인의 왕이었다는 그런 선언, 그런 의식이었겠으나, 그 당장의 땅의 일로는, 그것은 그를 조롱하기 위한 것이었으니, 조롱하기가 끝난 다음에사, 그가 그걸 벗어버렸다고 한다 해도, 또는 메고 가던 십자가에 닿아 떨어져버렸다고 한다 해도, 또 아니면 짓궂은 데까지 생각을 달려, 그가 그것을 시몬의 머리에다 씌워주었다고 한다 해도, 거기 무슨 안 될 일이 있었거나, 그 탓에 그 잘 율조가 잡힌 행진에 역류 현상이 일어날 것도 아니었던 것. 면류관은 아까 그것이 어떤 머리에 씌워지고 있었을 때, 그것의 역할, 또는 가치를 다해버린 것일 뿐이다. 실답잖게 말하면, 그건 이미 시든 꽃이다. 그리고 어쩌면, 아무 죄도 없는 자를 처형하려는 그 제식 자체가 이미 시든 꽃인데, '민란이라도 일어날 만큼' 쌓인 한 집단의 울분·폭력성·음기 등은, 바라바를 예수와 바꿈으로 하여, 이미 해소되어졌어야 했기 때문이다. 그럼에도 물론,

한번 폭력성을 드러낸 군중은, 발기한 남근과도 같은 것이기는 하다. 이제부터는 이념(이데올로기)이 문제가 되지 않는, 맹목적성의 집단적 광기밖에 보이지 않는다. 이런 군중은, 피에 갈증난 짐승에로까지 전락해 있는데, 대속양, 희생 제물이 서는 자리는 물론 여기이기는 할 것이다. 그러나 이 대속제는, 정치적, 식민지 사회적 필연성 외에, 헤롯의 '영아 학살' 과 같은, 우주적 필연성이 관찰되어지지 않는다. (그렇다고 하여, 패관 중에서도 돌팔이도 못 되어, 스스로는 각설이라고 생각하는 이 늙은탱이가, '예수의 십자가상의 수난' 을 근본 교의로 삼아 중생을 구원해오는, 그 교의에 맞서 반기를 들려고 한다거나, 언감생심, 그런 건 아니며, 들어 보일 것이 있다면, 백기밖에는 없다는 것은 분명히 해둬야겠다.) 이런 단계에 이르르면, 어떤 선택된(?) 특정한 희생 제물로부터도, 그 특수성이 문제가 아니게 되는 것은, 쉽게 짐작된다. 그렇다면, 바시리데스가 전하는 소식을 따르기로 하여, 구레네 시몬이 수난을 겪었다고 한다 해도, 대속제가 노리는 소기의 목적을 다했다고 주장한다 해도 무방할 터이다. (패관은 앞서, '제의와 교의의 분리' 에 관해, 말의 거품을 버글여놓은 일이 있다.) "백기밖에 들 것이 없다" 고 자백한 자가, 그 진위도 가려져 본 일이 없어 보이는(가리려 한다 해도, 대체 무슨 수로 가리겠는가), 바시리데스의 소식 한 가지를 두고, (그 소식의 진위가 가려져본 적이 없으니, 그 소식도 사실일 수 있다는 가정하에서,) 그런즉, 기독의 십자가상의 수난을 중시하여 이뤄진 종교, 그리하여 그것을 바탕으로 하여 이뤄진 역사는, 그렇다면 위사(僞史)는 아니겠는가, 그뿐만 아니라, 그것을 구원의 종교라고 믿어온 모든 심령들은, '가라지 죽정이' 가 되어버리고만 것은 아니었는가 — 라고까지 의문을 끌어갈 생각은 없다. 그것은 사학가들과, 종교가들의 몫이며, 돌팔이 패관의 것은 결코 못 되기 때문이다. 패관으로서 짐작해낼 수 있는 것이 있다면 그럼에도, 이뤄진 역사의 진위는, 그 원인, 또는 시작에서보다, 그 결과에서 가려지는 것이나 아니겠는가, 하는 것이다. 시작이야, 그렇게 되지 말았어야 한다는 추정이 선다 해도, 그 결과 쪽에서 보건대, 되돌이킬 수 없다면, 그것이 바로 실사(實史)여서, 위사란 있는 것이 아니라는 것이다. 그것이 역사의 필연성인 것.

이만큼이나 늙어오며, 패관이랍시고 귀를 세우고 하다 보면, 여러 가지 소식을 듣게 되는데, "모슬렘이 인류사에 끼친 해는 많되, 기독교는 그보다 더 많은 해를 끼쳤다(A. Toynbee)"라는 것 같은 소리도 들어보지 않은 건 아니다. 그러나 아무리 악감을 갖고, 그의 설법을 들여다보아도,

그가 해를 끼칠 까닭이란 찾아볼 수가 없을 뿐이었는데, 들어뒀던 말도 있고 해서 말인데, 이런 경우는, 기독과, 그를 추종하는 종교적 바라바들의 행위는, 따로 생각해보아야 하지 않겠는가, 하는 우견(愚見)이 들기도 한다. (이런 얘기는 자칫 잘못했다간, 십자가에 옆으로 못 박히기 쉬운 것임도 모르진 않는다.) 패관의 믿음엔, 한 종교가 우주적인 웅자를 꾸미기까지는, 여러 세기의 그것도 고통스러운 성장 과정을 겪어야 한다고 하고 있다. 동화(童話)에 의하면, 이승에서 저승까지 여행을 했어야 할 주인공을 등에 태울 말은, 그 일을 수행하기 위해, 그러기 전 망아지 때, 다른 망아지들의 어미젖까지 다 빼어 먹고, 자란 뒤에야 가능했다고 이른다. 이것은, 한 영아의 출산이, 우주적임을 고지하기 위하여, 다른 수많은 영아들이 희생되었음의 동화적 형태(패러디)라고 해석한다 해도 무방할 터이다. 땅이 품어내는 우주적인 것의 출생은, 언제나, 그 땅이 쏟아내는 홍건한 피의 강보에 쌓인다는 것도, 부인치 못할 사실(史實)이다. 제국이 그렇게 일어서지 않느냐. 말하기로 하여, 저것이 원리(原理)라고 한다 해도, 본 패관으로서는 그러나, 구원을 앞내세우는 종교가, 또는 종교적인 바라바들이, 인류사에 끼친 해에 대해서는, 조금도 기쁜 마음을 가질 수는 없다는 것은 고백해둬야겠다. 그럼에도 저

것은 절대로 위사(僞史)가 아닌 실사(實史), 역사의 필연성이라는 데는 동의치 않을 수 없다는 점도 밝혀둬야겠다.

'영혼과 가라지 죽정이'의 문제도 그렇다. (어느 파의 정통을 고수해야 할 까닭이 없어, 정신적 자유를 누리는 패관이 할 수 있는 얘기는 이렇다.) "신은 (왜냐하면 그는 전지전능한 자이며, 우주 자체임으로) 자기의 신도가 신앙하는 어떠한 형태에로도, 자기를 (그 형태로 바꿔) 드러내준다"(힌두교)라는 것을 염두한다면, 문제는 대상이 아니라, 신도의 심도인 듯하다는 얘기를 할 수 있을 것 같다. '가라지 죽정이'란, 그렇다면 아무것도 정작으로는 믿지도 못하고, 못 믿지도 못하는, 뜨겁지도 차갑지도 못한 심령과의 관계에서 운위될 것이나 아닌지도 모를 일이다. 그런 심령은, 삶과 죽음이라는, 처절한 싸움이 행해지는 자리에 가담해 있으면서도, 자기의 역을 방기하고 있어, 있어도 있지 않을 뿐이다. 알맹이가 없는 가라지 죽정이—.

앞서 돌팔이 패관은, 어떤 단계에 이르면, 어떤 특정한 희생 제물로부터, 특수성이 탈락할 수도 있다는 얘기를 했으며, 그럼에도 그 대속양은, 그 소기의 목적을 다했었을 것이라는 얘기를 한 바가 있다. 특수성을 잃고도 그러면, 그 대속양은, 어떻게 그 '소기의 목적(대속)'을 달성할 수 있는가, 라는 의문이 이는데, 뒷북치는 듯한 느낌이 좀 없잖아 있어도, 그 의문은 필수적인 듯하다.

예술, 특히 육안에 호소되어지는 그것들, 미술, 기타에 나타난 기독의 얼굴은, 하나도 같은 것이 없어, 모두 다르다. 이것은 그의 개면성(個面性)과 중면성(衆面性, 또는 共面性)을 드러낸 것일 것이다. 개면성이란, 그를 좇는 모든 개인들이, 그들의 심정에 뫼시는 기독의 얼굴은, 하나도 같지 않다는 것이며, 중면성이란, 그럼에도 그 어느 한 얼굴도 기독 아닌 얼굴은 없어, 그 '모두가 하나의 기독' 이라는 얘기다. 그리고 종교심리적이랄 국면에서는, 그런 기독을 뫼시는 모든 개인들은, 다름아닌, 구레네 사람 시몬일 터이다. 그리하여 모든 신도들은, 기독의 십자가를 짊게 되었는데(反之亦然), 그러기 위해서 그들은 먼저 자기를 부정하고, 희생하기를 권유당할 것인바, 이것이 종교적 인간이다. ('자기 자신을 먼저 사랑하라, 그럴 때 타인도 사랑할 수 있다' —는, 달콤한 목소리로 사이렌들이 노래하고도 있더구나.) 여기 어디에, 기독과 관계된 '사회적 피학증' 의 문제가 거론될 자리가 있을 듯하다. 그러니까, 어느 시대, 어느 장소를 막론하고, 십자가에 못 박혀 희생 제물이 되는 자는, 기독의 십자가를 대신 짊어진 자라는 얘기를 할 수 있게 된다. 그럴 때 십자가는 극복될 터이다.

바시리데스의 소식을 액면 그대로 받아들이기로 한다

면, 그리고 대부분의 기독교인들이 믿는 대로, 이 땅 위의 누구도 말고, 꼭히 한 인물, 기독이 십자가상에서 수난을 겪었어야 한다고 우기기로 한다면, 이 패관자가 할 수 있는 패관스런 얘기는, 아직도 저 처형식은 거행된 바가 없을 뿐이며, 다만 유예되었을 뿐인데, 그날이 언제쯤이나 될지, 패관은 예언자도 역사가도 아니어서 말할 수 없을 뿐이라는 것이다.

칼이며, 낫이며, 몽둥이를 든 군졸들의 군홧발 소리가 어지러운 가운데, 베들레헴의 마구간과, 인근 지방의 수없는 아이들이 몹시 우는 소리가, 울다가 뚝 그치는, 천둥 같은 정적의 소리가, 들린다.

結論—몰록 신전

사람 얼굴의 짐승들, 또는 짐승 얼굴의 신들이 사는 고장이 거기였던 모양으로, 몰록 신전이 있는 마을은, 어디에서고 볼 수 없으리만큼, 부와 자유스러움이 넘쳐나, 권세 있는 자들만 모여 살고 있음을 엿보게 했다. 그것들에 의해 땅의 일이 운영되어진다는 의미에서, 부(그 금의의 아름다움!)나 권세(그 홍포의 지엄함!)란, 땅의 종교이되, 그것들이 중력을 입은 자들의 욕망과 제휴하면, 별수 없이, 하늘로부터 조금씩 멀어지는 결과를 초래할 수도 있어, 많은 경우 부정적 형태를 띠는 것은, 구차스런 설명을 생략하고서라도, 어렵잖게 이해되어지는 바일 것이다. 사람의 욕망을 극한까지 충족시켜줄 수 있는 저력이 바로 저것들이기 때문인데, 욕생(欲生) 아닌 욕망(欲望)은, 살 입은 자들의 오관(五官)을 신전(神殿)으로 삼고 있다는 것은 자명하다. 그러나 풀도 세 포기만 모이면, 자기가 더 많은 수분과 햇볕을 받아, 다른 것들 위에 그늘을 덮어야겠다고, 다투는 부나 권세의 문제를 두고, 아직도 뭘 더 말할 것이 있겠는가? 그런 문제 때문에, 놀려진 혀에서 인 거품이, 하늘까지 차올라, 신들도 천식에 당하거늘.

이 늙은 패관은, 이 고장에서 많은 얘기를 꾸며낼 수 있으되, 다시 말이고 또 말이지만, 패관은 없는 얘기를 꾸며내는 자가 아니라, 있어온 얘기를 기록하여 전하는 자이므로, 그 일이나 하려는 것이다.

그 고장의 입구에서 패관은, 에피파니우스라는 이름의 한 늙은네를 보았는데, 그는 머리와 가슴에 재를 덮어쓰고, 가슴을 치며, 음담패설이라면 옳을 소리를 주억거리고 있었다. 그럼에도 패관의 가슴에 와 닿기에는 예언자적이었다.

"저들의 패륜을 보라, '저들은 무차별적 집단 성교를 하면서도, 임신은 금기로 삼는다. ……그럼에도 불구하고, 저들 중의 누가 참지 못하여 방출을 하였으므로 하여, 애를 밴 일이 있으면…… 적당한 시기를 기다려 낙태를 시키고, 끄집어낸 핏덩이는 맷돌에 갈아, 토역질을 하지 않으려, 꿀이며 후추, 갖은 양념과 향료를 섞어 처먹는다. 그리고 월후하는 계집의 월후를 손에 받아 높이 쳐들어올리곤, 주여, 당신께 이 제주를 바치나니, (예의 저 떡을 보이며,) 그리스도의 몸이요, 피이오니다……(『*The Gnostic Scripture*』, 207쪽)' 그렇지 못해 만삭이 되어 아이가 태어나, 한두 살 자랐을 경우엔, 그 아이를 산 채 불 가운데 던져넣기도 한다. '사람을 바친 희생제의 피로 칠갑을 한 진저리쳐지는 몰록/그리고 어버이들의 눈물/북과 팀브렐의 소리가 요란하였으므로/몰록 저들의 우상께 바치기 위하여 불 속에다 던져넣은/저들 아이들의 비명이 들리지도 않았다(A. Toynbee, 『*An Historian's Approach to Religion*』).' 말세로다, 심판의 날이 가까웠으니, 회개할지어다!"

슬픔의 길 한 끝에서 이 늙은 패관은, 아으, 그런 소문을 들었기 전에 죽었다면, 넋에 복이 있었을 것인가, 저렇게, 자기네가 수태했다 낙태한 자기네들의 핏덩이를 갈아 떡을 만들고, 여자의 월후를 받아 포도주 삼아 먹고 마신다는 족속들의 얘기를 들었으며, 울며 앙탈하는 아이들을, 그것도 그 아이들의 어버이들이, 불 가운데다 던져넣는다는 얘기를 들었다. 붉은 용(이라는 이 짐승이, 스스로를 신격화하여 '몰록' 으로 화신한 얘기는 한 듯하지만)과, 해를 입고 달을 발 아래 딛은, 임신한 한 여인네의 대치는 끊임이 없어온다. 기름 부음을 받은 자는, 흙으로 입은 몸을 내주어, 종교적 어휘로 '죄' 라고 이르는, 땅의 혼탁을 대속하고(그럴 때마다, 이런 祭儀를 위해, 탐므즈는 죽는다), '말씀의 몸' 으로는, 살 입은 것들의, 모든 부정적 욕망이 뒤섞여 들끓고 있는 솥, 중력이 쏟기는 일점, 지옥에로, 누룩이 되어, 나나니벌의 알모양 심겨들어, 살을, 짐승을, 필멸을 극복한다. '기의' 는 그렇게 '기표' 를 극복한다. (시온 산에 선 어린 양을 보라!) 여기, 상극적 질서에 의한, 몸과 말씀의 우주의, 순환의 비밀이 있다.

죽기 위해서, 그래서 이 늙은 패관도 이런 고장엘 온 것인데, 그러나 패관께 믿겨지기엔 왕생길을 훤히 앞에 두고, 이 고장에서 사람들은, 환생만을 거듭해오고 있는 듯하다.

(咄! 小說하기의 雜스러움!)

混紡된 상상력의 한 형태 3

相에서 性을, vice versa

相 1

아-루타(Ahruta) 왕비가 임신중에 사망케 되니, (왕실에서는) 연화존자(파드마삼바바)가 선정(禪定)에 머문 묘지에 그 시체를 모셔다뒀는데, 존자가 발견했기에는, 그 송장의 자궁 속에는, 임신되어 있던 여아가 아직도 살아 꿈틀거리고 있다는 그것이었다. 존자는, 자기와 그 여아 사이에, 전생의 인연이 있었음을 알고, 그 아이의 뒤를 돌보아주기로 하였다.

相 2

팔-팡-규(pal-pang-gyu)라는 지방에, 모직을 생업으로 하는 부부가 살았더니, 마누라가 딸아이를 난산하고 죽게 되었으므로, 아비 생각에, 어미가 없이 아이는 살지 못할 것이라고 하여, 어미와 아이를 함께, 공동묘지에 갖다버렸다. 암호랑이로 둔갑을 한 만다라바(Mandãravã)가, 갓 죽었으므로 비교적 신선한 송장을 뜯어먹기 위하여 그곳엘 왔다가, 죽은 어미의 젖을 빨고 있는 여아를 보게 되었던바, 한없는 자비심이 든즉, 그녀 자신의 젖을 빨게 하고, 자기는 그 송장을 매일 조금씩 뜯어먹으며, 아이에게도 조각을 먹였다.

相 3

아-루타 왕비가 임신중에 사망케 되니, 때에 연화존자가 수도중이던 공동묘지에다 그 시체를 모셔다뒀다. 존자가 살펴 알게 되었기에는, 그 송장의 자궁 속에는 아직도, 여아가 살아 꿈틀거리고 있었는데, 존자는, 자기와 그 여아 사이에 전생의 인연이 있었던 것을 알았으므로,

그 여아의 뒤를 돌보아주기로 하였다. 하여 만다라바로 하여금 암호랑이에로 둔갑하게 하여, 그 송장의 배를 가르고 여아를 끄집어내게 하였겠었다. 대자대비로 하여, 만다라바는, 그 여아께 자기의 젖을 빨게 하고, 자기는 그 여아의 어미의 송장을 조금씩 먹으며, 아이에게도 (조각을) 먹였다.

性

V.I.T.R.I.O.L

〔註〕

「相 1」『*THE TIBETAN BOOK OF THE GREAT LIBERATION*』 중, 「The Youthful Escaped Demon」에서 발췌.

「相 2」 같은 책 중, 「Mandãravã and the abandoned female babe」에서 발췌.

당시엔 가설항담이었던 것이, 어떤 경로에 의해서든, 경전(經典) 속에 자리를 차지하게 되면, 그것은 그 순간 우주적 사실성을 띠는 수가 있기도 하지만, 당시엔 실제적인 얘기였었을 수도 있었을 것들이, 후대에 이르르면 가설항담으로 들리는 것들도 있다. 발췌 인용되어진 「相1」「相2」는, 그런 좋은 예처럼 보이는데, 본 패관(稗官)께 여겨지기에는, 둘은 같은 한 얘기였었을 수도 있었던 것이, 구전되는 중, 인용되어진 꼴들을 취하게 된 것들이나 아닌가, 하고 의문케 한다. 물론 가설항담도, 그것이 설명해야 하는 부분들을 나중에 발전을 본 소설과 달리, 생략하거나, 아예 무시해버려, 무방비로 내버려두는 예는 많다. 까닭에 그것은, 이상한 방향에서, 듣는 혼이(魂耳)들 속에다, 밀종적(密宗的) 상상력이랄 말벌의 알을 많이 슬게 해놓는 점도 관찰되어진다. 밀종적 상상력이라고 이른 것은, 그것이 '죽음 속에 임신된 삶', 또는 '죽음으로부터 젖을 빠는 삶'의 얘기를 하고 있어, 이승서 저승을(vice versa) 들여다보게 하기 때문이다. '송장'이 '어머니' 역이 되어 있다는 것은, 어째도 밀종적이다. 패관스럽게 살펴보고 싶은 점이 있다면, 저런 얘기가 있던 당시의, 그 고장들에는, 매장이나 화장, 또는 수장속 같은 것은 없었던 것이나 아닌가 하는 것이다. 그래서 유족들은, 시체를 펴 버리도록 정해진 자리에다, 옮겨다놓아버린 것이나 아니었는가, 그렇다면 새나 짐승, 벌레들이 그 뒤처리를 해버렸던 것이 아니었는가, ……그런데, 저런 송장의 고기를 두고, 다투는 다른 유정이 하나 더 있었더라고 했는데, 낳기와 죽기의 고통을 여의려, 그런 자리를 떠도는 스님들이었다는 것. 그들은, 그런 음식 속에서도 어떻게 선주를 짜아낼지, 그 연금술에 통달해 있다고 알려져 있다. '만다라바가 암호랑이에로 전신' 했었다는 것 같은 것을 근거로 하여, 저 연금술이 어떤 것이었던가를, 패관스럽게 추측해보기로 한다면, 저들이, 먹을 수 없는 음식을 선병으로 바꾸려 했을 때마다 저들은, 인간으로서는 결코 즐길 수 없는 그 음식을, 매우 즐겨 탐하고 덤비는, 그런 어떤 다른 유정에로 전신을 치러낸 것이나 아니었는가, 하는 것이다. 예를 들면 개는, 인간보다 매우 월등한 후각을 가졌으되, 냄새를 분별은 하되, 호오라는 편견을 갖지 안해, 똥도 즐기려니와, 송장의 창자를 파헤치기도 즐겨하고 있어 보이잖는가. 관건은 그러니, 편견을 없애는 그 일일 것이다.

첫 애기(「相 1」)가, 한 두엇의 것을 괄호인 채 남겨뒀다고 여겨지는 것은, 송장의 자궁 속에서 끄집어내어진 그 산 핏덩이는, 그가 어떻게 돌보았으며, 장차 그 아이는 어떻게 되었는가, 하는 그 후일담이다. 헌데 이것이 그 괄호를 메워넣기에 근사하기라도 할지 어떨지는 모르되, 앞서 밝힌 그 같은 책(上同書)에 이런 애기가 독립적으로 수록

되어 있기는 하다.

그대(만다라바)의 부친은, 선왕(禪王) 칼링가의 왕자였더니, 불교를 믿지 않는 이웃들과 전쟁을 벌여, 많은 인명을 살상한 까닭으로, 다시 상사라에 태어나지 않으면 안 될 운명이었드랬다. 인해, 아-루타 왕비께 회임되었던바, 왕비가 임신중에 사망하였으므로, 묘지에 모셔다두게 되었었다. 시신 속에서도 아기는 죽지 않고 살아꿈틀거리고 있었으므로, 내(연화존자)가 시신의 배를 열고 아이를 꺼냈으나, 결국은 죽게 되었더니, 그 핏덩이가 새로 태어나, 그대의 부친이 된 것이다.

이 얘기 또한, 「相 1」과 그 골격은 비슷함에도, 끄집어내어진 핏덩이의 성별이 같지 않다는 것이 주목되어진다. 함에도, 얘기의 골격이 매우 흡사하다는 점에서 본다면, 이것도 어쩌면, 그 원전은 같은 것이었던 것이, 구전되는 중, 핏덩이의 성별을 두고 전와(轉訛)를 겪은 것이나 아닌가 하는, 의문을 갖게는 한다. 결국 아비는 딸을 분만한다. 그렇다, 아비가 딸을 분만한다. 이런 자리에 이르르면, 하긴 성별을 운위해야 할 필요가 없다는 것을, 알게 하기는 한다.

「相 2」는, 나타내 보인 대로만 좇는다면, 이 얘기 속의 아이는, 이미 분만되어져 있었다는 점에서, 인용되어진 두 얘기와 그 형태가 같지는 않다. 이것은, 의심의 여지 없이, 두 다른 얘기이기는 하다. 함에도, 이것 또한, 앞서 말되어진 '밀종적 상상력' 이라는 그 같은 숙주에서 부화된 얘기의 범주를 벗어나 있지 않다는 점은, 꼭히 지적되어지고, 강조되어져야 할 것이다. 속정(俗情) 애와틴 것을 여의치 못한 본 패관꾼에게는, 태임받은 딸까지, 죽은 어미와 함께 퍼 버린, 저 아비의 무정스러움이, 감내키에 힘든 슬픔이 되기는 하지만, 아비의 '무정함' 이라는 바로 이 한 매듭이 사실로는, 채워넣어져야 할 괄호로 보이기는 한다. 고해(상사라) 속에 던지워짐 받기(윤회)란, (유정들의) 송장의 젖퉁이에서 젖 빨기로밖에 달리는 설명되어지지도 않기 때문이다. 고해는 송장이다. 그래서 그것은 자식에 대해 저주이다. 땅은, 기름진 죽음의 골짜기이다. 산 것들은, 살기 위해 거기로 와서 죽어간다. 詞煩!

「相 1」「相 21」 그리고 「만다라바의 전생기(前生記)」랄 것은, 경전에 수록되어 있는 얘기이므로, 그대로 읽거나 듣고, 가슴에 접어둘 것들이겠으나, 패관꾼은, 그런 데까지도 코를 박아 큼큼거리는, 좋지 않은 습성을 길러 갖고 있는 것이 문제다. 그래서는, 나름대로 재정리해보려 한 것이 「相3」의 얘긴 것인데, 「相3」의 단처를 가리는 것은, 그럼에도 그것은 '허구' 라는 그것이다. 그리고도 그것(허구)이 또한 단처이다.

「性」 장(章)에 차용되어진 암호, 또는 기호는, 연금술의 신비를 여는 열쇠 같은 경구로 알려진 것인데, 바로 이 열쇠로 하여, 「相1」 「相2」 「相3」 「만다라바의 전생기」의 잠긴 방문을 열어보려는 의도에 의해, 빌려진 것이라는 것이다. 그 암호를, 원상태로 복귀시키면 이렇게 된다고 한다.

Visita Interiora terrae; rectificando invenies Occultum lapidem.

(Visit the interior of the earth; through purification thou wilt find the hidden stone. 대지의 깊은 속으로 내려가보라, 순화를 통해 그러면 그대 숨겨진 돌을 찾으리라.)

이런 말은 그러니까, 연화존자의 전기 속에 수록된 저 얘기들은, 다름아닌, 존자의 선(禪, 요가)의 연금술과 관계된 것이나 아닌가, 하는 것을 살펴보자는 것이다.

연금술사들은 흔히 말하기를, 자기네들의 '돌은, 어미의 자궁 속의 아이와 같이 자라고 있다' 고 하며, '이 악취 나는 물(羊水)은, 저 돌이 필요로 하는 모든 것을 함유하고 있다' 고 이른다. '이것(현자의 돌)은, 제 꼬리를 먹는 유로보로스모양, 그것 스스로 낳고, 죽이고, 그 자신을 먹어치운다'. 임신한 채 죽어 송장이 된 것은, 그러고 보면 바로 이 유로보로스인 듯하다. 자신을 임신하고, 자신을 죽이며, 자신을 먹어치운다. 송장은, 심리학적 용어를 차용한다면, '무의식' 자체일 것이며, 연금술적으로는 '니그레도(黑)' 일 터이다. 이 무의식은 또 '그렇게 어머니며, 동시에 딸이다. 그리하여 어머니는 그녀 자신의 어머니를 분만하고, 그녀의 자식은 또 그녀의 아버지이다'.

선(禪)은 어쩌면 바룬다새(鳥)이다. 그 대가리 하나는 말(言語)을 쪼아먹고, 다른 대가리는 제 살(몸)을 쪼아먹는다. 보다 더 무장애스러운 '말' 에서 암리타(암브로샤)를 얻는 조두(鳥頭)는, '말' 속에 그 머리를 처넣고 있어, 그 자리에는 없다. '말' 의 무의미를 깨닫는 날, 그 붕(鵬)은 말을 잃고, 이제는 더 쪼아먹을 것이 없어, 고해 밑바닥 그중 어두운 곳에 기복해 있는 곤(鯤)을 그리움으로 내려다보다, 떠나왔던 데로 되돌아가거나, 어쩌면 산화(散花)하고, 어쩌면 스스로 무화(無化)를 성취해버릴 것이다. (이 '곤' 이 '유로보로스' 일 터이다. 제 꼬리를 제가 물어 빨아들여 삭혀, 자신을 無化하는데, 그 무화의 일점에서 '붕' 이 날아오르고, '無'는 송장, 그리고 혼돈, 속에 새로 '꿈틀거림'이 임신된다— '곤'. (그럼에도 이런 얘기는, 한 마리 붕새가 차안을 떠나 너무 멀리 날아, 피안에서도 그 너머까지 날아버린 결과를 말하고 있어, 패관자가 헤쳐볼 내장을 갖고 있어 보이지 않는다. '곤'도 그러하다, 이미 무수한 윤회를 거듭해 있다. 이래서는 얘기가 되잖는다.))

'송장의 배를 갈라 산 핏덩이를 꺼내기'란, 'V.I.T.R.I.O.L' 그 자체라는 얘기는 은연중에 했음에 분명하다. 그리고도 아직도 풀려져야 하는 암호가 뒷 더 있다는 믿음이다. 하나는, '만다라바'라는 여성은 누구냐, 라는 것이며, 그 여성은 어찌하여 하필 '암호랑이'의 모습으로 자신을 둔갑하지 않으면 안 되었었는가이며, 다른 하나는, 꺼내어진 그 핏덩이와 연금술사(연화존자)와의 사이의 '인연'이란 어떤 것이었는가, 하는 등이다.

'만다라바'라는 암호 풀이는 뭐 그렇게 어려울 것은 없는 듯하다. 그건 다름아닌, 저 연화존자의 탄트릭 여성 쪽을 담당해 있는 것으로 이해되기 때문이다. 반복하면, 여성 쪽의 연화존자 당자라는 것이다. 송장을 먹기 위해, 그네가 호랑이에로 전신을 치러놓고 있음은, 한 수도자가, 목숨을 부지하기 위하여, 인육이라도 먹어야 된다면, 육식동물에로 전신을 치러놓는 것은 당연할 터이며, 그렇지 않는다 해도, 그 음식을 파먹고 있을 때의 그 수도자는, 분명히 인간은 아니었을 터이다. 외양이야 어찌 되었든, 야차거나, 호랑이, 늑대거나, 독수리였을 것이다. 그런 수도승이 밀종적 상징의 옷을 입는다면, 호랑이의 모습을 띨 것이었는데, '용'이 하늘의 힘의 상징이라면, '호랑이'는 땅의 그것이기 때문이다. '호랑이는 그리고, 그것의 습성이나 사는 방법에 의해서 보면, 실제로는 인간인 것이, 잠시 그런 형태를 취해 있을 뿐이다' 라고 이르기도 하잖는가. 송장을 뜯어먹는 유정은, 그리고 어째도 땅의 소속일 테다.

'꺼내어진 핏덩이'는, 물론 '현자의 돌'의 밀종적 은유일 테고, 그것은 그래서 혼(魂)의 상징일 터인데, 이 혼은 다름아닌 연금술사 자신의 것이었을 것이므로 해서, '인연' 문제가 거론되어졌을 것이다. '남자의 무의식은, 여성적 성격을 갖고 있다. 그것은 남자의 여성적 국면 속에 숨겨져 있으므로, 그 자신은 당연하게도, 그 자신 속에서 그것을 보지 못하되, 여성 속에서는 그것이 그로 하여금 매혹케 한다. 까닭에 혼은 여성일 게다(C. G. Jung).' 앞서 말한 이 '무의식은, 그렇게 어머니며, 동시에 딸이다. 그리하여 어머니는 그녀 자신의 어머니를 분만하고, 그녀의 자식은 또 그녀의 아버지가 된다(Jung)'.

이렇게 말하고 나니, 탄트릭 수행이라는 이 연금술은,

육신 속에서 혼을 일깨워내기, 혼을 영화(靈化)하기라는, 다분히 영지파적 수행으로도 보이는데, 까닭은, 이 탄트릭 수행의 재료가 되어 있는 것이, 다름아닌, '살(몸)' 이 되어서 그러하나, 현자의 돌로 대명(代名)되어지는 혼의 발견까지는 유사할지 모르되, 그 이후부터 저들은, 혼의 영화를 언급하려는 대신, 그것의 무화를 성취하려 한다는 점에서, 양자의 갈림길이 있어 보인다. (이 '無化' 에 대해서는, 이에 너무 많은 현자들이, 눈썹을 뽑아 솥(연금 솥) 밑 태우는 항목을 삼았으므로 하여, 세상이 그 누린내로 숨도 잘 쉴 수 없는 지경인즉, 거기다 어쩌자고 뽑아 눈썹을 보탤 일이겠는가.)

이것은 그리고도 '안쪽' 으로 터뜨려내린, 다시 말하면 요니 속으로 방출되어 들어간 '보석' 에 관한 얘기랄 것이다. 옴 바즈라파니 훙! 안쪽으로 터뜨려내려 핀 이 꽃을, 일시에 뒤집기로 한다면, 다시 말하면, 즉슨 밖이 되게 한다면, 옴 마니팟메 훙(蓮 속에 담긴 보석)의 형상을 취할 것은 자명하다.

相 4

스칸디나비아 사람들의 『민담과 전설』 속에도, 「구렁이 왕자」라는 얘기가 있다. 애를 못 가져 심려중인 왕비께, 하루는, 한 노파가 찾아와, 애 갖는 비결을 일러준다.

'침궁에로 목욕탕을 들여놓게 하시고, 물을 가득 채우게 하신 뒤, 목욕을 하시고 나면, 욕통 밑에 두 개의 붉은 양파가 놓여져 있음을 발견하시게 되실 것이오니다. 그러면 조심하시어 그 껍질들을 벗기고 드신다면, 때가 되는 대로 수태하심을 아실 것이오니다.'

여사, 여사, 행복한 김에 왕비는, 받은 충고를 깜박 잊고, 그 양파 중의 하나를 껍질을 까지 않은 채 삼켜버렸다. ……만삭이 되어 왕비께서 분만을 하고 보니, 이런 세상에! 그 첫 아이는 보기에도 끔찍스런 새끼 독사였더라고 했다. 그랬으니, 산파들이, 얼른 그 독사를 집어 창밖에다 던져버렸겠었다. 여차, 여차, 얘기는 이러쿵저러쿵 자아져나간다…… 세월이 흐르고…… 궁시렁궁시렁, 하는 동안에, 그 구렁이 왕자가 결혼을 하게 된다. 또드락 딱 또드락 딱…… 밤은 자정까지나 깊어가고…… 구렁이 왕자가 자기의 신부께 옷을 벗으라고 명한다. 얼레얼레? 조런 깜찍한 신부가 있을까보냐? 대꾸지하여 요런

다, '당신부터 벗으시와요!'

'이 나라의 아무도, 내게 그렇게 말할 사람은 없을 터,' 구렁이 왕자가 놀란다.

'하지만 저는요!'

그러자 구렁이가 입어진 것을 벗기 위해, 구불탕거리고 뒤틀며, 신음에 숨을 헐떡이고 애쓰던 중, 어떻게 겉 껍질 한 꺼풀을 벗겨내기에 이르렀다. 따라서 신부도, 눈빛으로 흰 겉옷을 한 벌 벗어, 뱀 껍질(허물) 위에다 덮었다. 다시 구렁이는, 신부께 옷을 벗으라고 명했으며, 신부 쪽에서는, 신랑부터 벗으라고 응수했다. 여사, 여사, 그러는 중에, 일곱 벌의 구렁이 껍질이 쌓이고, 신부의 옷은 여섯 가지가 쌓였다. 공주는 그러나, 마지막 일곱번째의 옷은 벗지 않았더라고 했다. 일곱 겹의 허물을 벗고 공주 앞에 선 그는, 아무 형체도 아닌, 피에 범벅이 된, 살의 한 무더기였더랬다. 때에 이르러 공주는, 잿물과 솔을 써, 저 피범벅을 씻고 문질러대기 시작했드랬다. 세번째의 솔이 다 망가질 때쯤 하여서는 그런데, 그녜 앞에는, 세상에서 그중 영준하게 생긴 젊은 왕자가 서 있었더라고 했으니, 그때쯤 동이 트고 있었겠다.

밖을 터뜨려내기로 드러난 보석.

〔註〕

아마도 '양파' 와 구렁이는, 그 조악한 껍질/허물을 벗겨내기/벗기에 있어, 분명히 같은 '연(蓮, prima materia)' 봉오리이다. 그것을 열고 드는 손이 남성이면, '송장의 뱃속을 파고들어가기' 로 나타나고, 여성이면, '껍질을 벗겨내기' 의 행위로 드러난다. 요니 속으로 뚫고드는 링가(남근)는, 아담이, 아직 이름이 없는, 그래서 송장과도 같은 우주의 모든 존재와 사물에다 이름 붙이기 같은 것이며, 그래서 우주가 명료해지고, 링가를 문질러 그것의 껍질을 벗겨내는 행위는, 한 뭉수리의 조악한 사대(四大), 그래서 그것 또한 송장인 것으로부터 생명을 일으켜내기 같은 것이다. 이 선(禪)은 그래서, 해탈에 도달한다.

자야(승리) 자야 자야.

(咄, 小說하기의 雜스러움!)

混紡된 상상력의 한 형태 4

寓話에서 天機를, vice versa

1

특히 이솝(Easop)이나 히기누스(Hyginus)의 눈들은, 티레시아스(Tiresias)의 지팡이에 비유되는데, 이 지팡이로 티레시아스가, (어느 날) 숲을 걷다 푸른 뱀을 만났으므로, 그것을 한 번 친즉, (티레시아스가) 갑자기 성전환을 겪어 여성으로 변했다는 식의 얘기가 저것이다. 흥미로운 것은, 그 지팡이에 얻어맞은 쪽에서는 아무 변화도 없었을 뿐이었는데, 친 그 당자 쪽에서 변성을 치렀다는, 그 이상스러운 역반응이 그것이다.

마찬가지로, 이솝이나 히기누스의 눈들도, 치고(보고)

덤벼든 것들은 바뀌는 것이 없는데, 치고 덤벼든 것들(눈) 쪽에서 사시성(斜視性)을 드러내버린다는 것이다. (그것을 관찰해내게 한다.) 이 관계는 아마도, 해 아래 맑은 물속에다, 반듯한 막대기를 찔러넣고 보았을 때 일어나는 현상에서, 비유를 얻을 수 있을 듯하다. 그 막대기는 그때도 분명히 꼿꼿하고 반듯할 것임에도, 그것을 쥔 자의 눈에 그것은, 그 수면을 벗어난 아래쪽부터, 어쨌선지 비뚤어져 있어버린다, 굴절되어 보인다. (물인가? 막대기인가? 눈인가? 마음인가?—이런 따위 禪的 물음은 필요 없을 터이다.) 보기와 대상 사이에는, 언제든, 어떤 종류의 대기권이나 오존층이 있고, 보는 눈이 이 일점에 들거나 통과하면, 보이는 사물이 굴절 현상을 일으키는 모양인데, (그렇다면 우리는, 눈을 셋씩이라도 띄우거나, 몽땅 잃어버리지 않는다면, 한 번도 어떤 사물의 실체에 접근해보지를 못하고, 이 세상 스쳐 지나가는지도 모를 일이겠다.) 신화적으론 '(티레시아스의) 푸른 뱀'으로 드러난 이것이, 세담화(世譚化)하면, '우화'의 형태를 띠는 듯하다.

길이, 그리고 마을이, 그리고 또 길이, 그리고 또 마을이, 그것의 은근한 곳에 젖은 의미를 묻어두고, 아무리 호꼰하게 품을 열어, 이 패관(稗官)을 기다려 있다 해도, 이 패관도 이제는 늙었나비다, 지쳤나비다, 길로나 열렸던, 마을에로나 열렸던 눈에, 늙음의 성에가 꼈든, 저승 거미줄이 둘렀든, 이제는 무엇이고 잘 보이지가 않는다. 늘어진 가죽주머니 속의 불알 헤아려보듯 그러자니, 바랑 열어 그것이나 뒤적여 소일을 하다 보니, 필기첩 속에 푸른 뱀 한 마리가 납작하게, 여러 세기 잠들어왔음이 보이놨다. 허허으, 헌즉 오늘은 이놈이나 잠 깨워, 땅꾼 노릇을 해본다면, 아직도 다 헤아리지 못한 두 쪽 불알을 마저 헤아리게 되려는지도 모르겠다.

그로부터 수세기, 또는 몇 겁이나 지나, 제놈들 어미의 양수에 목욕재계한 것들이, 그로부터 수세기, 또는 몇 겁전의, 최초의 사람이 만들어지던 방의 창에 구멍을 뚫어 엿보고, 천기를 누설한 기록이나, 구전된 얘기는 많기도 하지만, 그중에서도 이솝이나 히기누스는 보다 으스락딱딱하게, 그 같은 산실의 같은 창을, 두 다른 눈으로 보고, 겁도 없이 홰쳐(발설)대고 있어, 신들이 노발대발하지 않을까, 두렵다.

이솝은, 신의 사람 만들기의 비밀을 이렇게 까발씨고 있다. '제우스(Zeus)의 명을 받들어, 프로메테우스(Prometheus)가 사람과 짐승을 지었더니, 제우스가 본즉, 사람보다 짐승의 수가 지나치게 많은지라, 다시 명하여, 이 짐승 중의 많은 것들을 사람으로 바꾸라고 했겠다. 좋아 프로메테우스가 그렇게 하였더니, 전에 짐승이었던 것들은, 비록 형체는 사람이라도, 여전히 짐승의 마음을 갖고 있는 바였댔다.' (「Why some men are Loutish Brutes」, 『*FABLES OF EASOP*』 Penguin Books, 159쪽)

홰―홰―(패관자가 손 젓는 모양), 저런 얘기를 두고, 저것이 무엇을 말하려 했는가, 그따위 소박한 의념일랑 일으키지 말지니라.

호호호, 이는 시드파 바르도(Sidpa Bardo)에 처한, 사람이었던 '염태(念態)' 들이, 업력에 쫓기다가(Actaeon Complex!), 짐승이나, 심지어 버러지의 몸을 입어 환생한다는 밀종적 발상을, '그런 성격(짐승, 새, 버러지 따위)을 갖되, 실제로는 인간으로 환생한다' 고 재해석하려는 이들의 의견에, 좋은 한 초석을 마련해주기에 충분하다 싶으다. 『이솝우화』 속에 등장하는 모든 금수는, 다름아닌 '사람' 의 우화화인 것은, 말하려 하면 실답잖아져버린다. 한 번 더 용써서 말한다면, 저 우화 속에, 금수는 하나도 등장하지 않는다고 할 수 있을 테다.

실사적(實史的) 인물이었든 어쨌든, 이솝은, 헤로도투스(Herodotus)에 의하면, 지금으로부터 이천오백 년에서 삼천 년은 좋이 늙은이인데(그랬기 전에, 천축국에는 『*Panchatantra*』의 저자로 알려진 Vishunusharman이라는 이가 있었다고 하고, 이솝우화의 전거를 그것에서 찾으려는 이도 없잖아 있다. 있으되, 홰으-홰-, 패관 손 젓는 모양), 이래서 보면, 오늘날뿐만 아니라 어젯날에도, 세상은 '짐승의 마음을 가진 사람' 들로 붐볐다는 것을 알게 된다. 흐흐흐, 이는 본 패관꾼에게도 위로가 된다는 것은 고백해 두자. 그럴 것이, 본 패관꾼이, 평생을 통해 방황하고, 성냈으며 괴로워했을 뿐만 아니라, 거의 다 살고 나서, 삶이 왠지 실패된 듯이 여겨지는 까닭은, 수시로 무시로, 속에서 일어나는 짐승의 울부짖음, 냄새, 독룡의 틀어오름 같은 것을 제압할 수가 없이 당해온 그 탓인데, 이제 다시 돌이켜보고 알게 된 것은, 그 책임은 제우스와 프로메테우스에게 물어야 할 것이지, 말세론자들의 편에 서서 자신을 저주할 필요가 없다는 믿음이 들어 그런 것이다. 글쎄, 이래서 보면 인간은, 모든 잘못을 신에게 탓 돌릴 권리를 갖고 있는 듯도 싶으다. 신은 그래서, 인세의 모든 비극과 불행, 죄와 사악, 흉·액·재난과 병고 등을 그 한 몸에 짊어져야 함에 분명하다. 영광뿐만 아니라, 욕설과 가래침에도 뒤덮이는 자. 그럼에도 아픔을 발설하지 못하는 자. (하기는 그의 아픔은, 곧바로 세상에서 드러나겠구나.) 그래서 이솝은, 이런 얘기 또한 남겨놓고도 있다. '한 궐자가, 여로에 지쳐, (물 좀 마시고, 그 자리) 우물가에 누웠다가 잠에 들게 되었는지라, 그 안으로 떨어져들 위험한 찰나에 처했던바, 그 순간 행운의 신이 나타나, 그를 깨워, 위험에서 벗어나게 하였다. 그리고 말하기를, "자네가 만약 우물 속으로 빠져버렸다면, 자네의 조심성 없음 대신, 내게다 탓을 돌렸을 터이지"라고 했다.' (같은 책, 157쪽) 클클클, 신들은 그래서 보면, 사람들의 조심성 없음 탓에, 반시의 낮잠도 들 수가 없이 바쁘겠는다. (앞으로 말하려는 것이 그것이지만, 히기누스는 그와 좀 다른 의견을 갖고 있기는 하다.)

어쨌거나, 인피 속에 짐승을 가둬넣고 있기란, 인간이기란, 고행이며 난행이다. '말씀의 우주' 가 개벽했기 전의 사람들은, '신과 짐승' 의 가운데가 아니라, '인간과 짐승' 의 가운데서 찢김을 당했던 듯하다. 억압에의 개념은, 거기 어디서 일어났을 터이다. 이 억압에서 새끼쳐진 것들 중의 어떤 것들을 히기누스는, 우수 · 수심 · 근심 · 걱정 · 우려 · 슬픔 따위로 이해했던 듯한데, 사실(史實)이 증언하는 바에 의하면, 사람의 역사는, '짐승과 사람 간의 상극' 의 기록인 것이라고 본대도, 과히 틀림은 없을 듯하다.

신도 짜증이 날 일이었다. 그리하여 땅 위의 저 못돼먹은 것들을 싹 쓸어내고, 다시 지을 마음을 냈었을 수도 있다. 하여 프로메테우스를 불러, '의인이 몇이나 있는지' 알아보라고 일렀겠다. 나중엔, 이 '의인'의 수가 '십사만사천'까지 증가를 했다고도 하지만, 당시까지만 해도, '열만 있어도 내가 세상을 멸하지 않겠다'고 했던 것을 고려해보면, 의인의 수는 두 손의 가락으로도 꼽을 만큼도 있지 안했던 모양이었다. 이 '의인'이란 분명히, 프로메테우스가 지은 것 중에, 처음부터 '인간'으로 꾸몄던 순종(純種)의 의미였을 것이다. 그러나 그런 이후 새로운 문제가 발생했다, 했을 것이, 어느 동구에나 없이 토템(Totem)주(柱)가 왜 세워져 있는지, 그것을 고려해보면 그러하다. 저 토템주에다 대고, 순종 인간이 몇이나 있는지, 그것을 물어봐도 될까, 될까 몰라. 듣기로는 그것들은, '근친상간에 대한 강한 유혹에의 두려움' 탓에 세워진 것이라고도 이르잖느냐. '토템'이라는, 사람이 만든 물형법(物形法)에 의하면, 그들은 순종성을 지킨다는 짓을 대단히 두려워한 듯하여, 예를 들면 곰 토템의 남자는, 같은 토템의 여자와 결혼해서는 안 되며, 타 토템, 예를 들면 범 토템이라거나, 야호 토템의 여자를 맞아들여야 된다는 것. 이렇게 된즉, 사람들 세상이 혼혈잡종으로 혼란해졌을 일이었다. 수곰이 암호랑이와 피를 나누고, 수호랑이는 또 야호의 암컷과 교미를 한다. 곰 대가리의 호랑이 몸, 호랑이 머리의 늑대의 아랫두리, 상반신은 사자에, 하반신은 구렁이…… 흐흐흣 클클, 이제도 '의인', 또는 '순종'이 몇이나 되느냐고 물어보아도 되겠느냐? 사람의 남자가 짐승의 암컷과 새끼를 낳고, 짐승의 수컷이 사람의 여자를 간하고 들면, 저 자식들은 무엇들이나 되겠느냐? 그렇게 태어난 것들이 독룡이며 메두사(Medusa)는 아니겠느냐. 프로메테우스가 처음 만들었을 때 짐승이었던 것들을, 다음 그 모양만 사람으로 바꾸어놓았을 때부터 허긴, 저런 수간(獸姦)은 의연히, 그리고 당연하게 행해져왔음인 것. 다른 방언에서는, '하늘의 남자—네피림'들이 땅에 내려와, 사람의 여자들을 간했다는 얘기를 하고 있는데, 요즘 쌔빠린 공상소설들에 나타나는 외계인의 침입은 그때부터도 있어온 듯하다. 이런 관계에서 태어난 새끼들도 독룡이나 메두사 꼴이었을 것은 분명한데, 좆들을 세워 대기권 속으로 떨어져내렸을 때 저 네피림들은, 초력 대신 성욕만을 확대해 갖고 있어, 짐승이 되어 있었을 터이니 그렇다. 사람의 아낙네들의 음탕함이여, 색기에 붉은 그 눈들의 앓음다움이여, (본 패관의,) 늦가을 고수레감에나 비교될 하초까지도 떪이여, 무시로 부르르 부르르 떪이여, 하늘의 양기까지 땅에로 끌어내리게코롬 땅의 음력이 넘쳤던 것을, 그렇다면 거 뭐 하겠다고, '하늘의 별처럼, 해변의 모래처럼 번성하라' 고 축복까지 할 일이었던가? 오늘날은 저누무 '번성' 이 문제가 되어, '콘돔' 이라는 오난이즘이, 그리고 유산·낙태 수술이 권유·권장되고 있잖은가. 순종의 사람은 몇이나 남았다느냐? 본 패관이 살러 나온 이 시절은 헌데, 저런 독룡과 메두사들의 광란의 울부짖음으로, 전에 나직이 내려 있던 네피림들의 하늘까지도 멀리 쳐들어올라가게 하고 만 듯하다. 어째선지, 내일에 대한 희망에 관해 말하기가 좀 거시기한 듯해서, 근심에 찬 가슴은 녹을 줄을 모르고 그렇다. 신과 (인간의) 영웅(프로메테우스)은 실패했는가? 이 독룡과 메두사들은, 결국엔 저 신까지도, 그리고 '사람의 위대함' 까지도 살해키에 이르고, 그들의 간을 쪼으기에 이른다. 그리고 동물, 우주적 동물('Nature is a cosmic animal.' —Ritter)을 죽이기에 나선다. 처음 신(神)을, 다음 인간(人間) 자신을, 그리고 마지막으로 동물(動物)을 살육하기에 이른다. 그러나 이 패관자가 다시금 생각해보았기에는, 아니 (보다 늙다리 야호처럼 말한다면) 이 패관자가 이해하는 지구사(地球事/史)대로라면, 이것은 저들(신과 영웅)의 실패만은 아닐지도 모를 듯하다. 어디서 듣자니, 신이 우주 내에다 '에덴' 이라고 지은 것이 '지구' 라고 이르는 혹성이라고 이르고, 또 어디서 듣자니(『七祖語論』 어느 구석에 있는 소리였을 것인데) 이 지구는 다름아닌, '우주'라는 원인(原人)의 '자궁(子宮)'에 해당하는 기관일지도 모른다는 얘기가 있어 말인데, 자궁이란 그렇다면 생성만을 하도록 달마에 묶여 있는 곳(곳+것)이어서, 무엇이 이 자궁 속에 한번 생명을 부여받았다 하면, 이제는 죽지를 못하여, 무량겁의 윤회로부터 벗어나지 못한다고 하는 것. 자궁은 그럼에도 월후도 해야 하는 달마에도 묶여 있는 곳. 얼핏 이해되어지기에는, 월후란 한 솥 분량의 우주가, 흑공(黑空) 속에로 쏟겨내리는 마지막 날인 것도 같으되, 그것은 그러나, 다른 새로운 한 솥 분량의 우주를 채우기 위해, 스스로를 정화하는 짓일 것이어서, 이런 비우기는, 새로운 생성을 위한 파괴랄 것. 모르지, 그건 알 수 없지, 없지만, 월후가 끝난 후, 그 자리에 새로 한 벌의 우주가 장(場) 설 것이라면, 시작은 또한, 아담이 만들어지고, 그의 갈비뼈에서 이브가 지어지고, 유혹자로서 뱀이 나타난 뒤(이 관계에서 딸이 하나 태어났었다는데, 이름은 '릴리트'라던가, 어쩐다 하는 풍문이 있었다), 카인이 태어나고, 아벨이 태어나자, 거기 최초의 살인이 있고, ……하는 데서부터, 지구사(地球史)는 시작될 듯하다. 그러느라고 하는 중, 의인이 몇이나 있느냐는 애절한 부르짖음과 함께, 전세(前世)에 있었던 그 꼭 같은 독룡과 메두사들이 일어나,

신을 죽이고, 인간을 살해하며, 동물, 우주적 동물을 살육하려 덤빌 터이다. 이 상태는 P·M·S(Pre-menstural Syndrome)라고 진맥되어지는데, 이때쯤은 환경주의자들이, 말세를 알았던 노아스런 음성을 꾸미게 됨에 분명하다. 인간은 이래서 보면, 에덴으로부터 축출을 당한 이래, 한 번도 '우수의 여신'의 품을 벗어나본 적은 없어 보인다. 이 자궁 혹성, 또는 가이아가, 우수의 여신말고 또 누구며, 무엇이겠는가. 잘이 한다.

2

히기누스는 이솝과 달리, 숙명적이라고 이를 것 한 가지, 사람의 '우수'에 관해서 얘기하고 있다. 우수의 여신 쿠라(Cura, Ltn.; care, trouble, pains, anxiety, concern, sorrow, Eng.)는, 시름을 달래기 위해, 뭍과 물이 맞닿은 자리에 나앉아, 찰흙을 주무르며, 무슨 형상을 지었다 부수고 하며, 하릴없는 시간을 한숨으로 보냈드랬는데, 그러던 어떤 날 여신은, 그날 빚은 형상 하나가 자기 보기에 너무도 좋아, 놀라고, 그리곤 한탄하기에 이르렀다. 아으, 이것에 정(情)이 있다면, 아으 그런다면, 나의 슬픔에 얼마나 위로가 될 것인가, 운운, 읍읍, 아이고 대고…… 때마침 주피터(Jupiter)가 지나다, 그네의 탄식을 들었겠다, 보았겠다, 반했겠다. 그에게도, 쿠라의 가슴에 안겨 있는 형상은 '보시기에 좋았'겠었더라. 그랬으므로 쿠라의 간청을 들어주기로 하여, 그 형상의 코에다 생명을 불어넣어주었더니, 그것이 생령이 된지라, 이는 보기에 더욱더 좋았겠었다. 그랬으니 문제가 생기지 않을 도리가 없었겠었다.

"이 한 뭉텅이의 흙에다 생명을 불어넣은 자가 나이니," 주피터가 강경한 음성으로 말했다. "이 유정은 나의 소유여야 마땅하리로다!"

쿠라인들 어찌 자기 주장에 걸맞는 혀가 없었겠는가. "그건 억지이시와요. 다만 흙이던 것에서, 이런 형상을 빚은 자는 쇤네가 아니오니까? 그러하온즉, 이것을 쇤네의 품에서 앗아가지는 못하오리다."

때에 헌데, 느닷없는 불청객 하나가 불쑥 나타났겠었다. 흙의 여신 텔루스(Tellus)가 잠을 떨치고 일어난 것.

"아니 이봐요들, 아시다시피 이 유정의 몸을 빚은, 그 가장 중요한 질료는 쇤네로부터 취한 것이거늘, 두 분 신들께서는 그것을 잊으셨나이까? 그런즉 두 분께서는 어찌하여, 남의 사유를 절취하려 하시니까?"

이 소유권 다툼은 쉽게 끝날 것 같지가 안했는데, 듣고 본즉 그 모두 다, 자기네들 나름으로는 정당한 사유가 있던 것. 때에, 그 시작이면 늘 지나가던 사투르누스(Saturnus – 여기서는 時間의 神으로 일러져 등장한다)가 저쪽에서 오고 있었으므로, 셋은 그에게 중재를 부탁하기로 하였겠었다.

"한 뭉텅이의 무정(無)에다 정(情)을 불어넣으신 주피터 님은", 사투르누스가 뭘 좀 우물거려쌌더니, 입을 열었다. "이 유정으로부터서 정이 떠날 때, 그때 그것을 되돌려 가지시고, 텔루스 님도 그때 이것의 몸을 되돌려 가지실 일이겠사옵니다. 그러나 이것이 살아 있는 동안은, 쿠라 님, 당신의 소유로 하실 일입니다. 흙으로 빚었은즉, 이름은 호모(Homo)라고 이르기로 하십세다."

이 판결에 이의를 달고 나선 이는 아무도 없었겠었다.

인용한 우화에서, 특히 주목해야 할 대단히 흥미 있는 부분은, 이 '호모'가, '신들의 영상 닮게 지어졌다'는, 아무런 단서도 제시하고 있지 않다는 그 점이다. 만약 쿠라가, 자기네들 영상 닮게 흙덩이를 빚었더라면, 빚은 당자나, 그것을 본 이들도, 그 형상의 아름다움에 그렇게 놀랄 이유란 없었을 게 아닌가. 이래서 보면, 저들은, 쿠라가 만들어 낸 형상과는 다른 모습들을 하고 있었음에 분명하다는 추론을 세울 수 있을 듯하다. 그러면 저들은 대체 어떤 모양들을 꾸미고 있었던지 그것이 궁금해지지 않을 수 없는데, 그 비밀을 캐어내보기 위해 다시 이솝의 얘기에 귀 기울이기로 해볼 일이다. (본 雜論의 텍스트가 되어 있는 것은, 펭귄 社版 冊이라는 것은, 거듭 註해두는 바이다.)

'제우스가 황소를 짓고, 프로메테우스가 사람을, 그리고 아테나 여신이 집을, 지었다.' (155쪽)

제우스는 물론, '독수리(벼락, 참나무)' 로도, '수백조' 로도, 욕념 꼴리는 대로 자기를 드러내는 자인건 주지하는 바대로이되, 인용된 구절을 좇으면 '황소' 의 꼴을 취해 있는 것을 알겠는다. 프로메테우스만이 사람의 형상이었던 것을 알게 하는데, 이는, 인류와 프로메테우스는, 매우 긴요한 관계를 유지하고 있음의 뜻일 것이다. (이 한 주제로 하여, 많은 문학·철학·예술 등이 생산되었음을 우리는 알고 있으므로, 더 말하려 하잖음이 좋을 테다.) 아테나 여신이 집의 모습이었다는 것은, 여신(女神)—부엌시니(神尼), 즉 '가정' 이라는, 가장 위대한 신전의 주녀신(主女神)의 뜻일 것이어서, 경배를 바칠 뿐, 뭐라 운위할 필요는 없을 듯하다.

제우스는, 주지하는 바와 같이, 여러 형태를 드러내되, 그 모두가 '황소' 라는 하나의 기호에 집약되는데, 그것은 그가 자연의 힘 중에서도 특히 양력(陽力)을 담당하여, '몸의 우주'를 주관했던 대력(大力)의 상징이었다고 이해된다. 제우스는 그리하여, '우주적 동물', 자연이 가졌던 모든 장점의 의신화인 것도 알게 된다.

쿠라 여신은 그러면 어떤 모습이었던지, 이제는 그것이 궁금해진다. 아으, '우수'를 의인화할 수만 있다면……, 그것이 우리들의 어머니, 그녜의 모습일 것이지만……, 그러나 무슨 재주로 우수에다 옷을 입혀본다는 말인가? 이를테면 여름의 우거진 숲이라거나, 부유한 궁성의 잘 가꿔진 정원 같은, 풍요한 아름다움도 우리의 영혼을 살찌우지만, 이를테면 도시 변두리의 고철더미나, 폐사 마당으로 불리워가는 낙엽 같은, 황폐한 아름다움에서도, 우리의 영혼은 젖을 빤다. 이런 의미에서, (다른 건 모두 누구나의 상상력에 맡길 일이겠지만,) 우리들의 우수의 여신은, 검은 젖을 뚜둑 뚜둑 흘리는, 커다란 젖퉁이를, 형해에 매달고 있을 듯도 싶으다. 우수가 가슴에 받치고 있는 젖퉁이는 어째서 풍더분하냐구? 혼은, 슬픔 속에, 앓음 속에 거처를 두고 있다잖느냐. 그 젖에 혼들이 굳고 긁는다고 하잖느냐. '우수'와 관계되어 있는 한, 인간이라는 이 역동적이며 능동적인 유정도, 결코 수동태에서 벗어나지 못하며, 주피터(숨, 상승)와 텔루스(흙, 하강) 사이에서 영겁을 두고 찢김에 당할 테다. 낮에는 독수리(주피터)가 그 간을 쪼아대고, 밤에는 생성의 힘(텔루스)—삼시랑의 손가락 따위가 그 상처를 파고들며, 생살을 돋과낸다. 여기 어디에 저 인간의 구원은 없는가? 그런데, '몸' 속에서, 아직 '말씀'이 부화되지 않은, 두 우화는, 구원에 대해서는 아무것도 말하고 있지를 안해서, 아마도 사투르누스가 지나기나 다시 기다려보아야 할 듯하다.

프로메테우스의 '밤/낮'은, 장차 아도니스(Adonis)에 의해 비의화하여, 식물적 윤회의 희망을 주는데, 프로메테우스가 신들로부터 훔쳐 인간에게 준 그 '불(을 그는, 그의 내부에 숨겨갖고 왔던 듯하다. 肝.)'이 저 윤회의 씨앗의 역할을 하는 것이던 것. 그 불은 신들만이 쓰던 것이었으므로 하여, 마땅히 신성을 띠어 있어야 옳은 것일 것. 인간도 불을 씀으로 육신을 가진 신이어야 옳은 것인 것. 그러나 신들은, 불을 길들인 인간이라는 것들이, 하늘에 올라, 자기네들의 권좌라도 찬탈하지 않을까 불안에 떨고 있는 듯하다. 신들의 그 두려움의 출처를, 이솝은 이렇게 밝히고 있다.

'전해오는 얘기대로 하자면, 사람을 짓기 전에 모든 짐승들을 먼저 짓고 제우스가, 저 짐승들께 걸맞는 갖가지 장점을 부여했던바, 센 힘이라든지, 발이나 날개의 빠르기 같은 것들이었다. 뒤늦게 지음을 받아, 아직 아무것도 입지 못한 사람이, 그리하여 제우스께, 자기 혼자만 아무런 축복을 받은 바 없어 뒤쳐져 있다는 식으로 불만을 토로했던 모양이었다. 그러자 제우스의 대답은 이러했다. "너는 모든 선물 중에서도 가장 위대한 것을 받았거니, '이성' 이라는 것이 그것이다. 그것은 천지간에서 그중 힘센 것이어서, 힘센 자 중에서도 힘이 세며, 빠른 자 중에서도 빠른 것이거늘.' (149쪽)—이것(理性)이 와전되어 '불' 이 되었든, 또 아니면 저것(불)이 전와되어 '이성' 이라고 일렀든 어쨌든, 양자간에는 동일성이 다분해 보이기는 하다. 아마도 신들은, 사람에게 '이성' 의 복을 주었을 때, 큰 과오를 범한 것이었으며, 사람은 그것에 주어졌을 때 비극에 시달리기 시작한 것이다. '우수' 의 숙주는 '이성' 이던 것. (혹자는, 이것에 반의를 표하려 할지도 모른다. 우수의 숙주는 理性이기보다 感性이 아니겠느냐고. 그건 얼핏 동의할 만한 의견이 아닌 건 아니다. 그러나 동물에게는 이성이 부여되어졌다고 말되어지지 않으며, 동물은 또한, 쿠라 여신의 품 밖에 있었다고 얘기되어지는 것을 감안하면, 꼭히 그런 것도 아니다. 이 우수는 그리고, 인간에게는 숙명적이며, 원초적인 것이거늘. 어쨌든 이런 문제는, 자리를 옮겨서라도 투닥거려볼 만하기는 할 테다.) 아마도, 또는 분명하게는, 여기 어디를 근거로 하여, '몸의 우주' 속에서, '말씀의 우주'가 개벽을 보았을 듯하다. '태초에 말씀(理性, Logos)이 있었다'고 하잖느냐. 이 '말씀'이야말로, 쿠라의 품을 벗어난 흰 비둘기였을 것이다. 그랬을 것이다.

본 패관꾼이, 평생을 걸려 해온 얘기가 지금도 되풀이되고 있지만, 그리고 여기 되어져갈 얘기도 또한, 어디서 얻어들은 뒤 필기첩에 적어두었다가 이왕에 써먹은 것이지만, 패관이란 그러나 그런 부류의 후안무치한 자가 아니던가, 같은 부락 안에서도, 자리만 바뀐다면 그때마다 입수거리에 허옇게 게침 발라, 눈썹이야 병든 개 꼴로 성글어진들 대수일까보냐고, 같은 얘기를 팔아, 아랫목 얻고, 목침도 얻고, 이튿날 조반까지 얻는 자가 아니던가. 누가 뭔가 좀 색다르다 싶은 얘기를 얻어듣기 원하고 있다면, 색다른 혹성으로 이민을 하든 어쩌든 권고해두는 바이다. 이 패관 나으리 세 발자욱만큼밖에 해본 열세는 없어도, 이 혹성에서는 이제, 달리 색다른 얘기란 찾아볼 수가 없는데, 귀곯이(餓)하는 선인들이 얘기의 씨나락까지 다 까먹어버린 통에, 얘기의 보릿고개가 오기도 오래 전부터, 남은 귀들은 메말라 오그라져가고 있잖느냐. 어찌 되었든, 추위는 윗목에 와 있는데, 눈두덩의 털이 성글어지는 것

생각해, 서장(西藏)에서 귀동냥한 얘기 한 자리만 더 팔구시나, 놀려져쌌는 혀일랑 쑥 잡아빼어, 바랑 속에다 사려넣어놓아야겠구나. 잘이 한다.

3

서장에, 매우 친절하고 후덕한 장자가 하나 살고 있었다. 그는, 베푼 인정과 선덕에 의해, 그 고장 사람들의 경애의 대상이었다. 그런 그가 그런데, 자기 고장엘 들른 이름난 라마께 해탈법을 구했던 일을 두고 미뤄 보면, 그런 그도, 자기의 몸 속에서 수시로 무시로 으러렁거리고 일어나는 짐승, 어떤 불안, 초조, 근심—우수 같은 것으로부터 스스로는 조금도 자유스럽지가 못했던 모양이었다. (거문고 만드는 장공이나, 쇠우쇠 다루는 대장장이 식으로 말한다면, 공명관을 만들기 위해 한데 던져놓은 오동나무모양, 이 쇠우쇠는 이제, 담금질을 당해도 좋을 만큼, 풍우 속에서 잘 익은 것이었다.)

예의 저 고명한 라마가 그에게 일러준 것은, 세속과 인연을 끊고, 어디 산을 찾아가 염불하며 참선하라고 한 뒤, 그에게 적당하다 싶을 주문 같은 것도 일러주었던 모양이었다. 이웃을 어여삐 여겼던 저 사내는 그리하여 이제 자신을 위하여, 이튿날 출가입산하여, 그로부터 꾸준히 염불하고 참선하며 주문도 외웠던 모양이다. 그랬음에도 아무 진전도 보지를 못했던 듯하여, 우수, 쌓이는 우수만이 그를 산처럼 에워쌌던 모양이며, 비 묻은 구름처럼 짓눌러댔던 모양이었다. 그러는 중에 듣자니, 그 같은 라마가 다시 그 산동네를 지난다는 소문이 있어, 이 근심스런 사내는 부랴부랴 하산하여, 두번째로 그를 뵈었던 모양이었다. 그리고 고백하였겠다.

"스승께서 일러주신 대로 좇아, 이 사미는 불철주야 정진하였사오나, 아직도 해탈이 무엇인지 알 수가 없어 방황하고 괴로워하고 있나이다. 사미가 무엇을 잘못 행해온 것이오니까?"

"저런저런, 츠쯧츳, 헌데 내가 무엇을 일러주었던가?" 라마가 물었다. 그랬으므로 저 충직한 사내는, 여차 여차, 전의 가르침에 대하여 소상히 되풀어드렸다. "저런 츠쯧, 저런!" 라마가 대답하기를 이랬다. "내가 이런, 자네께 틀린 걸 가르쳐주었군그래! 그래갖고는 자네 결코 해탈을 성취치는 못할 것임세. 미안하군. 내가 자네를 위해 해줄 수 있는 일이란 그런데, 있을 것 같지도 않군그래."

이 말에, 과연 저 사내는 어떠했겠는가? 이제는 그도 늙은네가 되어 있는 저 착한 사람은, 이십 년을 허비해버린 자신을 발견하고(어떠했겠는가!) 낙담하고 자실해 있다가, 어쨌든 원기를 돋우려 하여, 이제부터 뭘 어떻게 시작해야 할 것인지를 궁리해보았으나, 별로 떠오르는 것도 없는데 해는 뉘엿뉘엿해지고 있었으므로, 이십 년간을 살아온 곳에로 발길을 옮겼다. 그리곤 해왔던 짓이 그짓이었던 그짓이야말로 자기에게 그중 익숙한 짓이라고 알아, 다시 그짓을 시작했다. 늘 앉아왔던 그 토굴 속에 연좌 꾸며 앉고, 눈을 감았다. 그때 그는 성불이나 해탈에의 아무런 희망도 갖고 있지 못했다. 그에게는 정말이지 희망하거나 기대할 것이 없던 것이다.

아으 헌데 보아람, 무명(無明)이 걷히웠느냐, 그러는 어느 한순간 삼천대천세계가 환하게 밝혀지며, 세상이 그에게 참모습을 보인 것이다. 자야(Jaya, Skt. 승리)! 그를 거악처럼 에워싸고, 비 묻은 구름 모양 억눌러대던 슬픔(憂愁)과 아픔(苦)이, 무명 그 고치가 되어, 이 나비를 키웠다 날려보낸 것이었다—만삭이 돼서, 어느 날 갑자기, 그 태문(胎門)이 열린(頓悟) '세번째 눈'을, '나비'라고 이르는 이들이 더러 있었다. 본 패관도 그 명속(名俗)을 따랐다—자야, 잘, 잘이 하고 자빠졌다.

(咄, 小說하기의 雜스러움!)

영합(迎合)이냐, 순제(殉祭)냐

화설, (천국과 바다는, 어째선지 우리들의 상상력이 잘 미치지 않든, 아니면 우리들의 무의식이 어떤 식의 거부의 반응을 보이고 있든, 어쩌든 하고 있으니, 그곳(천국)은 제외해둬도 될 터이지만, 땅을 휩쌓아 있는 것이라면, 그 바다가 '어디에 있는 것' 인가 하는 것이 무슨 그리 큰 문제가 될 일이겠는가. 그러니 그냥) 바닷가. 가까운 데, 또는 아주 먼 데 있는 바닷가. 그리고 단애(斷崖). 단애 쪽 하늘을 가리는 갈매기 떼, 끼욱이며 어지럽게 선회하고 있다. 그것들은, 바다 괴물, 또는 독룡의 처첩이나 시녀들. 바다는 시방 만조 때여서, 땅을 삼키려 하여, 달이나 해에 대하여 라후(蝕)모양, 색기(色氣)를 다하여 내달려온다. 와서는 그러나, 달마(達磨)가 둘러쳐놓은 울타리에 부딪쳐 이빠디를 뽑히고, 머리칼을 태우이며 포말이 되는데, 이래서 옛 소객들은, 그라이(Graeae) 세 자매들이, 태어났었을 그때부터 회색의 머리칼을 얹고 있었다고 몽상해낸 것일 것이었다. 그럴 것이, 불핀치(Bulfinch)에 의하면, '그라이 자매들이란, 바다가 갖는 흉폭함의 의인화인데, 그것도 해안과 암초에 부딪히는, 흰 벼슬을 단 파도(의 의인화)' 라는 것이기 때문이다. 이제는 그래서 알겠다. 알겠는 것은, 바다의 저 인(仁)하지 않음, 그리고 그 거대한 죽음, 공포 탓에, '천국' 과 비견되지 않는 것임을, 그 까닭을 알겠는 것이다. 연이나, 저쪽 편의 나지막한 언덕 위에는, 오늘, 그 왕국의 왕과 비빈들, 시종들과 호위병들, 그리고 인근 백성들이, 오십으로 백으로 많이 나와, 백으로 오십으로 떼를 뭉쳐, 바다의 시녀들(갈매기)이 하늘을 가린 쪽 단애를, 왠지 모두 민망해하는 얼굴로 건너다보고 있는데, 허긴 그럴 일이었다. 오늘은 바로, 그 왕국의 '슬픈 축제' 가 장(場) 열린 까닭인데, 앞서 하필이면 '슬픈 축제' 라고 이른 것은, 해마다 오늘 오시(午時)를 기해, 월후는 시작했으되, 남자 경험이 없는 처자 하나를 저 인함이 없는 바다를 치리한다는 바다 임금, 항간에서 이르는 독룡께 제물로 바쳐야 되는 날이기 때문이니 그럴 일이다. 그렇지 않으면, 그해에 그 왕국에 많은 재앙이 잇따르게 되어 있었던 모양이다. 예를 들면 이질이며, 공수병 따위, 특히 물과 관계된 온역이 창궐하여, 많은 인명에 피해가 있을 뿐 아니라, 수재가 겹쳐, 농사짓기, 고기잡이, 숲일 등, 아무것 하나도 잘되는 것이 없어, 병사자와 아사자에 겹쳐, 떼거지가 궁성밖에 즐비하게 눕고, 늘어서고 했던 모양이었다. 이번엔 헌데, 저 슬픈 축제를 위한 제물 제비뽑기에, 국왕의 무남독녀가 뽑혔던 모양이고(童話의 골격은, 合理主義가 아니라, 運命論이라는 것을 감안한다면, 그러기 전에 왕은 어찌하여 일찍이 사위를 맞지 안했었는가를 의문해하지는 않을 것이다), 그 나라에서는 아무도 그의 힘에 당할 자가 없다는 왕까지도, 속수무책이어 미친 눈으로 두리번거리며, 하늘에서라도 내려와줄 무슨 검센 손을 기다리고 있어 보였다. 때에 어쩐 일인지, 바다의 시녀들이 일순, 날개스런 치마폭을 삼십 폭 사십 폭으로 휘날리며, 사태지자, 공간이 열리는데, 보니, 공주가 견디지를 못하고 쓰러져 만조가 거의 발등을 적시는 데쯤의, 미끄러운 이끼 낀 반석 위에로, 펴 누었던 모양이었고, 안되게도 공주는 기절해 있어 보였다. 그녀는, 입었던 옷이 물보라에 젖어 거의 맨살로 보였다. 그 꼴을 목도케 된 왕은, 거의 미쳐 부르짖기 시작했다. "너희 병사들 중 아무도 썩 나서는 놈이 없다는 말이냐? 아무도 저 바다 괴물을 퇴치할 만한 놈이 없다는 말이냐? 오리라, 온다 하던 그 용감한 왕자는 그림자도 보이지 않는다는 말이냐?"—그렇게 미쳐 외쳐대는 그 본인말고, 글쎄, 그 나라에서는 누가 더 힘이 세겠는가, 마는, 이런 경우엔 왕이라는 것이 쓴 왕관이라는 것도, 똥 묻은 오리 대갈통보다도 나을 게 없어 보이렸다. 그 힘에 어울리게 치리를 잘하는 왕이라면, 자기가 다스리는 권내의 하늘, 땅, 바다에 속한 모든 유정들, 예를 들면 큰 동굴에 사는 흉귀나, 바다 괴물들로부터도 조공을 받아야겠거늘, 오히려 무남독녀 분 발라 앞세우고 저쑵다니? 흘레하다 구정물 맞은 똥개 꼴로, 자기가 치리하는 곳에서, 그것도 자기의 딸 하나도 구하지 못하여 비실거리는 자가, 어찌 나라를 다스린다고 이르느냐?

예의 저 독룡은 헌데, 일설엔, 저 거대한 공포 자체인, 그 바다의 임금 되는 자로서, 그 바다 그중 깊은 데에 아방궁을 갖고 있다고도 이르며, 다른 설엔, 다름아닌 저 바다 자체가, 해마다 그날에만 한 번씩 독룡의 몸을 꾸며내, 일 년내내, 아무리 삼키려 덤벼도 되잖은 저 뭍으로부터, 그것(뭍)이 소중하게 여기는 것, 아직 때묻지 않은 것, 장차 어미가 되어 그 뭍을 풍요하게 될 것, 다시 말하면 처자아이를, 하나씩, 자기에게 시집오게 강요한다고 이른다. 그렇게 하기로써 그는, 자기가 뭍을 정복한다고 믿었는지 어쨌는지, 그것은 알려지지 않았으나, 그 희생 제물이 된 처자아이가, 그해 치의 뭍의 정결함의 한 상징으로서 희생되어지는 의미에 있어선, 그는 그렇게 뭍을 노략질하고 있었음은 사실일 것이었다. 하는 말로는 그리고, 저 독룡은, 왼쪽 부분은, 뭍의 짐승모양 부드러운 가죽 위에 털이 숭숭 나 있는데, 체온도 또 정(情)도 있다고 하며, 다른 쪽 부분은 반대로, 온기나 정은커녕, 얼음보다도 더 차가운 비늘로, 그것도 아흔아홉 잎이나 덮고 있는바, 그것들은 금강석까지도 깨뜨려낼 만큼 단단한 것들이라고 했다. 그리고도 독룡의 턱 밑엔 역린(逆鱗)이 하나 있는데, 어떤 경우 그것이 긁혀 세워지면, 무수한 배와 집들을 부수고 날려버리는 노도와 태풍이 인다고 했다. 허으야 허–, 얘기는 재미있게 되어가는다, 라는 것은, 하는 말대로 좇으면 그렇다, 라는 말은, 저 독룡은 예의 저 제물에 다가가면, 먼저, 털 난 왼쪽 팔을 내밀어, 제물이 되어 있는 것이 그 가슴에 안겨들기를 청원한다는 것이다. 그때, 그 제물이 된 처자아이가, 어떤 형언할 수 없는, 이상스러운 호애감에 의해, 그 털 난 가슴에 안겨들면(짐승의 수놈과 사람의 암컷 간에는, 어떤 그런 친밀감이 있다고 이르잖느냐), 다른 일은 없이, 그 순결한 신부를 안고, 제놈의 아방궁에로 들어가, 그 한 해, 그 같은 날까지 저물도록 슬카장 지내고, 그리곤 시녀를 만들어버리는데, 그 시녀가, 뭍과 고향에 대한 그리움을 여의지 못했으면, 몸에 그 그리움으로 깃털을 돋과내고, 새의 부리에 새의 발톱을 꾸며내선, 친정이 있는 뭍과, 시집이 있는 물 사이를, 그리움으로 맴도는 끼욱새가 된다고 한다. 저런 맺음은 혼합(婚合)이라는 말 대신 영합(迎合)이라고 이른다 했다. 그렇지 않고, 저 제물이 되어 있는 처자가, 저 독룡에 대해 공포와 혐오증을 일으키고(친밀함의 다른 쪽 얼굴은 또한 이와 같지 않겠느냐) 저항을 보이면, 독룡은 그 당장, 비늘 덮인 팔을 내밀어 저 제물을 냉큼 쥐어들어 한 입가심해버린다는데, 그리곤 거대한 파도를 일으키며, 만 근의 아편과도 같은 인육이 주는 짜거움을 즐기기 위해 또한 자기의 궁으로 돌아가버린다는 것이었다. 이것을 '순제(殉祭)' 라고 이른다고 하는 것이거니와, '영합' 이든 '순제' 든, 그러고 나면, 그 왕국의 그해 치의 안녕과 풍요는 약속되어진다고 했다. 했으나, 오호 통재라! 그 왕국을 덮은 암울한 기운은 하루도 개인 적이 없어, 그 바닷가 왕국은, 실제로는 그 독룡의 비늘 덮인 손아귀로부터 벗어나본 적이 없었는 듯했다.

각설, 저런 내용을 가진 동화는, 한두 가지만은 아니어서, 방언(方言)과 패관(稗官)의 목젖 꼴록임의 방식에 좇아, 다양한 형태로 전이, 또는 전와(轉訛)를 겪어 있는 것은, 누구라도 짐작하고 있는 바대로인 것. 그러나 그런저런 여러 모양의 것들을, 한 솥에 넣어 삶은 뒤, 그 '골격' 이라는 뼈를 추려내어 재조립하기로 한다면, 앞서 주절댄 바의 모양새를 꾸며내게도 됨은 부인치 못할 터이다.

동화나 우화 등은 그리고, 얘기가 끝나는 대로, 그것이 가르치려는 것(moral)이 무엇이냐는 설문이 붙고, 답변이 따르는 것도, 주지하는 바대로이다.

이것은, '소설' 이라는 수공업, 또는 가내공업(에다 물론, 산업혁명을 일으켜 성공한 이들도 많기는 하다)으로 연명하는 자들만이 모이는 자리이므로, '소설' 만을 들어 얘기거니와, 아까 추려내어 재조립한 그 뼈, 위에다 코밑수염을 한 오라기 달아주거나, 물잠뱅이를 하나 입히기로 하자면, 말한 바의 저 제사에 쓰일 제물의 이름은 '소설' 이며, 쉬임없이 끓고 넘치는 저 바다, 그것도 부정적 힘의 의인화로서의 '독룡' 은, 다름아닌, 바로 이 시절의 '대중' 또는 '대중문화' 라는 그것인데, 필자에게 여겨지기는, 이 시절의, 지금 이 시각은, 저 동화 속의, 정오인 듯하다. 그러자 이젠 하늘엔 독기를 품은 검은 구름 떼가 일어나 휘덮어 들고, 바다는 용광로처럼 끓어오르기 시작하고 있다. 저 독룡을 퇴치해줄 용감한 왕자가 어디쯤에서 발병이나 나지 말았으면…… 그리하여, '소설' 이라는 이름의 오늘의 한 제물은 어느 쪽을 선택할 것인지, 그것을 결정해야 할 그 결단의 순간에 처해진 듯하다.

털 난 가슴이냐, 비늘 덮인 팔뚝이냐?

순제(殉祭)냐, 순난(殉難)이냐

화설, (천국과 바다는, 어째선지 우리들의 상상력이 잘 미치지 않든, 아니면 우리들의 무의식이 어떤 식의 거부의 반응을 보이고 있든, 어쩌든 하고 있으니, 그곳(천국)은 제외해둬도 될 터이지만, 땅을 휩쌓아 있는 것이라면, 그 바다가 '어디에 있는 것' 인가 하는 것이 무슨 그리 큰 문제가 될 일이겠는가. 그러니 그냥) 바닷가. 가까운 데, 또는 아주 먼 데 있는 바닷가. 그리고 단애(斷崖). 단애 쪽 하늘을 가리는 갈매기 떼, 끼욱이며 어지럽게 선회하고 있다. 그것들은, 바다 괴물, 또는 독룡의 처첩이나 시녀들. 바다는 시방 만조 때여서, 땅을 삼키려 하여, 달이나 해에 대하여 라후(蝕)모양, 색기(色氣)를 다하여 내달려온다.

와서는 그러나, 달마(達磨)가 둘러쳐놓은 울타리에 부딪쳐 이빠디를 뽑히고, 머리칼을 태우이며 포말이 되는데, 이래서 옛 소객들은, 그라이(Graeae) 세 자매들이, 태어났었을 그때부터 회색의 머리칼을 얹고 있었다고 몽상해낸 것일 것이었다. 그럴 것이, 불핀치(Bulfinch)에 의하면, '그라이 자매들이란, 바다가 갖는 흉폭함의 의인화인데, 그것도 해안과 암초에 부딪히는, 흰 벼슬을 단 파도(의 의인화)' 라는 것이기 때문이다. 이제는 그래서 알겠다. 알겠는 것은, 바다의 저 인(仁)하지 않음, 그리고 그 거대한 죽음, 공포 탓에, '천국' 과 비견되지 않는 것임을, 그 까닭을 알겠는 것이다. 연이나, 저쪽 편의 나지막한 언덕 위에는, 오늘, 그 왕국의 왕과 비빈들, 시종들과 호위병들, 그리고 인근 백성들이, 오십으로 백으로 많이 나와, 백으로 오십으로 떼를 뭉쳐, 바다의 시녀들(갈매기)이 하늘을 가린 쪽 단애를, 왠지 모두 민망해하는 얼굴로 건너다보고 있는데, 허긴 그럴 일이었다. 오늘은 바로, 그 왕국의 '슬픈 축제' 가 장(場) 열린 까닭인데, 앞서 하필이면 '슬픈 축제' 라고 이른 것은, 해마다 오늘 오시(午時)를 기해, 월후는 시작했으되, 남자 경험이 없는 처자 하나를 저 인함이 없는 바다를 치리한다는 바다 임금, 항간에서 이르는 독룡께 제물로 바쳐야 되는 날이기 때문이니 그럴 일이다. 그렇지 않으면, 그해에 그 왕국에 많은 재앙이 잇따르게 되어 있었던 모양이다. 예를 들면 이질이며, 공수병 따위, 특히 물과 관계된 온역이 창궐하여, 많은 인명에 피해가 있을 뿐 아니라, 수재가 겹쳐, 농사짓기, 고기잡이, 숲일 등, 아무 것 하나도 잘 되는 것이 없어, 병사자와 아사자에 겹쳐, 떼거지가 궁성 밖에 즐비하게 눕고, 늘어서고 했던 모양이었다. 이번엔 헌데, 저 슬픈 축제를 위한 제물 제비뽑기에, 국왕의 무남독녀가 뽑혔던 모양이고(童話의 골격은, 合理主義가 아니라, 運命論이라는 것을 감안한다면, 그러기 전에 왕은 어찌하여 일찍이 사위를 맞지 안했었는가를 의문해하지는 않을 것이다), 그 나라에서는 아무도 그의 힘에 당할 자가 없다는 왕까지도, 속수무책이어 미친 눈으로 두리번거리며, 하늘에서라도 내려와줄 무슨 검센 손을 기다리고 있어 보였다. 때에 어쩐 일인지, 바다의 시녀들이 일순, 날개스런 치마폭을 삼십 폭 사십 폭으로 휘날리며, 사태지자, 공간이 열리는데, 보니, 공주가 견디지를 못하고 쓰러져 만조가 거의 발등을 적시는 데쯤의, 미끄러운 이끼낀 반석 위에로, 펴 누었던 모양이었고, 안되게도 공주는 기절해 있어 보였다. 그네는, 입었던 옷이 물보라에 젖어 거의 맨살로 보였다. 그 꼴을 목도케 된 왕은, 거의 미쳐 부르짖기 시작했다. "너희 병사들 중 아무도 썩 나서는 놈이 없다는 말이냐? 아무도 저 바다 괴물을 퇴치할 만한 놈이 없다는 말이냐? 오리라, 온다 하던 그 용감한 왕자는 그림자도 보이지 않는다는 말이냐?" — 그렇게 미쳐 외쳐대는 그 본인말고, 글쎄, 그 나라에서는 누가 더 힘이 세겠는가, 마는, 이런 경우엔 왕이라는 것이 쓴 왕관이라는 것도, 똥 묻은 오리 대갈통보다도 나을 게 없어 보이렸다. 그 힘에 어울리게 치리를 잘하는 왕이라면, 자기가 다스리는 권내의 하늘, 땅, 바다에 속한 모든 유정들, 예를 들면 큰 동굴에 사는 흉귀나, 바다 괴물들로부터도 조공을 받아야겠거늘, 오히려 무남독녀 분 발라 앞세우고 저쑵다니? 홀레하다 구정물 맞은 똥개 꼴로, 자기가 치리하는 곳에서, 그것도 자기의 딸 하나도 구하지 못하여 비실거리는 자가, 어찌 나라를 다스린다고 이르느냐?

예의 저 독룡은 헌데, 일설엔, 저 거대한 공포 자체인, 그 바다의 임금 되는 자로서, 그 바다 그중 깊은 데에 아방궁을 갖고 있다고도 이르며, 다른 설엔, 다름아닌 저 바다 자체가, 해마다 그날에만 한 번씩 독룡의 몸을 꾸며내, 일 년 내내, 아무리 삼키려 덤벼도 되잖은 저 뭍으로부터, 그것(뭍)이 소중하게 여기는 것, 아직 때묻지 않은 것, 장차 어미가 되어 그 뭍을 풍요하게 될 것, 다시 말하면 처자아이를, 하나씩, 자기에게 시집오게 강요한다고 이른다. 그렇게 하기로써 그는, 자기가 뭍을 정복한다고 믿었는지 어쨌는지, 그것은 알려지지 않았으나, 그 희생 제물이 된 처자아이가, 그해 치의 뭍의 정결함의 한 상징으로서 희생되어지는 의미에 있어선, 그는 그렇게 뭍을 노략질하고 있었음은 사실일 것이었다. 하는 말로는 그리고, 저 독룡은, 왼쪽 부분은, 뭍의 짐승모양 부드러운 가죽 위에 털이 숭숭 나 있는데, 체온도 또 정(情)도 있다고 하며, 다른 쪽 부분은 반대로, 온기나 정은커녕, 얼음보다도 더 차가운 비늘로, 그것도 아흔아홉 잎이나 덮고 있는바, 그것들은 금강석까지도 깨뜨려낼 만큼 단단한 것들이라고 했다. 그리고도 독룡의 턱 밑엔 역린(逆鱗)이 하나 있는데, 어떤 경우 그것이 긁혀 세워지면, 무수한 배와 집들을 부수고 날려버리는 노도와 태풍이 인다고 했다. 허으야 허-, 얘기는 재미있게 되어가는다, 라는 것은, 하는 말대로 좇으면 그렇다, 라는 말은, 저 독룡은 예의 저 제물에 다가가면, 먼저, 털 난 왼쪽 팔을 내밀어, 제물이 되어 있는 것이 그 가슴에 안겨들기를 청원한다는 것이다. 그때, 그 제물이 된 처자아이가, 어떤 형언할 수 없는, 이상스러운 호애감에 의해, 그 털 난 가슴에 안겨들면(짐승의 수놈과 사람의 암컷 간에는, 어떤 그런 친밀감이 있다고 이르잖느냐), 다른 일은 없이, 그 순결한 신부를 안고, 제놈의 아방궁에로 들어가, 그 한 해, 그 같은 날까지 저물도록 슬카장 지내고, 그리곤 시녀를 만들어버리는데, 그 시녀가, 뭍과 고향에 대한 그리움을 여의지 못했으면, 몸에 그 그리움으로 깃털을 돋과내고, 새의 부리에 새의 발톱을 꾸며내선, 친정이 있는 뭍과, 시집이 있는 물 사이를, 그리움으로 맴도는 끼욱새가 된다고 한다. 저런 맺음은 혼합(婚合)이라는 말 대신 영합(迎合)이라고 이른다 했다. 그렇지 않고, 저 제물이 되어 있는 처자가, 저 독룡에 대해 공포와 혐오증을 일으키고(친밀함의 다른 쪽 얼굴은 또한 이와 같지 않겠느냐) 저항을 보이면, 독룡은 그 당장, 비늘 덮인 팔을 내밀어 저 제물을 냉큼 쥐어들어 한 입가심해버린다는데, 그리곤 거대한 파도를 일으키며, 만 근의 아편과도 같은 인육이 주는 짜거움을 즐기기 위해 또한 자기의 궁으로 돌아가버린다는 것이었다. 이것을 '순제(殉祭)' 라고 이른다고 하는 것이거니와, '영합' 이든 '순제' 든, 그러고 나면, 그 왕국의 그해 치의 안녕과 풍요는 약속되어진다고 했다. 했으나, 오호 통재라! 그 왕국을 덮은 암울한 기운은 하루도 개인 적이 없어, 그 바닷가 왕국은, 실제로는 그 독룡의 비늘 덮인 손아귀로부터 벗어나본 적이 없었는 듯했다.

각설, 그러는 중에, 하늘에서는, 황도(黃道) 열두 발(點, 時) 길이 중, 그 한 발 길이의 누런 뱀(巳)이, 그날 치 천지를 운영하는 법의 수레를, 그 한 발 길이만큼 끌어와(하늘 누른 길 한 발 길이는, 아니면 法은, 끌기도 허기진 일인 게다), 다음 한 발 길이를 끌어가려 기다리고 있는, 모든 그림자들까지도 평등하게 여기는 자비스런 소(牛)를 다 삼켜버리려, 그 꼬리를 물고 덤비고 있었는데, 때엔, 뭍과 물이 맞닿은 저 왕국에서는, 검은 물뱀이, 독아를 벌려 뭍의 뒤꿈치를 물어 빨아들이고 있었다. 저 누런 뱀(巳)이 저 소(牛)를 다 삼켜버린다면 하늘에서는, 일순 모든 것이 정지하고 침묵 속에 떨어져드는 아픈 죽음이 있을 것이지만, 그러는 어느 일순, 제 몸보다도 더 뚱뚱하고 큰, 제놈의 독으로써는 도저히 삭혀낼 수 없는, 자비의 큰 이물덩이를 뱃속에 넣은 저 뱀은(허기 탓에 뭐든 입가심을 안 하고는 안 되었거들랑은, 차라리 고슴도치를 한 마리 통째로 삼켰던 것이 나았을 것을!), 속에서 불어나는 이물 탓에, 창자가 찢기고 살갗이 트는 아픔에 못 견디다, 결국은, 황도변 가시쟁이라 허물을 벗고, 소를 먹어서는 염소(未)를 태어나게 할 것이었다. 지금은 그리고, 하늘에서는 저 큰 뱀이, 저 큰 소의 꼬리를 물어 빨아들이는 그 시각이어서, 바다에서는, 뭍에 앙심을 품은 듯한 파도가 구름까지 높아지고, 천둥 번개를 거느린 비바람도 더욱더 세차지고 있는데, 저녀러 덱씨러질녀러 그라이 자매들은, 하나밖에 없는 눈에서 불이 나 타 스러지도록 서로 돌려가며 보면서, 흐흐흐, 히런 세상 지랄맞게도 재미힜어 죽지 못 살겠다고, 캐클캐클 홋으며, 모든 곳에다 눈깔을 박는다. 눈깔을 팍 찔러버릴누무 노파들, 단애 위의 땅에서는, 독룡이 치리하는 일곱 바다의 이런 침공에 속수무책으로, 그곳 운영하는 왕과 백성들이 공포에 질려, 넋들을 갈매기들 모이에 주어버리고 있다. 저 칠해의 왕 독룡은, 그 가장 깊은 곳에 잠재워왔던, 무량겁 전의, 땅에 대한 원한의, 검듸검은 불, 그것은 '말대가리의 꿀'을 꾸며 있다고 이르는, 그 독두까지도 잠을 깨워 일으켜세운 모양으로, 아니면 그 자신이 그 깊은 잠을 떨치고 일어난 모양으로, 거대한 마두(馬頭)를 삘그렇게 꽂아세워, 암내 낸 암말께 달려오듯 뭍을 향해 달려오고 있다. 단애 위에 선 왕과 그의 백성들이 보았기엔, 그 괴물은, 그 자체가 팽대한 하나의 검은 색근(色根)이었는데, 수미산 크기였고, 발정하여 떨며 괴로워하고 있었다. 그런가 하고 있으면 그것은 어느 순간, 천으로 만으로 천만으로 분신을 치러놓고 있다. 그때 다시 보면 그는, 비바람 모질게도 센 날, 무섭게도 뒤집히며 끓는, 그냥 그런 인(仁)함이 없는 바다였다. 수상쩍되 재미있는 것 한 가지는, 바다, 특히 파도와 관련된, 뭍의 사람들의 말(馬)의 상상력이라는 것이다. '화현해 있는 이 우주의 최후의 날을 준비하고 있는, 그 파괴의 힘' 또한, '말대가리 꼴의 불로서, 바다의 그중 깊은 곳에 숨어 잠자고 있다' 는 것도 그것이려니와, 생성한다는 물의 깊은 곳에, 파괴의 불이 잠들어 있다는 것은, 얼마나 수상쩍은 얘긴가, 예술가들은 또, 달려오는 파도에서, 말과 갈기 털 등을 보는데, 이런 상상력은 아무래도 수상쩍다. '한낮에는, 말은 장님이 된' 다는데, 이래서 보면 말은, 음지(저승)의 동물인 듯하기는 하다. 그리고도 그것은 말(言語)과 같이 불의 상징을 입는데, 이 불은 그렇다면 빛과는 다른 것임을 알게 하기는 한다. 이래서 보면, 물 속에 숨겨져 있는 말대가리 꼴의 불은, 다름아닌, 모든 수컷의 고환 속에 잠들어 있는 '정수' 와 유사성을 갖는 것이 분명한데, 문제는 그러자, '생성의 힘' 그 자체인 것이 어째서 '파괴의 힘' 이라는지, 거기에 있다. 그러나 이것은, 이런 문제로 행망을 부릴 자리는 아니기는 아니다. 아님에도, 아님으로 건너뛰고, 휩쌓아잡아 말하기로 한다면, '종말론' 을 고수하는 편에 서기로 해서, 꼭히 종말의 날이 오기는 올 것이라고 하면, 이 '생성의 힘' 은, 뒤집으면 곧장 '파괴의 힘' 그 자체라는 얘기 한마듸쯤은 없어둘 수도 있을 것이다. 종말이 곧 시작이라면, 이 파괴의 힘은 곧장 생성의 힘으로 바뀔 것인 것. (그래서 쉬바는 브라흐마이고, 브라흐마는 쉬바인 것.) 우리들은 헌데, 뭍이 가장 소중하게 여기는 것, 아직 때묻지 않은 것, 장차 어미가 되어 뭍을 풍요하게 할 것, — 우리들의 공주를, 무방비로, 그리고 구해주러 달려올 용감한 왕자로부터의 일자 소식도 들어보지 못한 채, 저 아랫녘 바위 위에 던져두고, 이게 무슨 하릴없는 행망이란 말인가? 백만의 흑기병의 옹위를 받으며, 떼 갈매기와 그라이 자매들을 시녀로, 귀 있는 것들의 고막과 혼을 찢고 드는 우렛소리, 눈 있는 것들의 눈알과 심장을 도려파내려는 번개를 거느리고, 칠해의 임금님은, 조금도 서두름이 없이, 눈앞의 제물을 멀리 두고, 눈으로 마음으로 흠향하며, 다가오고 있거늘, 아으, 온다던 왕자로부터는 누가 일자 기별이라도 가져왔느냐? 뭍과 물이 상극하여, 천지가 혼란하고 혼돈스럽거늘, 그래도 이럴 때 땅은, 퍼부어지는 아픔을 싸아안아들이고 인고하기로써, 그녜 속에서 '염원의 보석(Wishing Gem)' 을 굽고 있음인 것. '민중과 대지는, 아래로 더 내려갈수록 호꼰하다' 고 이르는, 지리학적 상상력은 여기에 기인할 터. 그러면 이제, 무엇이 씨앗에 눈을 틔우고, 무엇이 꽃에는 여러 색깔의 물감을 들이는지, 또한 무엇이 자라나는 계집아이의 젖몽오리를 채우는지, 그리고 무엇이 불알을 욕망으로 여물게 하는지, 그런 것에 관해서는 묻지 않아도 알 일. 무량겁 내달려와, 뭍을 삼키려는 바다가 노리는 것은, 바로 저것일 테다. 하기는 오늘은, 일 년에 한 번씩 오는, 그 왕국의 최후의 날이기는 했다. 이 왕국의, 오늘 치의 이런 운명의 법을 수레에 실어 황도에 올랐던, 그 누런 뱀은, 지금쯤, 저 큰 소의 엉덩이판을 물어 빨아 삼켜들이고 있는 중이었을 것이다. 이때에 이르러선, 왕과 그의 시종들이 탄, 잘 훈련된 준마들까지도, 공포 탓에 울부짖으며, 뒷다리로 벗쩍 서는가 하면, 앞다리로 허공을 긁어 그 허공에다 상처를 냈는데, 까닭에 양탄자 위로만 걷던 많은 고관들이, 천민들이 흘린 땀에 젖은 땅에 내동댕이쳐지곤 했다. 말들은 그리고 미쳐서, 지엄지고하신 주인들을 내팽개친 채, 내륙 쪽으로 달려가버렸는데(畜生은 축생이로고!), 떼 우레와 떼 번개는, 도망치는 것들의 꽁무니며 뒤꿈치로도 부지런히 따라붙었다. 도망칠 자리라도 있던 것이 아니던 게다. 캐-캐-캐(그라이 자매들 캐클거리는 소리), 쏴-쏴-쏴(그라이 자매들 한숨 내뿜는 소리). 그러는 혼란 속에서도 왕의 시종들은, 젖은 홍포 위에다 우장 입히고, 찢겨 펄쩍이는 우산이라도 받쳐들려 하기에 애들을 쓰고 있었다. 딸의 안위가 염려되는 중에도 임금은, 우장 입고 우산 밑에서 있다. 이빨을 부딪치고 게거품을 뿜어내며 왕은, 붉은 양탄자 위로만 걸으며, 원한다면 무죄무고한 인명이라도,

눈 한 번 깜박임 없이 죽일 수도, 누구의 무엇이라도 빼앗을 수도 있는 자기도, 별수 없는 인간이라는, 그 수치를 드러내는 데 조금도 수치스러운 줄을 모르고 있었다. 이런 경우엔, 왕이라는 것이 쓴 왕관이라는 것도 똥 묻은 오리대갈통보다도 나을 게 없어 보였다. 흘레하다 구정물 맞은 똥개 꼴로, 눈을 희번덕이며, 흰 투구에, 흰 갑옷 입고 흰 말 타고 와 독룡을 퇴치해줄 용감한 왕자나 기다리고 자빠졌다. 그러나 그로부터는 기별 일자(一字)도 없잖사옵니까? 고정하시옵소서! 안됐게도 그러자니, 우리들의 공주는 천애의 무남독녀였다. 지수화풍(地水火風)이 적 되어 일어나 서로 치고 덤비는, 그 가장 괴로운 일점에, 한 나라의 공주가, 다만 혼자였다. 홀로, 이 거대한 운명을 감내해야 했다. 황도의 가운데서, 누런 구렁이에 꼬리를 물렸던 소는, 시방 허리께까지 빨려들며, 운명을 인고하고 있다. 모질은 죽음은 수도 없이 왔으며, 한 번 올 것이 느리게도 참으로 느리게도 오고 있었다. 때에, 바다의 한가운데, 그 가장 깊게 여겨지는 데로부터, 천의 우레를 일시에 터뜨리는 듯한 굉음과 함께, 하나의 물기둥이 솟구쳐 올랐는데, 그건 수미산 크기는 되었다. 그것이, 지수화풍의 적의와 살기를 모두 빨아들였든, 아니면 그 자체가, 적 되어 일어난 저 사대(四大)의 화신이었든, 그것은 알 수가 없으되, 그것이 일어남과 동시에, 그 일점은 갑자기 조용해져, 달빛에라도 덮인 듯, 별랑도 고요하고 잠푹하기만 했다. 폭풍에도 눈이 있다면, 적 되어 일어난 사대의 소용돌이 속에도 어찌 눈이 없겠느냐. 그러했으므로 해서 가까스로 정신을 수습한 공주가 내어다본 거기에는, 아으 천지신명이여 감사하여이다, 흰 투구에, 흰 갑옷 입고, 벼락을 손에 굳게 쥐어, 여름 뭉게구름 같은 흰말께 탄, 거의 마주할 수 없으리만큼 빛나고 영준한, 왕자가 있었다. 그 순간 공주는, 어떤 종류의 항거할 수 없는 무력감을 느꼈는데, 거미줄에 걸려 둘둘 말려져버린 나비모양, 왕자의 시선에 감겨 공주는, 전신이 경직에 당하기뿐만 아니라, 말초신경으로부터 영혼까지도, 추위에 떨듯 떨고 있음을 감지했다. (에잇 이거, 늙다리 稗官이, 젊은네들 마시는 묘약을 찔끔여보려니, 마른 고환 속에 서낭당 夜鬼가 출몰한다. 숯 속에서 山紅이를 불러내려 하면, 산홍이가 숯 속에서 웃는다. 咄, 小說하기의 雜스러움!) 그래도 그것은 이상할 일은 아니다, 젊은 처자여, (메시아는 모든 개인들께도 하나씩 오기도 하거늘!) 어떤 간절한 기다림으로 심정이 준비되어 익어버리면, 그런 어떤 운명적인 순간에, 그대는 그대 속에서 '백년의 잠' 을 깨고 일어나다. 세상은, 그제나이제나 별로 다름이 없음에도, 달라져 있다. 그대는 지금 사랑을 하고 있는 것이다. 그것이 주는 고통은 증오와도 같으며, 그것이 갖는 힘은 죽음과도 맞먹는다. 공주는 그리하여, 젖고, 찢어져 한 뼘의 살도 가릴 수 없이 된 옷을 깜냥으로는 여미고, 일어섰다. 그리고 팔을 벌려 그를 영접하려 했다. 그러다 공주는 다시 쓰러져버렸는데, 그때 보였던 그는, 자기를 구하러 온 용감한 왕자가 아니라, 비늘 덮인 용두를 드러낸, 바로 그 독룡이었던 것이다. 그러나 이번엔, 절망하고는 있었으나 공주는, 두려워하지는 안했다. 어깨를 들먹이며 공주는, 전신으로 흐느꼈다. 하나의 희망은 그렇게도 쉽게, 절망의 아가리에서 녹아져버리던 것이다. (咄, 小說하기의 雜스러움! 패관이 묻힌 무덤에서 돋아난 할미꽃도, 뭔지 고스랑 고스랑 재밌는 얘기를 풀어낸다고, 동네 애새끼놈들이라도 모여들작시면, 벗쩍 일어서 디립다 오줌이나 갈겨주고 말 테다.) 저 바다의 왕은, 조금도 서두르고 있는 것이 아니었다. 그는 천천히, 길고 가느른 검은 혀를 내둘러 입맛까지 다셔가며, 그리고도 천천히, 노련한 바람둥이가 그러하듯, 자기의 신부께 다가오고 있는 것이었다. 모든 걸 포기해버린 공주께는, 미구에 닥칠 곤욕이나 처참한 죽음보다도, 느리게도, 한 탄지경 흐르기에도 천년이나 만년이나 걸리는, 그 느린 시간이 못 참을 것이었다. 그러는 중에도 공주가 얼핏 내어다보면, 휜말

탄 늠름한 기사가 거기 있었으며, 다시 눈 한 번 가렸다 내어다보면, 비늘 덮인 추악한 독룡이 거기 있었다. 일순 그에게 몸을 맡기고 싶은 욕망이 일었는가 하면, 다음 순간엔 그에 대한 형언할 수 없는 혐오와 증오 탓에, 몸을 줄였다 지워버리고 싶은 역욕망이, 공주의 심정 속에서 뒤엉켰다. 이런 욕망/역욕망은, 한 탄지경에도 수없이 반복, 번복되었다. 그랬으므로 공주는, 자기의 두 눈을 의심하여, 사정도 없이 누르고 찔러보기도 했는데, 한 눈은 독룡을 보고, 다른 눈은 왕자를 보는 것이나 아닌가 해서 그런 것이다. 공주가 알아낸 것은 그리고, 그 둘은 하나였거나, 하나가 둘이었다는 것이다. 그리하여 공주는 얼핏, 저 바다왕의 왼쪽 부분은, 체온도 또 정도 있다고 하며, 다른 쪽 부분은, 차거운 비늘을 아흔아홉 잎이나 덮고 있다는, 그의 정체에 관해서 전해진 말을 기억해낸다.

—공주여, 이제는 흐트러진 몸매를 추스르고, 눈뜬 사랑에 관해서 생각해야 할 때이니라.

때에 공주는 그런 소리를 들었는데, 그건 백기사의 입술에서 흘러나온 것이었다. 그 음성은 단호한데다, 귀 가까이에서 친 징소리와도 같았다.

—사랑은 그런데 치골에 고인 묘약인 것. 신부여, 나는 신랑으로서 그대에게 가고 있음인 것.

그런 소리도 들렸는데, 그것은 독룡의 입술에서 흘러나왔으며, 공주의 귀가 들었기로는, 그보다도 더 달콤한 음악은 없을 듯했다. 때에 공주는, 독룡에 대해서도 물론이거니와, 왕자에 대해서는 더 많은 증오를 느껴내고, 일순이나마 자기가 바쳤던 그 사랑을 저주했다.

—공주여, 지금 그대는, 형언할 수 없이 독한 증오를 경험하고 있을 터이다. 지금은 그것을 태워 올릴지어다, 그것이 지금 그대를 일으켜세울 그 힘이기 때문이다. 그리고는 그대 머리를 들어, 그대의 미래를 내어다볼지어다, 그 미래의 양수(羊水) 속에, 그대의 미래가 자라고 있음인 것. 그대는 아무리 하여도, 사랑밖에, 그것을 미워할 수는 없을 것, 그러면 그대는 그대 자궁의 그 양수를 길어다, 현재의 그대의 타는 증오의 불길에 뿌려, 꺼야 할 것이다. 그렇지 않는다면 그대는, 낙태(落胎)나 괴물(기형아)의 출산을 면치 못할 것이다. 그대는 지금 남자의 지남을 경험해본 적 없는 순결함 자체이되, 그것은 준비며, 완성이 아닌 것, 완성은 어머니까지다. 그대의 순결을 파열하려 덤비는 위험 앞에서, 회피할 수 없다면, '여자' 라는 바르도를 거쳐, '어머니' 라는 승리를 거두는 것에 시선을 모아야 할 터이다. '여자' 는 굴욕적이되, '어머니' 는 신성하다. 완성된 '순결' 은 그것이다. 거기 여성의 승리가 있다. 지금은 그러

므로 사랑만을 생각해야 할 때이다. 왜냐하면, '사랑, 그것은 불가능한 죽음' (김진수, 『사랑, 그 불가능한 죽음』 참조. 그래서 보니, 흐흐흐, 저 왕자는 김진수도 닮았구나)이기 때문이다. 태초로부터 천지가 혼탁하여 악·마·사·죄 등, 온갖 부정적 파괴적 힘이 난동해왔으나, 세상이 살 만하게 세상일 수 있었던 것은, 그 모두를 중화시키거나 용해할 수 있는 다른 힘이 있어온 까닭인 것 — 그 힘이 사랑이라고 불리어오는 것.

— 공주여, 그대는 처녀를, 여자를, 남자에게 희생하기에 의해서만, 그리고 순종하기에 의해서만, 그 값으로 어머니일 수 있게 운명되어진 자. 여자여, 그대는 여자, 남자가 뿜는 정수를 받아 담기, 라는 그 목적을 위해 만들어진 그릇, 그것이 그대의 임무(달마)인 것. 그럼에도 그 '그릇'을 두고 '신비한 암컷(玄牝)' 이라고 이르는 것은, 남자로부터 정수를 훑어 뽑아내기 위해, 그것 속에는 쾌함이 준비되어 있기 때문인 것. 사내들은 시시때때로, 변기에 대고 오줌을 누지만, 배설의 쾌감밖에, 그 변기로부터는 아무런 즐거움도 얻어내지를 못한다. 그러나 '신비한 암컷'에 이르르면, 그것은 그 속에 한 벌의 지옥을 갖춰서는, 천상적 희열을 꽃피워내는 것, 신비롭고 신비롭도다. 그러나 사내의 내방이 없어 그것은 '잠근 우물' 일 뿐. 칠해에 던져

진, 나는 우라누스(Uranus)의 짤린 근이거니, 그 끝없는 생식력 ―, 암내 낸 암말께 덤비는 수말로서, 나 그대를 덮으려 하느니라. 뭍이 소중하게 여기는, 그 순결 속에다, 수옥(水獄)을 터뜨려 넣으려는 것이다.

때에는, 황도의 누런 구렁이가, 그 황도의 소 한 마리를 거의 다 삼켜들이고, 하품하듯 턱뼈를 움직여 입을 닫으려는 중이었는데, 그 목구멍 안쪽에서 소는, 뜨고 밖을 내어다보았던, 눈을 감고 있었다. 그러자 천지에 일순 암흑이 덮어들었는데, 걷히자, (단애 위의 사람들이) 보니, 공주가 펴져 누워 있던 그 뭍과 물의 경계에는, 두 잎짜리, 한 송이 붉은 연(蓮)이 별랑도 아름답게 피어 있고, 다른 일은 없었는 듯했다. 그 연이 핀 인당수는, 별랑도 깊고, 고요했다.

거기 그때, 무슨 일이 일어났던 것일까, 를 의문하는 사람들에 의해 만들어진, 후일담이 없을 수는 없을 것이었다, 라는 것은, 공주는 그 일 이후 아들을 낳았는데, 하필 어지자지(남녀추니)라고 했고, 독룡은 그런 이후 뼈만 오소록이 남겼는데, 그 왕국의 남자들이 그것을 모아다 재조립하여서는, '디노사우르(다이나소어)' 라는 이름으로 숭배하기에 이르렀다고 이른다. 어지자지들은, 이 디노사우르 앞에 설 때마다, 자기네들의 생식력을 위해 기도하고, 엔네들은 그의 거대한 귀두에 입맞추기로 예배하여, 이남일녀 점지를 기원한다고 한다. (咄, 세상 모든 부모들이 다 二男一女의 복을 받았다가는, 사내 하나는 노상, 한 계집의 첩살이 노릇밖에 할 짓이 없겠구나.) 그렇게 되어, 세상은 아직도 잘되어가고 있다고 한대.

* 이 좁쇠리는, 「迎合이냐, 殉祭냐」를, 그 끝부분만 변작한 것인데, 저것(「迎合이냐, 殉祭냐」)은, '소설가의 수필' 이었으며, 이것은, 구태여 이름을 붙이자면 '소설가의 소설' 인 것이다. 저것은, 이 시대의 작가와 독자 사이의 문제를 살펴보았던 것이라면, 이것은, 가, 가맜자, 독자의 몫인 것을 작가가 앞나서서는 될 일이 아니겠다. 추악해서 아름다운 것도 있다면, 그 '앓음다움' 은 이런 것일 테다. 티 베미.

| 해설 |

바르도에서의 여행, 그것의 꿈꾸기

김명신(문학평론가)

1. 수피(獸皮)에 유폐된, 그 비극적 작품을 위하여

박상륭은 노작 『칠조어론』에서 깨달음을 '고치' 에서 벗어나는 것으로 표현했던가. 그의 소설은 뚫고 지나가야 할 하나의 두터운 벽이고 터널이자 미로이다. 그 숨막힐 듯한 고통을 견뎌내고, 긴 터널을 더듬거리며 통과했을 때 은총처럼 맛보게 되는 경악과 탄성조차도 작품의 한 부분을 이룬다. 박상륭 소설의 독자는 '유리' 나 '촛불중' 이 그러했듯 그 운명과 소명에 사로잡힌 자이며, 자신도 모르는 사이 어느새 작품의 인물을 따라 영적 순례의 행로에 따른 동반자가 되어 있는 자이다.

박상륭과의 정신적 교감, 이 난해한 소설과의 의사소통은 이렇게 주인공 각설이와 구도적 순례를 함께 하는 적극적 의지와 분투를 통해서만 이뤄질 수 있다. 감동은 정신적 혼란을 동반하여 찾아오고, 혼란은 더욱 가중되도록 부추겨진다. 그 혼란 속에서 고통스러워하거나 비틀거리는 것은 작가도 주인공도 아닌 곧 나 자신이다.

박상륭 문학이라는 이 긴 터널을 빠져나오기 위해 나는 『칠조어론』의 읽기에 미친 듯이 매달렸었다. 끝도 없이 콤마로 이어지는 작가의 날숨과 들숨의 그 숨결을 따라가는 그것은 차라리 씨름이었고, 전쟁이었다. 작가가 뱉어내는 몽상의 가지들, 무수한 말들의 파편 속을 천국과 지옥을 오가듯, 나락으로 추락했다가 다시 그의 말의 조각을 붙잡고 늘어짐으로써 상승하는 비상에의 기쁨을 수도 없이 반복했고, 그런 분투 후에 나는 은총처럼 희열에 잠길 수 있었다.

『칠조어론』은 낭만적 감상성과 예측 가능한 이야기 구조가 주는 어설픈 감정의 고양을 철저히 거부한다. 그의 소설이 주는 이 희귀한 희열은 온 정신과 영혼을 뒤흔들어 놓고 그 마지막 즙까지 다 짜낸 후에 독자 자신도 미처 감지하지 못할 정도로 서서히 채워져오는 종교적 영성에 기반한 충만감 바로 그것이었다. 그리고 그것은 하나의 전율이었다. 고단하고 긴 영적 순례의 길 끝에 작가가 체득하게 되었던 어떤 영혼의 떨림과 전율, 자신만의 독자적 사유의 영역, 그 문을 열어제쳤다는 흥분과 자신감, 그 오만하리만치 당당한 한 작가와 나는 대면하게 되었고, 그것은 나로서는 행운이었다.

작가와 소설 속의 주인공과 함께 하는 영적 유랑이라는 것은 이런 것을 의미한다. '유리' 나 '촛불중' 은 작가의 분신만이 아니라 곧 나의 분신이기도 한 것이다. 나 자신이면서도 또다른 내 안의 자아와의 싸움은 너무 치열하여 나는 절망하고, 외롭고, 그렇다. 이 처절한 외로움과 함께 밀려오는 이 삶에의 충동, 그것이 박상륭 문학이 주는 가공할 힘이다.

그러나 그 탁월한 성취에도 불구하고 『칠조어론』은 독자들로부터 외면당함으로써 완전히 '유폐' 된 작품, 작가가 자주 쓰는 표현을 하자면 '유형수(流刑囚)' 와 같은 존재, '수피(獸皮)' 안에서 수피로 인해 괴로워하며 그것을 떨쳐내지 못한 채 홀로 고독하게 몸부림치는, 유기(遺棄)되고 유예된 저주받은 작품이다. 이 찬란한 우리의 예술이 어떻게 짐승의 세계로부터 구원받을 수 있을 것인가. 이런 의문이야말로 『칠조어론』만이 아닌 그 이후 그의 글쓰기[1)]

가 갖는 의미망을 설명해줄 수 있다고 나는 믿는다.

2. 몽상의 가지치기―『평심』『산해기』『잠의 열매를 매단 나무는 뿌리로 꿈을 꾼다』

『칠조어론』 이후 박상륭의 글쓰기 작업이 어떻게 이뤄질 것인가는 그러므로 주목의 대상이 된다. 오로지 '죽음'이라는 하나의 주제만을 파오면서 온갖 사상적 편력을 감행해왔던 작가가 가히 사유체계의 집대성이라 할 작품 『칠조어론』을 산출했다는 사실, 그리고 이 작품은 작가 스스로의 사유만이 아니라 기존의 사유에 대한 전복과 도발을 작품의 추동력으로 하고 있다는 것을 주목했을 때, 그의 사유의 부정성이 어디까지 도달할 수 있을 것인가는 우리의 관심사일 수밖에 없다.

『칠조어론』 이후의 작품은 『칠조어론』의 분신들로서

1) 『칠조어론』에서 박상륭이 보였던 글쓰기의 특징에 대해서는 300여 페이지에 달하는 글을 이미 써놓았다. 이 원고는 내가 도저히 납득할 수 없던 어떤 이유로 어쩔 수 없이 나의 박사학위논문에서 제외되었던 부분이기도 하다. 그것은 그렇게 혹독하게 된서리를 맞고 동면하고 있는 중인데 조만간에 지면을 통해 발표하려고 한다.

'이삭줍기'[2)]이자 '아자가라계'를 수행하는 한 방편으로서의 문학적 결과물들이며 이때, '이삭줍기'는 그의 문학적 행보의 연속성, 죽음의 탐구에 바쳐지는 문학적 편력의 다른 이름이다. 이는 『칠조어론』을 독파하지 않은 상태에서 그 이후의 작품들을 정확히 읽어내기는 어렵다는 것을 뜻한다. 『티벳 사자의 서』에 대해 융이 닫힌 체계에서 시작하여 닫힌 체계로 끝나는 책이라고 했듯 『칠조어론』의 세계도 닫힌 체계에서 시작하여 닫힌 체계로 끝난다. 그리하여 『칠조어론』에 뿌려진 이 연쇄적 은유의 그물망들을 뚫고, 고도로 계산된 박상륭식 조어와 박상륭식 은유의 고리들을 파악하고 나서야 우리는 『칠조어론』 이후의 작품집에 대해 말할 수 있게 된다.

이번 작품집인 『잠의 열매를 매단 나무는 뿌리로 꿈을 꾼다』(이하 『뿌리로 꿈을 꾼다』)는 『평심』 『산해기』에 이어 『칠조어론』 이후에 나온 세번째 작품집이다. 여기에는 「두 집 사이」 연작 네 편과 「混紡된 상상력의 한 형태」 네 편, 그리고 「영합(迎合)이냐, 순제(殉祭)냐」 「순제(殉祭)냐, 순

2) 김사인과의 인터뷰, 「누가 저 공주를 구할 것인가」, 『박상륭 깊이 읽기』, 문학과지성사, 32쪽.

난(殉難)이냐」 등 열 편이 수록되어 있다. 형식상 「두 집 사이」 연작은 소설집 『평심』을 잇는 작품들이고 「混紡된 상상력의 한 형태」와 나머지 두 편은 산문집 『산해기』를 잇는 계보이다.

이러한 장르의 혼재 현상은 작가가 이미 『칠조어론』에서 운문과 산문, 소설과 수필의 경계를 넘나드는 글쓰기를 해왔던 것과 관련된 것으로, 『평심』과 『산해기』로 분리되었다가 다시 『뿌리로 꿈을 꾼다』에서는 그 혼효되어 있던 장르들이 소설의 이름으로 다시 만나게 되었음을 뜻한다. 「영합이냐, 순제냐」와 「순제냐, 순난이냐」의 두 작품을 '소설가의 수필'과 '소설가의 소설'(259쪽)로 표기하고 있는 것은 바로 박상륭 문학의 형식적 특성을 단적으로 보여주는 것이다.

『칠조어론』 이후의 작품들에서 드러나는 글쓰기의 특징은 먼저, 『칠조어론』에 대한 주석적 글쓰기라고 할 수 있다. 이것은 작가가 『칠조어론』을 경전의 반열 위에 올려놓고자 했던, '문학 아닌 문학'을 추구한 매우 특수한 글쓰기를 목표로 했던 것과 관련되며, 더불어 『칠조어론』이 갖는 극도의 난해성에 대한 작가적 배려로 볼 수 있다.

내용면에서는 이들 작품집들이 대중사회를 향한 통렬한 비판에 바쳐지고 있다는 데 그 특징이 있다. 이러한 작품적 경향은 '흥행' 만을 노리는 대중사회의 집단과 그 미디어들의 천박함에 대한 일갈이자 외면당하고 있는 순수문학을 위한 작가적 항변이며 이 시대를 향한 하나의 문명비판이다.

이 점은 '독룡(毒龍)' 이란 단어의 외연이 어떻게 확장 변화되고 있는지를 보면 분명해진다. 『칠조어론』에서 작가의 사유를 구축하는 핵심적 개념이었던 '독룡' 은 프라브리티의 구조, 삶과 죽음이 영원히 갈아드는 저주스런 축생계(畜生界)적 현실의 은유이자 '마음의 환' '무명(無明)' 에 대한 비유적 총칭이었지만, 『칠조어론』 이후에는 존재의 내면에 깃들어 있는 '짐승됨' 으로서의 '무명(無明)' 이 '대중' 과 '대중문화' 의 표제를 달고 나타난 것이다.

특히 『산해기』는 한마디로 말해서 '누가' 저 '독룡' 들을 '퇴치' 하여 '공주' 를 '구할 것' 이냐로 압축될 수 있다. 박상륭 작품에서 " '공주' 라는 암호는 우리들의 魂(아니마)의 의인화"[3]이자 '개아(個我)' 이며, 이것과 대극적 위치에 있는 개념이 바로 '집단적 無我' '군중' '대중' 이나 '흥행' 의 얼굴로 나타나는 '물질주의' [4]이다.

---

3) 『칠조어론 1』, 문학과지성사, 154, 156쪽.

4) 「아으, 누가 이 공주를 구해낼 것이냐」「산해기」, 『산해기』, 문학동네, 11, 146, 181쪽.

그럼, 진정 작가가 소망하듯 누가 저 독룡을 퇴치할 것인가? 이것은 천박한 대중적 상업성에 휘둘리지 않는 고급 독자들, 그 '누구'로 소명받을 지적 정예들을 향한 외침이다.

이번 작품집에서 두 작품 「영합이냐, 순제냐」와 「순제냐, 순난이냐」는 바로 이와 같은 인식의 소산이다. 「영합이냐, 순제냐」는 대중과 대중문화에 의해 유전되는 현대사회를 이기적 상황으로 파악한 박상륭의 고도의 알레고리이다. 대중과 대중문화에 '영합'할 것인가, 아니면 그것에 저항하여 '순제'의 길을 택할 것인가. 그는 독자들에게 결단을 촉구하고 있는 것이다.

개작한 「순제냐, 순난이냐」에서는 앞 작품과 동일한 구조로 시작하지만 공주나 왕자의 함의[5]가 달라진다. 요컨대 독룡은 생식력과 파괴력의 상징이자 동시에 공주가 기다리던 왕자이기도 하다. 이때 이 '독룡-왕자-공주'의 도식은 『칠조어론』에서 비의적 성교로 구조화된 일음이양(一陰二陽)의 원리로서, 일음이양의 구도는 박상륭 소설에서 살욕과 성욕의 상극적 균형을 이루려는 출생계의 원리이자, 존재와 우주의 비의를 보여주는 하나의 묵시록으로

---

5) 「영합이냐, 순제냐」가 작가와 독자의 문제를 다루고 「순제냐, 순난이냐」가 독자의 몫을 다루고 있다고 작가는 논평하고 있다. (259쪽)

구조화되고 있는 것이다.

그렇다면 「순제냐, 순난이냐」에서 '독룡'은 '퇴치'해야 할 대상이 아니라 '살욕' '파괴력'의 은유로서 껴안고 나가야 할 운명적 존재이다. '소설'을 상징하던 '공주'가 남근적 생식력을 운명으로 여기고 수용하게 되는 것은 이런 이유에서다. 이때 음양의 교합은 '사랑'의 이름으로 비약되는데, 왜 작가는 대중사회의 독아(毒牙)를 치유하고 우리의 '개아(個我)'를 구출하고자 하는 이 부분에서 갑자기 '사랑'을 이야기하는 것일까?[6)]

'여자'라는 바르도를 거쳐, '어머니'라는 승리를 거두는 것에 시선을 모아야 할 터이다. '여자'는 굴욕적이되, '어머니'는 신성하다. 완성된 '순결'은 그것이다. 거기 여성의 승리가 있다. 지금은 그러므로 사랑만을 생각해야 할 때이다. 왜냐하면, '사랑', 그것은 불가능한 죽음(김진수의 『사랑, 그 불가능한 죽음』 참조. 그래서 보니, 흐흐흐, 저 왕자는 김진수도 닮았구나)'이기 때문이다. 태초로부터 천지가 혼탁

---

6) 나는 작가에게 여성의 구원은 어떻게 이뤄질 수 있는가를 줄기차게 질문해왔는데 (「식물적 순환과 회귀의 서사」(『박상륭 깊이 읽기』), 「전복과 변형의 미학」(『애산학보』 22집)) 이 부분에 대해선 추후에 다시 써보려고 한다.

하여 악·마·사·죄 등, 왼갖 부정적 파괴적 힘이 난동해왔으나, 세상이 살 만하게 세상일 수 있었던 것은, 그 모두를 중화시키거나 용해할 수 있는 다른 힘이 있어온 까닭인 것 — 그 힘이 사랑이라고 불리어오는 것.

여성은 바르도이며, 여성은 굴욕적이되 어머니는 신성하다는 것, 순결의 완성은 바로 어머니됨에 있다는, 이 '어머니됨' 에 대한 극도의 상찬, '어머니' 에 대한 숭배에 가까운 경모는 어머니를 우주적 자궁으로서의 존재의 연금술적 변환을 위한 원료(프리마 마테리아)로서 파악하고 있는 것이다.

3. 중음(中陰)에서의 순례

「두 집 사이」 연작에서 '두 집 사이' 라는 것이 개구리의 원형적 상징성에 기반한 과도적 존재를 의미한다고 할 때, 「두 집 사이」 연작은 윤회에서의 고리를 끊고 대자유에 이르기를 소망하는 영혼의 중음에서의 순례기라 할 수 있다.

'개구리와 공주의 입맞춤' 은 암시하는 바가 크다. '개구리' 는, 어떤 '두 元素' 간의, 또는 '두 다른 존재' 간의, 또는 '두 세상' 간의 중간적/과도적 존재라고 이르는즉, 불두덩에 아직 거웃이 돋지 안했거나, 반대로는, 세월을 못 견디고 뭉글어져 민둥민둥해져 있는 자들은, 하나같이 개구리들일레람. 전자는, 두 존재, 즉슨 아이와 성인 간의 그것이며, '후자' 는, 두 세상, 즉슨 이승과 저승 간의 그것들이라는 점이 다르긴 할 테다.('제4의 늙은 兒孩 얘기', 23쪽)

연금술적 사유에서 '개구리-공주' 가 보여주는 전신부(轉身賦)는 인간이 존재의 전환을 이뤄내야 할 과도적 존재임을 설명해내는 중요한 방식인데, 이 전신부 모티프가 다시 죽음과 재생 사이라는 본래의 바르도적 개념과 결합됨으로써 박상륭 문학에서 '개구리' 가 갖는 상징성은 다양한 층위로 확장된다. 연금술적 질료로서의 프리마 마테리아나 '자연과 문화의 중간적 존재' 외에 '바르도에 처한 염태(念態)' 로서 설명[7]하고 있는 것들이 바로 그것으로서, 「두 집 사이」 연작은 박상륭 문학의 토대가 바르도에 있으며 박상륭의 인물은 존재의 한계를 뛰어넘어 끊임없이 초월을 감행하는 자임을 다시 한번 확인시켜주고 있다.

7) 『산해기』, 75, 148쪽.

그러나 바르도에서의 여행은 고달프고 외롭다. 선(禪)적 수행을 위한 인물의 영적 유랑은 끝도 없이 계속되지만 도달했다고 여긴 순간 다시 처음으로 돌아와 있곤 한다.

얘기되어진 바의, 그 '문장 쓰기'의 화미에다 종지부를 찍으려는 것이, 그 음모의 전모인 것이다. 이 당장엔, 그것이 얼마나 씨먹잖은, 버렁떨어진 소리든 어쩌든, 보다 알아듣기 쉬운 말로 번안을 하기로 하자면, 그럴 때마다 늙은네는 분명히, 자아의 타아에로의 전치(vice versa)를 체험했었을 것이었는데, 관음증의 까닭으로 깨우치게 된, 어떤 '열림/닫힘'과의 관계에서, '들어가다'에다 종말 선언을 하려는 것이 그것이다.

'들어가다'는 그런데, '나가다'와 뫼비우스 띠(Möbius strip)나, 유로보로스(Uroboros)와 같다는 데에, 늙은네의 화미 맺기의 실패가 있어온 것이다. 늙은네가 '들어가다'에 종지부를 찍었다 하는 그 순간, 그것은 어느 틈에 뒤집혀 '나가다'로 바뀌는데, 저 변덕스런 말꼬리를 어떻게 붙들어, 마구간에 가둬넣을지, 아무리 해도 늙은네는, 그 방법을 알 수가 없고만 있는 것이다. ('제4의 늙은 兒孩 얘기', 22~23쪽)

•

'문장 쓰기의 화미에다 종지부를 찍으려는 것'이라는

이 기이한 명상법은, '열림/닫힘'의 이분법적 체계 안에서의 '나감/들어감'이라는 정신적 행위를 통해 이루어지고 있는데, 이것은 박상륭이 이원성의 극복, 무명의 토대로서의 '이원의 환(幻)'이라는 테마에 얼마나 몰두하고 있는가를 보여주는 것이다.

이때 바르도에서의 인물의 절대고독과 권태의 내면 풍경은 시간에 대한 인식('제4의 늙은 兒孩 얘기', 26~27쪽)에서 구체화된다. 그에게 시간이란 '태곳적에 가랑비가 한번 내린 뒤, 가뭄만 계속되어지고 있는 사막 같은 곳'이자 '死海'이며, "몸이 너무 불어나, 아무 데로도 한치의 움직임도 이뤄낼 수 없어, 입만 벌려놓고, 먹이가 찾아들기를 기다려 잠자는 구렁이, 아자가라(Ajagara), 그 잠 속에론 무량겁의 시간만 쌓이고, 흐름은 하나도 없는" 그런 혹독한 것이다.

「두 집 사이」 연작 전편을 통해 흐르는 늙은네의 이 지독한 외로움은, 바로 이 시간에 대한 인식에서 보이는 절대고독과, 어디에도 소속되지 못하고 바르도에서의 유랑만을 거듭하는 존재의 '우주적 무소속'에 기인한다. 하지만, 인물은 오로지 이 우주적 무소속에 기인한 영적 고자됨, 그 불능을 극복하고 존재의 한계를 초월하려는 의지를 결코 버리지 않는다.

살해와 시간(屍姦)이라는 엽기적 행각은 바로 이 의지의 결과로서, 이전 소설들에 숱하게 나왔던 기이한 살해와 정사를 계승하는 것이자, 영적 불능으로 표현된 자신의 구원을 성취하기 위한 선적 수행임을 알 수 있다.

'제6의 늙은 兒孩 얘기'는 「두 집 사이」 연작이 보여주는 바르도에서의 삶과 죽음에 대한 성찰만이 아니라 작가 자신의 글쓰기와 관련된 내면세계를 그대로 보여준다는 점에서 주목할 만하다.

> 늙은네께는 자작(自作)의 시집이며 에세이 묶음도, 출간된 것이 몇 권 있음에도, 자작은 더욱더 들여다보려 하지 안했다. 그런 것들을 끄적거리던 당시, 글(詩)쓰기란, 상상력이라는 커다란 날개를 펴고, 초열지옥 속으로 날아들어가, 거기서 아프게 산화하고, 그런 뒤 (되살아나,) 몇 조각의 말의 뼈를 물어 되돌아오기, 라고 믿었던, 나름대로 한 마리의 주작(朱雀, 火鳥) 꿀을 꾸몄던 듯했으나, 지금은 어떤 잔인한 어부가, 분명히 죽음일 터이지, 검센 손에 작살을 쥐어, 그 몸의 여기저기를 찌르고 찍어대, 자꾸 뒤집혀지며 수면에로 떠오르려는, 상처 입은 곤(鯤)이 늙은네다—늙은네는 그렇게 상념한다. 허기야 (많은 童話들이 발설하는 것이 그것이지만,) 어떤 미지의 방도, 여러 번씩이나 들여다보고 난 뒤에는, 더이상 신비가 못 되는 것이 아니던가, 책도 그렇게 보면, 죽은 말

들의 공동묘지나 같아서, 책읽기란 잎들 다 지고 난 철의 숲을 산책하기와 다를 바 없을지도 모른다. ('제6의 늙은 兒孩 얘기', 56쪽)

늙은네는 "밤의 정적과 외로움, 낮의 권태와 까닭 모를 시름"(55쪽)에 젖어 있는 인물이며, "밤이나 낮이나, 앉았거나 누웠거나, 먹거나 누거나, 그저갖다가시나 외로움이라는 벌레가, 자기의 땀구멍 속으로마다 파고들어, 뼈를 갉는 소리를 듣는 인물이다.

결국, 한때 시인이었던 이 인물은 자신이 과거의 글쓰기에 의해 "'몽상꾼, 말의 몽상꾼'이었다 해도, 이제 늙은네는 앓고(상념) 있는 자이며 몽상꾼은 아니다"(58쪽)라고 고백하기에 이른다.

밤이나 낮이나 외로움이 뼈를 갉아먹는 소리를 듣는다는, '제6의 늙은 兒孩'는, 자신을 더이상 몽상꾼으로 규정하기를 단호히 거부하고, 상념하는 자, 앓고 있는 자로 표현함으로써, 이전 소설들에서 볼 수 없는 극한에 이른 인물의 참담함과 아픔, 그것에 비례할 욕망으로부터의 탈피를 강력히 소망하고 있는 것이다.

바르도에서의 이 유랑, 성과 속의 "두 경계 사이에서, 깃털 성글어진 늙은 갈매기 꼴로, 힘겹고도 외롭게 배회[8)]하는 허무와 권태에 찌든 늙은네는 아마도 박상륭 자신의 모습을 그대로 투영한 것일 터인데, 박상륭은 이 도도한 절망과 감상을 철저히 형이상학적 고독과 불안의 문제로 끌어올리고 있다.

이처럼 「두 집 사이」 연작은 박상륭의 저 60년대의 각설이 연작 단편소설들과는 다른 구조이다. 그때의 인물 각설이는 부지런히 순례의 길을 떠나지만 「두 집 사이」 연작에서 주인공은 더이상 장(場)을 찾아 유랑을 떠나지 않고 기껏 공원 아니면 비좁은 13평 아파트, 관곽 같은 삼각형의 방 안에서 내면세계로 침잠하는 인물들이다. 이들의 유일한 행위는 선적 수행이자 명상이며, 죽음은 그것의 일환일 뿐이다.

'유리' 나 '촛불중' 과 같은 비범하고도 예외적인 인물형에서 극히 평범한 노인네로 변화하면서 『죽음의 한 연구』나 『칠조어론』에서 설파하던 인류의 구원과 무명에 대한 계몽이라는 거대한 작업의 강도는 약화된 듯하다.

이로써 이전 작품에서 유리나 촛불중의 죽음에 부여했던 그 우주적 의미가 사상되고 철저히 한 개인의 명상에 주목함으로써, '해탈' 자체의 사건과 그 행위를 주목하고

---

8) 「두 집 사이 — 제1의 늙은 兒孩 얘기」, 『평심』, 128쪽.

있다.

이런 인물의 성격이 갖는 변화는 그가 경전을 지향하고 시도했던 『칠조어론』에서 다시 자신의 글쓰기를 소설가의 자리로 복원시킨 것과 관련된다. 인간으로서의 통렬한 한계를 오히려 경전적 글쓰기를 통해 뼈저리게 느끼고 있었던 것일까? 문학을 했던 적이 없다고까지 말했던 이 지적 오만함, 득도한 자의 자신에 찬 언설이 왜 '산문' 이나 '소설' 로 회귀케 되었을까?

소설과 산문 사이의 모호한 경계는 예술과 종교, 소설가와 구도자 사이의 그 어딘가를 끝없이 배회하고 있는 작가의 초상을 보여주고 있다.

4. 바르도에서 벗어나기, 그 영적 진화를 위해

'또하나의 그리스도상' 의 구현을 위해 바쳐졌던 『죽음의 한 연구』나 『칠조어론』과 달리, 「두 집 사이」 연작에서의 늙은네는 삶을 지탱한다는 것이 더이상 의미를 지니지 못할 정도로, 고독에 찌든 초라한 황혼기의 인물일 뿐이다. 이러한 인물의 변화는 주인공이 작가와 더불어 60대로 접어든 '늙은네' 로 비뀐 것과 관련된다.

인물은 더이상 타인의 구원을 위한 희생제의적 수난과 죽음을 치르지 않으며, 타인을 위한 죽음이라는 우주적 사건은 인물이 예외적 인물의 페르소나를 벗어던짐으로써 보다 현실적으로 인간의 생물적 한계인 늙음과 죽음에 대한 성찰을 동반하게 된 것이다. 『죽음의 한 연구』와 『칠조어론』이 복음서와의 구조적 상동성을 근간으로, 구원을 성취하는 데 있어서의 '대속성' 여부를 둘러싼 자신의 입론을 설명하는 데 바쳐지고 있음을 볼 때 매우 흥미로운 점이다. 이제 인물의 반대편에 항상 상정되어 있던 구원해야 할 대상으로서의 '집단'은 여기에 없다. 예외적 비범성을 지녔던 인물들이 물고 늘어지며 고민했던, '구원을 어떻게 이룰 것인가'의 문제는 더이상 주목의 대상이 아니다. 작가의 '죽음'에의 탐구가 죽음에 대한 공포라는 본능적 상황에서 시작되었듯 『칠조어론』 이후 이번 작품집의 「두 집 사이」 연작에서는 다시 그 원초적인 공포에 대한 싸움을 보여주고 있다.

할멈 누운 이불 속 들추고 드는 것 같은 편안한 죽음을 죽을 수 없을까 바라다가도, 자리에 앉거나 눕게 되면, 어느 녘엔지 쓰르륵여 와, 머리맡에 똬리 치고 있는 죽음을 보고, 흠칫흠칫 놀라고 전율했다. 자기는 대체 저 죽음으로부터 무슨 장리를 그렇게 많이 내다 탕진해버렸는지, 그것은 모르겠어도, 저 독살스러운 것은 이제, 늙은네의 목숨으로써 갚으라고, 차겁게 강요하고 있다. 어느 때부터였는지 써지기 시작한 삶의 맛은 늙은네께는, 독이나 같은데 (……) ('제6의 늙은 兒孩 얘기', 49~50쪽)

설법 대상을 상정하지 않았으므로 그에게는 자신을 따라주거나 핍박하는 무리는 존재하지 않는다. '예외적 인물' 대 '집단'의 형태로 존재하던 최소한의 관계성이나 타자성에서 이제 집단은 사라지고 오로지 인물만이 세계 앞에 대면해 있다. 현실과 몽상은 구분되지 않고, 인물은 자신만의 세계에 침잠하여 환생의 고리를 끊고 자유를 찾기 위해 중음(中陰), 바르도를 헤맨다.

자신의 운명을 수락하며 죽음을 맞이하던 '유리'나 '촛불중'에서 느꼈던 비애감과 달리 여기에서의 비애감은 존재의 한계와 죽음의 현실에서 오는 어떤 것이다.

'제6의 늙은 兒孩 얘기'에서 작가는 이러한 삶과 죽음에 대한 인식, "죽음이 모든 실다운 것을 허환으로 만드는 것이 아니라, 실다움이라고 여겨졌던 삶이 사실은, 僞裝된 허환"(51쪽)이었으며, 마찬가지로 죽음의 실다움에 대해서도 하나의 허환임을, 그리하여 "삶이란 결국 모순당착,

또는 오문행(誤文行)"(51쪽)이라 토로하고 있는 것이다. 이러한 실존적 존재로서의 삶과 죽음에 대한 통절한 인식과 깨달음을 토대로 박상륭은 마치 단 한 번 듣는 것만으로도 영원한 자유를 얻을 수 있다는 『바르도 퇴돌』의 그것처럼 「두 집 사이」 연작을 스스로를 위한 『바르도 퇴돌』로 써 내려가듯 섬뜩함을 준다.

중편인 '제7의 늙은 兒孩 얘기'는 「두 집 사이」 연작만이 아니라 이번 작품집을 통해, 그가 가장 말하고 싶었을 이야기, 작가로서의 그의 욕망을 이렇게 말하고 있다. 바로 이것이야말로 그의 글쓰기의 진정한 요체인 것을.

저 고콜이불이 꺼져버린다면, 우리는, 패관 하나와 시인 하나는, 해골의 골짜기에서, 저 불빛의 마지막 방울을 홀짝이며, 삼동 하나를 새웠음을 알게 되겠지요?

—자기는, 운명적으로 시인이라고 생각하는 자가 있어, 자기의 죽음은, 자기가 뿌린 말의 씨앗들이 터, 불의 꽃을 피울 때, 그 불의 고랑에 누워 산화하는, 그런 것이 되기를 바란다면, 그건 너무 사치스러운 꿈이나 될까요? …… 보시는, 이 방 안에 쌓이고 널려진 이 종이 뭉터기들은, 그 시꾼의 말의 씨앗을, 품은, 불의 둥지들, 들이라고 말해도, 토, 토역질을 느끼시지 않을까요? ('제7의 늙은 兒孩 얘기', 85쪽)

박상륭 문학의 놀라운 특징은 바로 여기에 있다. "초열지옥 속으로 날아들어가, 거기서 아프게 산화하고, 그런 뒤 (되살아나,) 몇 조각의 말의 뼈를 물어 되돌아오"는(56쪽) 작가의 이 경이적인 문학에의 헌신, "자기의 죽음은, 자기가 뿌린 말의 씨앗들이 터, 불의 꽃을 피울 때, 그 불의 고랑에 누워 산화하는, 그런 것"을(85쪽) 소망한다는, 기꺼이 문학을 위해 자신을 제물로 바치는 이 전율할 숭고함, 이때 문학은 이미 문학의 경지를 넘어선다. 작가의 아픔만큼 함께 아프지 않는다면, 산화해가는 말들의 조각 속에서 우리가 얻을 수 있는 것은 없다.

> 이것들은 사실, 무문(無門) 속에 갇힌, 한 허무주의자의, 울려 해도 울어지지 않는 그 울음의 기록입니다만, 한 아수라(阿修羅)의 자기 패배의 고백입니다만, ……이제 와서야 알게 된 것이 그것입니다만, 신들을 타도해버린 자(無神論者) — 아수라(Asura, Skt.), 의 비극은, 그가 신(Sura)을 부정(A-)했을 때, 동시에 다른 다섯 세계(Lokas, Skt.)도 지워 없앴던 결과를 초래한 그것이었을 겁네다. 아무리 닿고, 열려 해도, 심지어 지옥도까지도 그 굳게 잠긴 문의 빗장을 뽑으려 하잖는다 말입지요. 없는 문이야 열릴 수가 없을 뿐이겠

습지요. 그럼에도 위계(프라브리티)는, 저 없는 문의 안쪽 이나 바깥쪽에 신비를 감춰놓고 있을 것임을. ('제7의 늙은 兒孩 얘기', 85~86쪽)

그런데 왜 그는 자신과 자신의 말의 씨앗을 "무문 속에 갇힌 허무주의자의 울음의 기록"이자 "신들을 타도해버렸다고 자인하는 아수라의 자기 패배의 고백"이라고 말하는 것일까?

작가의 이러한 자기 고백은 죽음의 현실에서 영적 진화의 문제야말로 필생을 두고 천착해들어갈 유일한 테마이자 가장 절박하게 고려되어야할 사유의 대상이기 때문이다.

바르도에 묶인 영혼은 진화를 이룰 수 없다. '제6의 늙은 兒孩'가 바르도에서 뼈를 갉아먹는 외로움과 그것이 일으키는 상념 속에 몸부림치며 갈망하는 것은 바로 이것, 중음(中陰)에서의 유랑을 마감하고 대자유의 세계로 진입함으로써 영적 진화에 대한 열망을 육화(肉化)시켜내는 것이다.

바로 이것, 자신이 무문(無門) 속 갇혀버렸던 이유가 "신(Sura)을 부정(A-)했을 때, 동시에 다른 다섯 세계(Lokas, Skt.)도 지워 없앴던 결과"이며, 그 문을 "아무리 닿고, 열려 해도, 심지어 지옥도까지도 그 굳게 잠긴 문의 빗장을 뽑으려 하잖는다"는 바르도에 묶여버린 존재의 비극적 상황에 대한 인식과 그로 인한 인식론적 전환은 『칠조어론』 이후 박상륭 문학의 중요한 토대가 되고 있다.

자유의 물형화로서의 '뫎상' 아래에서의 온갖 성교는 필연적으로 축생도의 현실에 도달할 수밖에 없지만 그들은 이 육체의 세계를 거부하거나 타락한 세계로 인식하는 것이 아니라 '생명의 축제'로 인식하는 전환을 이룬다. "살이란 아름다운 것, 살이란 앓음앓이다운 것, 살이란 앓음다운 것"(103쪽)인 것이다. 주목할 것은, 뫎상 아래서의 '우주적 생명의 축제' 이후 찾아온 병의 창궐과 마을의 황폐화는, 이전 소설들에서 핵심적 축으로 작용했던 '죄와 벌' 혹은 '저주와 심판'의 틀로 설명되고 있지 않다는 것이다. 원죄의식은 인간을 인간이게 하는 최후의 관문(106쪽)이며 인간의 한계를 극복한 척도일 뿐이다. 그러므로 혼음의 장은 생명의 축제가 될 수 있는 것이다.

여기서 작가가 마을의 불모성을 치유하는 방식은 『칠조어론』을 비롯한 그 이전 소설들에서 끊임없이 구조화되어 나타났던 대속의 원리가 아니다. 지식인들이 도달한 허무주의의 타파와, 마을의 불모성과 죽음의 현실에의 치유는 이원론의 극복으로 이뤄진다.

뫎상이 '몸 · 말 · 맘'의 우주적 일원화를 상징하며, 그것의 형태가 "수캐가, 뱀의 근으로 해골의 요니를 가진 인간의 엔네를 간하는 꼴"로 설명되는 것은, 일원화의 성취와 우주적 자유의 획득은 우주적 자궁안에서 가능하다는 것을 의미한다. 이때 개나 뱀의 동물이 갖는 신화적 상징성은 인물이 삶의 일환으로서 죽음을 수용하게 하는 중요한 장치가 되고 있다.

그런 점에서 '제5의 늙은 아해 얘기'는 「두 집 사이」 연작 중에서 '죽음의 선법(禪法)'이라는 작가의 창작 의도에 가장 충실한 작품이다. 이 작품은 인물의 내면 심리나 감상성을 철저히 배제하고 오로지 촛불중의 마지막 죽음의 장면만을 그대로 재현한듯한 구조를 취함으로써, 인물은 자신의 죽음을 준비하고 이행하는 것만을 목적으로 한다. 이때 작가는 그 어느 작품보다 사물의 형태가 갖는 고도의 상징성을 그대로 원용하여 우주적 음양의 교합과 일원화가 함의하는 해탈의 명제로 이끌어내고 있다. 요컨대 삼각형의 방이 늙은네의 관곽이자 동시에 선료(禪料)로서의 주검을 담고 있는 용기(容器)가 되고, 삼각형의 형태를 이룬 주검과 방은 각각 남근과 요니를 상징한다는 것이 바로 그것이다. 관곽은 인물에게 갇힘이기보다는 열림, 다른 세계, 지하에로의 통로이자 그 문[9]으로 작용하며, 그리하여 늙은 아해는 또하나의 오르페우스이자 미야랍이고 나

복이 된다.

5. 우주적 방언으로서의 동화, 그것의 영성(靈性)

다음으로 이 작품집의 다른 한 축을 형성하는 것이 바로 「混紡된 상상력의 한 형태」로 대변되는 구비문학 세계의 소설적 차용이다. 『칠조어론』에서 박상륭은 서양의 전래 동화와 인도의 고대서사문학, 그리고 한국 서사무가의 세계를 토대로 자아의 탐색과 복원이라는 자신의 주테마를 관철시켜왔는데, 이러한 존재의 비의에 대한 박상륭식 해법은 바로 프라브리티의 상극적 질서 자체를 상징하는 '독룡' 으로부터의 '공주' 의 탈환이라는 거대한 조망 아래 '수피 벗기' 라는 동화의 전신부(轉身賦) 모티프를 근간으로 한 것이다.

일반적으로 동화는 우리에게 집단 정신의 과정을 이해하는 단서를 제공하며 인간 정신의 기본 유형을 알게 해준다. 즉 동화의 대부분이 동일한 내용, 융이 말한 '자기(Self)의 문제[10]를 맴돌고 있는데, 이는 사유의 보편성을

---

9) 『칠조어론 1』, 412쪽.

10) 『동화심리학』, 홍성화 역, 교육과학사, 9~10, 204쪽.

추구했던 박상륭 소설의 방향과 일치하는 점이다. 특히 박상륭의 인도 고대설화문학에 대한 깊은 관심은, 그가 '모험을 찾아 떠나는 왕자의 이야기' 등의 동화를 작품의 중심 축으로 구축한 데서 보여주듯 종교적 차원으로까지 격상되고 있다. 그리하여 그는 이런 독특한 문학적 구조물의 힘을 '동화적 종교적 상상력'이라고까지 못박고 동화를 종교와 등가[11]의 것으로 위치짓고 있다.

축생계로 전락하여 수피에 갇혀 있던 왕자가 자신의 본래 모습 혹은 신적 자아를 회복한다는 동화의 구조는 『칠조어론』이 종교적 깊이와 영성을 기반으로 한 하나의 거대한 동화임을 보여준다.

『죽음의 한 연구』나 『칠조어론』의 세계가 그렇듯 동화를 바라보는 박상륭의 이러한 입론은 서구적 유산을 계승하는 측면이 강하다. 일반적으로 연금술을 매개로 하여 기독교와 이교도적인 동화가 접맥될 수 있는데, 박상륭은 이미 『죽음의 한 연구』를 연금술적 사유로 축조함으로써 동화 속에 내재한 연금술적 사유와 만날 수 있는 중요한 계기를 보여줬던 것이다.

『칠조어론』과 관련된 이런 점들을 염두했을 때, 『칠조어

11) 『칠조어론 4』, 449쪽.

론』 이후 작품집 중 『평심』이나 『산해기』가 독룡에게 납치된 우리들 혼의 아니마로서의 공주의 탈환을 토대로 한 것이었다면, 이번 작품집인 『뿌리로 꿈을 꾼다』에서는 박상륭 문학 안에 혼재되어 있던 다양한 형태의 상상력을 세분화시켜 작품화했음을 보여준다. 예컨대, 주술에 걸린 구렁이 왕자 이야기('동화에서 신화를')나 성서의 '붉은 용-어린 양' 모티프가 함의하는 상극적 질서 체계에 대한 묘파('풍문에서 현실을'), 탄트라와 연금술의 만남('相에서 性을'), 이솝우화와 그리스 신화의 만남('寓話에서 天機를') 등이 그것이다.

결국 다양한 형태의 문학적 계기들을 통해 구조화된 것은 인간 영혼의 순례과정이며 이들 영혼의 '모험'이나 '싸움'은 '자기'와의 싸움, 자기 안에 내재된 가유(假有)와의 싸움, 자신 안에 내재한 짐승과의 싸움을 은유한다. 그리고, 이렇게 새롭게 태어나는 자아, 짐승 껍질 안에 감춰진 신적 자아와의 대면이야말로 박상륭 문학이 우리에게 던지는 궁극적인 메시지이리라.

박상륭

1963년 성경의 유다 모티프를 도전적으로 재해석한 단편 「아겔다마」로 『사상계』 신인상을 수상하며 작품활동을 시작했다. 1969년 캐나다로 이민을 떠난 그는 1973년 『죽음의 한 연구』를 발표한 이후 20여 년간 『칠조어론』 집필에 전념하면서 인간 존재의 문제를 죽음과 재생의 측면에서 탐사해왔다. 장편소설 『죽음의 한 연구』 『칠조어론』 『잡설품』 『칠조어론2』, 소설집 『열명길』 『아겔다마』 『평심』, 산문집 『산해기』 등을 펴냈다.

문학동네 소설집

잠의 열매를 매단 나무는 뿌리로 꿈을 꾼다

1판 1쇄 | 2002년 7월 29일
1판 2쇄 | 2012년 6월 29일

지은이 박상륭
펴낸이 강병선
책임편집 김현정 조연주 장한맘 손미선
마케팅 신정민 서유경 정소영 강병주 | 온라인 마케팅 이상혁 장선아
제작 안정숙 서동관 임현식 | 제작처 한영문화사(인쇄) 우진제책(제본)

펴낸곳 (주)문학동네
출판등록 1993년 10월 22일 제406-2003-000045호
주소 413-756 경기도 파주시 문발동 파주출판도시 513-8
전자우편 editor@munhak.com | 대표전화 031)955-8888 | 팩스 031)955-8855
문의전화 031) 955-8890(마케팅) 031) 955-8864(편집)
문학동네카페 http://cafe.naver.com/mhdn

ISBN 89-8281-542-2 03810

* 이 도서의 국립중앙도서관 출판시도서목록(CIP)은 e-CIP홈페이지(http://www.nl.go.kr/ecip)에서 이용하실 수 있습니다. (CIP제어번호: CIP2012002799)

www.munhak.com